芦荡英雄传

杨军善 著

中国出版集团
现代出版社

图书在版编目（CIP）数据

芦荡英雄传 / 杨军善著. --北京：现代出版社，2017.4
ISBN 978-7-5143-6001-1

Ⅰ. ①芦… Ⅱ. ①杨… Ⅲ. ①历史长篇小说－中国－当代Ⅳ. ①I247.5

中国版本图书馆CIP数据核字（2017）第063771号

芦荡英雄传

作　　者　杨军善
责任编辑　李　鹏
出版发行　现代出版社
地　　址　北京市安定门外安华里504号
邮政编码　100011
电　　话　010-64267325 010-64245264（兼传真）
网　　址　www.1980xd.com
电子邮箱　xiandai@vip.sina.com
印　　刷　三河市京兰印务有限公司
开　　本　710×1000　1/16
印　　张　23
版　　次　2017年7月第1版　2020年6月第2次印刷
书　　号　ISBN 978-7-5143-6001-1
定　　价　49.80元

目录
CONTENTS

第一章　张老财遭劫

“嗵”的一声炸响，时间定格于民国二十六年十一月五日，院子里的老老少少先是愣了半天神，随即便惊慌失措，争相逃离。哭喊声瞬间如漫天大雪，飘飞于庭院的任何一个角落。人们像一粒粒漏斗中的沙粒，争先恐后地涌向大门口。然而，大门洞里拥挤的人很快像一窝倒入瓮中的鱼苗退回院里，躲藏到自以为安全的旮旯里——一支硕大的枪管扛在一个满脸涂黑的汉子肩头，在几个手提砍刀、一如扛枪人模样的汉子的簇拥下，闯进了院子。

芦苇河北岸、方山脚下的张沟村，乃芦苇河沿岸三十个大村之一。张沟村首富张锡祚张老财，自然也是芦苇河畔响当当的显赫人物。今天，农历十月初三，町店凌拐子择定的黄道吉日，他为三儿子张承贵的女儿摆满月酒，还特意请来一个古书队在自家大院说书示庆。四合院坐北朝南，青砖灰瓦，墙高院深。三间堂屋里，三儿子张承贵正张罗着招待酒宴上的几位芦苇河一带市面上的高朋好友；三媳潘小巧抱着新生女儿和数位前来随喜的女宾拉家常。院子正中一张八仙桌，右边是古书队的上下首，左边是手拿竹板说得正起劲的说唱演员；离八仙桌两步远的周围，便是前来听书的男男女女。张锡祚夫妇则站在院内的大门口，欢迎前来随喜或听书的远亲近邻。枪响时，这对老夫妇赶忙躲到一边，给夺门而逃的众人让道。当众人退回到院子里时，他们二人倒也没有躲避，只是浑身战栗着，下意识地举着双手，眼睛直勾勾地盯着一步步逼近的乌黑的枪管。

“别，别，别，别开枪，别开枪，”张锡祚哆嗦着，在片刀队伍里寻找面带头领神色的人，“孩子还小，看惊着孩子，有话好商量，有话好商量。”

院子里很快静得犹如阎罗大殿，从四周的楼杆上垂吊下来的八盏油灯仿佛散发着摄人魂魄的阴森森的寒光。堂屋里的酒客有的钻进了床底，有的则躲在门后哆嗦；大儿子的东屋和二儿子的西屋屋门紧闭，似乎要把这令人胆寒的惊惧堵到门外；南屋的门开着，门帘也卷着，十九岁的潘小巧把一个月大的女儿卧到床上，从容不迫地走出来，走到公婆前面，正对着扛在黑脸大汉肩上的硕大的枪口：“你们肯定不是来听书的，有什么要求就坐下来说说吧，别惊吓了我的孩子。”

片刀队伍中走出一位彪形大汉，眼睛以下蒙着一块黑布，平头，上身夹袄，支腰带，腰间斜插一支火药枪，中式棉裤，尖口平底布鞋，外穿一件棉大衣。他推开那杆大枪，伸手抬起潘小巧的下巴，以考古学家察看稀世珍宝般的眼光，审视着眼前这张娇艳欲滴的脸。潘小巧尚在月子里，头包头巾，宽大的棉衣棉裤，下绑裤腿，绣花棉鞋，这一切，难以掩盖那张娇美的脸蛋和鼓囊囊的胸脯给她整个人所带来的动人的丰姿。原本正在说书的古书队早匿形于人堆中去了，大汉拉下脸上的黑布，露出自己的浓眉大眼和络腮胡，朝身后的人马挥挥手，指着院子正中的八仙桌："坐。"

张锡祚夫妇麻利地摆上碗，给他们倒水……

少数几个最早冲出院子的观众很快把消息传遍全村："土匪进村了。"

后洼的胡家琪、胡家瑢和胡家斌三兄弟闻讯立刻聚首于胡家琪家。

"来不及了，把人集中起来就得大半天。"老二胡家瑢着急地捣着手说。

"要我说，别管他。张锡祚这个老狐狸，让土匪抢他一把给弟兄们解解气也好。"三弟胡家斌的态度极为消极。

"三弟，这叫什么话？"胡家琪瞪了老三一眼，"咱成立自卫队，就是保护全村群众利益的，穷人的利益要保护，老财的利益也要保护。"

"就凭他那德性？我宁愿跟土匪一道抢。"胡家斌歪着脑袋表示不服。

去年十二月，身为蒿峪小学教员的胡家琪加入了山西省牺盟会，并于今年三月起担任张沟村牺盟支部宣传干事。在他的宣传鼓动下，张沟及周边后洼、窑掌、前岭、后岭、柴洼、五龙沟等庄上的积极青年纷纷加入了牺盟会，随即便成立了以牺盟会会员为主要成员的自卫队。为了表示对自卫队的支持，河口铺铁匠铺的梁万田梁师傅承诺，给自卫队员每人免费打造一把短刀，前提条件是每人必须准备够足以打把刀的碎铁。那年月，打造一把铁器极为不易。非但收集那么多的熟铁极为困难，而且打造的过程也相当繁复，先要把铁屑或碎铁团打糅合成一块铁条，然后再打造成具有特定形状和功用的器物，最后才淬火、起刃、打磨。十来把短刀，胡家琪说应叫匕首，整整打了两个月。没想到自卫队的武器刚装备停妥就派上了用场。当时，为了支持抗日，自卫队大力宣传“有粮出粮、有钱出钱、有力出力、抗日为友、降日为敌”的原则，积极为抗日奔走效命。为了落实这一原则，阳城县牺盟会以土地财产的占有量为基础，把富裕户划分为若干等级，多的多出，少的少出，实在拿不出的就以体力付出来代替。这一做法，固然得到了广大贫苦群众的积极欢迎，但触动了富裕家庭的利益，他们以各种借口来搪塞应付。今年夏天，胡家琪他们得到可靠消息，有几个操河南口音的人，赶着骡子来贩麦。自卫队马上行动起来。他们分头暗中严密监视这几人的行踪。半夜里，一袋袋的小麦从张锡祚的院子里抬出来，架到骡驮上。胡家琪马上组织自卫队员到河口铺截粮，他的意图很清楚，截下粮之后，直接送往村牺盟支部设在那里的粮仓。谁料想众人守候了大半夜，只截获了一头骡子，而且驮的还是两袋麦麸。胡家瑊气得哇哇大叫，拿着匕首直喊着要削下赶骡人的脑袋。胡家琪在吓得瘫在地上的河南人的口中得知,其他人赶着骡子翻过张山朝沁河方向去了。自卫队马不停蹄，火速赶往沁河方向，总算在拂晓前，在嘉峰截住了骡队——他们正准备把小麦装入小船，顺沁河运往河南呢！张锡祚吃了个哑巴亏，但他与牺盟会的别扭昭然若揭。今天他家遭到土匪的抢劫，也难怪胡家珷发牢骚。

牢骚归牢骚，土匪还是要对付的。三个人分头召集人马，约莫一个时辰后，手持匕首的自卫队摸进张家大院。

“走了，就是要了几袋粮。”张锡祚故作轻松地解释土匪此行的目的。

“你这叫通匪，依古律是要夷三族的。”胡家琪拿匕首在张锡祚面前晃了晃。

“胡先生，”张锡祚摊开双手作喊冤状，“你是文化人，这话可不能随便说啊。土匪闯到我家里，不交粮就杀头，没一点儿商量余地。哪家通匪是这么通的。不信你来看看这个，”他一把拉起胡家琪的手，叫开南屋的门，来到南屋，指着三儿子张承贵诉苦，“你看看，也不怕你们笑话，已经二十出头的人了，被土匪吓得钻到床底不说，还尿了整整一裤裆。”

南屋里，张承贵已被老婆训了一通，“就一条棉裤，尿湿了怎替换？有本事尿，就有本事暖干。反正今晚不把裤暖干休想上我的床。”潘小巧已和孩子睡下了，张承贵兀自站在当屋暖裤呢。张锡祚老两口在院子里团团转，见胡家琪如是说，就势把他们带到屋里。几个自卫队员也挤进来，看看湿拉拉的裤裆，撇撇嘴走了出去。张锡祚狠狠推了儿子一把，把他推出屋外，随手关上屋门，让给土匪吓破胆的儿子回堂屋换裤。

第二章　河口铺

芦苇河九曲十八弯，迤逦西东，其中有三个C形的大水湾，上游的上湾，中游的中湾，下游的自然叫下湾。在中湾和下湾之间，有一道源自方山脚下的支流，当地人习惯叫张沟河，从北向南汇入芦苇河。张沟村位于张沟河的中游，而在张沟河的河口处，芦苇河的北岸、张沟河的西岸，有个极不周正的院落，人们称之为河口铺。河口铺的南面，是沿芦苇河而东西的大马路，东来西往的各色人等中，总有一部分要在此小憩：喝茶、吃饭、住宿、钉马掌、谈买卖，等等。马路再往南便是终年流淌的芦苇河。河口铺名之以“铺”，主要因为这个不按规则而建的硕大无序的大杂院里尽是些功能各异且大大小小的“铺”。大门朝马路而开。一进大门，左右两侧是茅草棚，脚程较远的客人每每连人带牲口留宿，这些茅草棚就是牛驴骡马的招待所。东边依次是酒店和货栈。北面是一排在土崖上掏挖出来的二十几眼的窑洞，窑洞顶是堵土崖，土崖是荆秧圪梁的最南端。荆秧圪梁亦如一只硕大无比的章鱼的一条触手，向北通向前岭，向南直插芦苇河河谷。由于河水的冲刷，伸入河谷的触手仿佛被人一刀斩断似的，形成一堵高高的土崖。土崖下紧依土崖建有一座小庙，人称河神庙。河神庙坐南朝北，正南一座戏台，正北一座正殿，两边就是高高的围墙。河神庙下的二十几眼窑洞，里面经粉刷后，盘有土炕，门窗严整，冬暖夏凉，作为旅店，还是蛮不错的小空间。西边则是铁匠铺、豆腐坊和油坊。听说，河口铺已经被冲毁过几次，同治三年，还是一排小平房的河口铺被大水席卷一空；光绪十六年，河口铺再遭劫难，所有建筑被大水冲得荡然无存；后来才在土崖脚底掏挖窑洞，但民国五年时，大水没过半窑深。尽管如此，由于其得天独厚的地理位置，还是有人在这里投资建铺。不过，现在河口铺的大掌柜姓王，中湾村一家大户人家，这些酒店、货栈、旅店、铁匠铺、豆腐坊等所有的掌柜，都是王大掌柜聘来的。

整个院落，就是东房为楼房，上下二十间，北面的货栈占据了一层的五间，其余上下十五间都是酒店的地盘。其实，平时的食客、酒客并不是很多，尤其是二层的房间，使用频率极低，但恰恰这二楼长期以来却是河口铺最热闹的场所——货栈顶上的五间楼房内是酒店兼营的赌场。赌具非常简单：四张长条几桌成“口”字形排放在屋子的正中央，把整个房间分割为“口”外和“口”内两个空间。所有参赌人都站在“口”字外面，每人一只小陶瓷碗，碗口朝下倒扣在桌面上，碗内扣三颗骰子。开赌时，所有赌客把各自的赌注押在自己的碗前面，然后在桌面上猛烈晃动几下碗，让下面的色子发出哗啦哗啦的声响，以示没有舞弊。待所有的碗停止晃动后，唯一一个站在“口”字中间的赌场主持依次让赌客掀开自己的碗，掀一个，报一个点，点数最大的通吃。面上三颗点相同的称为“豹”，在“豹”中，三个六点组成的“豹”即“六豹”最大，三个一点组成的“豹”即“一豹”最小；两颗相同的点所夹的另外一颗骰子的面上是几点，便是几“猴”，在所有的“猴”中，“六猴”最大，反之，“一猴”最小；如果既不成“豹”，又不成“猴”，那就只得以三颗骰子面上的点数来比较大小，点数大则大，点数小则小。在“豹”、“猴”、“点”的比较中，“豹”最大，“猴”次之，“点”最小。倘或三颗骰子上的点正好是“四、五、六”，则此“猴”小于所有的“豹”，而大于所有的“猴”；倘或三颗骰子上的点正好是“一、二、三”，则此“猴”小于所有的“猴”而大于所有的点。

平日里，那些掐八字算卦的、拔牙镶牙的、卖狗皮膏药的、耍把戏卖唱的、靠祖传秘方专治疑难杂症而游走江湖的、起刀磨剪的、补锅的、缠簸箕的、收古董的、卖布头针线的、钉鞋的、挑着货箱卖小玩具的以及赶牲口送货的或长途跋涉的，只要离这里不远，都要趁着入住河口铺的旅店，所以，旅店比较嘈杂。每到傍晚，操着不同口音的人相互问候、互相攀谈、胡诌瞎扯、编三侃四，谈笑风生，倒也其乐融融。

胡家琪的二弟胡家瑢就在河口铺的铁匠铺给梁万田梁师傅当徒弟，还有一个来自附近逍遥庄的十五六岁的徒弟叫郭晚来。师傅三人，梁师傅操小锤，指点方向；胡家瑢抡大锤，指哪打哪；小晚来拉风箱，快慢有度。自从日本人打到北平的风声传到当地后，胡家琪经常带着一帮人围着红炉拉呱，从民国二十六年腊月一直拉呱到民国二十七年的正月。他们或坐或站，但话题只有一个。“打打打，什么铜盔铁甲、刀枪不入？”蹲在条凳上的胡家斌一纵身跳下来，挥着右拳砸着左手，“只要是娘胎里跑出来的，他小日本怎可能是神仙？恁管你们打不打，我要有一支抬枪，立马上前线。”

梁万田师傅祖籍河南新乡，河南口音里时不时地夹杂着当地方言，他用烟袋锅敲着铁砧给年轻人“上课”：“小伙子，谁是孬种？那么多当兵的，即使大部分是孬种，还没有几个真男人？抬枪算什么武器？抬枪其实就是枪管较粗的火药枪，一打一大片，打兔子管用，上战场可就不行了。小日本铜盔铁甲也不一定，很可能人家的武器好，听说人家的枪‘咯咯咯咯’打起来，万人难敌。不然，说进东北就进了，说进北平，也进了。”

前岭的刘孔成，守着二亩薄田，日子过得紧巴巴，不仅积极地参加了牺盟会，而且和胡家斌一样，恨不得马上拿起武器，冲锋陷阵，赶走小日本。可是，眼下他连打把短刀的熟铁也凑不够，手头只有一根七尺来长的荆条棍。他把棍在地上猛捣几下，愤愤地自嘲：“我日他妈连小日本在哪儿都不知道，人家就打进来了。”

梁万田拽过荆条棍，抬头看了看方向，在地上按东西方向画了小大两个圆圈，指着西边的大圆圈说，这是咱中国，指着另一个说，这是小日本，中间是大海，“东洋，东洋，就是指小日本。”

胡家斌再次挥舞右拳猛砸左手：“打打打！这也太丢人了！隔着海就打过来了，你们不打，我打。哥，你说，”他望着胡家琪，

"咱干脆直接上前线。"

"打狗要棍，打虎要棒，"胡家瑢翻了老三一眼，"就凭咱这家伙？"他把匕首撂在地上，"梁师傅说抬枪都不行，你这短刀行？"

刘孔成几乎是扑过去，捡起匕首揣到自己怀里："有这把刀就行，家斌，他们不去，咱哥俩去。"

胡家瑢一把拧住刘孔成的胳膊，"有本事自己打一把，给我。"说着，在后者的怀里小心地掏出匕首。

这边正闹着，对面酒店传来一阵发疯似的嚎笑声。

五龙沟的张圪忍今天发财了。

张圪忍是苏家岭苏老财的外甥，常住苏家岭，给苏老财放羊。昨天，一只羊坠崖摔死，今天他奉命到河口铺卖死羊。他扛着死羊刚进河口铺大院，一位皮货商人就拉着他的手如此这般地耳语了一番。他照计而行，把剥了皮的死羊卖给了酒店，羊皮卖给了皮货商，从而多赚了一张"二花脸"（抗战时期，当地流通两种货币，一种为国民党中央银行发行的面值为十元、五元和一元的白版券，一种为阎锡山晋西出版社印制的面值为十元、五元、一元及一角的花版券。当地人把面值十元的花版券称为"大花脸票"，把面值五元的花版券称为"二花脸票"，把面值一元的花版券称为"三花脸票"）。身上从未揣过钞票的张圪忍，在一张"二花脸"的"辅佐"下，神气得仿佛登上龙椅的皇帝，他径直飘进二楼的赌场，拨开外围的观众，气大财粗地把"二花脸""啪"的一声拍到几桌上，以不屑的口吻向主持人示意"就这儿"，然后，旁若无人而响亮地摇了摇倒扣在几桌上的陶瓷碗……

张圪忍的运气实在好得惊人，他赢了一把又一把，最后把一位赶着毛驴贩砂锅的小贩逼到了绝境，小贩把自己的毛驴押了上去，结果，小贩又输了。张圪忍用近乎癫狂的嚎笑，甩给酒店老板三张“大花脸”，“今天我请客！”在众人热闹的祝酒声中，他牵着毛驴离开了河口铺。

第三章　祸从天降

阳城城内有几家显赫家庭，若要倒着数，很难厘清谁是第一；若要顺着数，第一家则非寇毓琪寇大掌柜莫属。寇毓琪寇大掌柜乃阳城县城藕香斋商号兼博济药店掌柜，家财巨万，说他富可敌国似乎有些夸张，但富可敌县可实在有些右倾。每一任县太爷上任后的第一要务便是板上钉钉般地登门拜会寇老爷。县城内还有个不得不提的有头面的人物，就是裕通典当铺的掌柜温茂林温老爷。这两人经营上互利，业务上互补，平日里关系处得相当不错。而温茂林温老爷在阳城县城内名气响当当的另一个原因就是他与绥靖公署秘书处副处长本县润城上庄人樊次枫是铁哥们，而后者与绥靖公署秘书长贾景德是把兄弟。仗着这层关系，在某些场合，温老爷的下巴抬得比寇老爷的还要高。

不过，民国二十七年农历正月二十二，也就是公元 1938 年 2 月 21 日上午，这两位老爷放下了身架，丢却了斯文，抛弃了体面，冒着炮火东躲西藏。这天上午，两架机翼上涂着太阳图标的飞机，撕扯着令人发怵的轰鸣声，向阳城城内投掷了 24 枚炸弹，沿街建筑大半坍塌，城内民众死伤无数。没什么家产的一般市民纷纷出城避难，可是，温老爷的所有家当都在当铺里，他让伙计们扶着家小躲出城外，自己守着当铺。一声接一声的震耳欲聋的爆炸声非但令人闻之丧胆，而且仿佛荡起了天地间的所有尘埃，滚滚浮尘混杂着滚滚浓烟，世间俨然又回到了女娲补天时的混沌景象。温老爷口上捂着一块毛巾，时而摸索着钻到柜台下，时而摸索着躲到楼梯下，时而哆嗦着躲在街面上的大门洞里，时而远远地跑到店面后面的开阔地上饱饱地吸几口新鲜的空气。他的眼睫毛上是尘土，鼻孔里是尘土，浑身上下任何一个向上的部位都落满了尘土。如果那个时刻的温老爷站到秦皇陵的兵马俑坑中，绝对是一尊身着长袍马褂的经理俑。当然，温老爷还不是最狼狈的，境况比他糟糕的还有寇毓琪寇老爷。从天而降的炸弹炸毁了博济药店，药店一层为店面，二层为库房，库房顶上还有一层小阁楼。剧烈的爆炸掀开了阁楼的屋顶，引燃了二楼都是草药的库房。寇老爷硬是在大火中刨出一个丝绸包裹，不过外面的丝绸大半已经烧毁，露出一面黄灿灿的铜镜。县城一道街共有他家大小五个店铺，博济药店已被大火吞噬，其余四个店铺连同自家的庭院侥幸躲过一劫。他竟然违背“冶容诲淫，慢藏诲盗”的古训，抱着铜镜跑进跑出，跑了半天也没找到一个合适的掩藏之处，不得已，他最后还是抱着铜镜跑回了家。

入夜，整个县城仍浸渍于一片哀恸之中：24 枚炸弹，一下子夺去 270 多人的生命，1000 余间房屋被炸毁，其中就包括他家已经经营了几代人的博济药店。

寇老爷好不容易等到哭哭啼啼的老婆平静下来，他屏退了家里的所有佣人，把老婆扶到卧房，从被窝里掏出那面铜镜，详枝细叶地把铜镜的秘密告诉了老婆，并压低嗓门用凝重的口吻警告她：

“这东西，一旦传出去，全家掉脑袋！咱们都老了，再加上现在这年月，谁也保不住明天是什么征候。等家宝回来，咱把东西交给他，咱也就对得起列祖列宗了。”

第二天午后，寇老爷正监督几位伙计在博济药店的废墟里寻找有价值的东西，尤其是当时放在柜台下的银元。这时，县政府公安科的小队长崔佑率领十几个公安队员把寇毓琪及其伙计围在中间。崔队长上下打量了寇毓琪一眼：“你就是寇毓琪？”寇毓琪右手把长袍前襟略微提了提，深深鞠个躬：“是的是的，在下寇毓琪。”崔佑向手下递了一个眼色，两个队员把枪背到身后，一个饿虎扑食，把寇毓琪扭起来：“老实交代，你是如何跟日本人联系的？”寇毓琪惊愕地瞪大了眼睛，大张着的嘴半天说不出话来。崔队长的审问在继续，“你里通日寇，用镜子给鬼子飞机传递信号。说，你是如何跟日本人联系的？”寇毓琪像抽了筋一样瘫软地跪到地上，头上的汗珠瞬间顺着下巴往下滴。扭着他双臂的公安队员就势把他的小臂往上抬，“老实交代！”崔佑掏出手枪，“不说也罢。现在我代表牺盟政府对你这个汉奸执行枪决。”说着，对准寇毓琪的脑袋“噔噔”两枪，后者几乎没来得及闭眼，就一命呜呼。

寇家宝是寇毓琪的长子，成家之后，寇毓琪通过温茂林、樊次枫的关系，把他送到部队任副官。民国二十六年十一月九日，继忻口会战失利后，太原失陷，寇家宝所在的部队被打散，直到随身携带的钱物被耗光之前，也没能找到自己的部队。唯一值得庆幸的是，遇到了同样在找部队的阳城杨腰吴家岭的吴凤岐，二人相依为命，半乞讨半抢掠地于民国二十七年四月初回到老家阳城。

寇毓琪被处决后，温茂林每天都来探视他的家人，同时也帮忙料理藕香斋商号。寇家宝一到家，温茂林如获救星般兴奋。他把成堆的问题一股脑儿摆到寇家宝的面前：

先安抚你老娘吧，她已经吓坏了。

博济药店的废墟下面还有银元，我天天派人守着。

我在县城北面的增村已问好了一家大院，咱得赶紧搬过去。否则，日本飞机再炸一次，整个家业就完了。一半天咱先过去看看，你要看得中那地方，咱就搬过去。

咱这生意不知还能不能做。现在兵荒马乱的。

……

事不宜迟。寇家宝随温茂林上增村考察一番后，当即雇来一支骡队往增村搬运货物。可是，民国二十七年四月四日这天，搬运工作不得不紧急叫停：县城西关响起了枪声。

原来，一队日军自西而东，路过阳城县城时在西池河滩饮马休息。时驻县城的国军二十四军孙殿英部的冀察游击队缑冠文部发现敌情后，乘日军不备突然围上去发起攻击。不料日军的反应速度快得惊人，他们一边组织有效还击一边策马向东撤退。缑冠文部的突袭仅仅打死两名日军和一匹战马。见全歼日军未果，缑冠文部也随即撤离了阳城。

当夜，温茂林再次登门与寇家宝商量对策。

“我觉得躲不是办法，”温茂林拔出剔牙的牙签，“听樊老板说，日本人很快就要占领全中国，到那时，咱往哪躲？”

“可是，日本人一进城，咱可就倾家荡产了。”寇家宝挠着头皮，仿佛一筹莫展。

“我已经和樊老板商量好了，只要日本人一进城，咱就立马投靠日本人。樊老板说，遇军多招待，招待得吉祥。”

“可是，那不就成汉奸了？”

“汉奸怎么了？咱买卖人，图的是甚？图的不就是发财？反正亏本的事咱不干，更别说掉脑袋了。”温茂林做了个抹脖子的动作。

“何以见得投靠了日本人就一定能发财？”

“你犯甚傻？不投靠日本人咱连命也保不住。还犹豫什么？日本人要是再来，咱爷俩干脆改弦易张，给日本人干活。说不定在日本人手下还能混个名堂来。”

“那咱增村那个铺……”

“增村那边好办，咱派两个人去照料就得了。日本人要是逼得紧，咱就干脆全搬过去；日本人要是允许咱接着干，整个县城还不是咱爷俩说了算？”

夜深人静后，寇家宝悄悄溜进母亲房间，推醒母亲。老太太伸手在褥子下把早已用绸缎包起来的铜镜拿出来，对着他的耳朵叮嘱了半天，才交给他。寇家宝蹑手蹑脚钻进厨房，把铜镜塞进一个定制的木头匣子里，再把一大块石蜡化成蜡水灌进木匣里，然后把东北小院靠东屋山墙楼梯下用砖券的小煤洞里的煤全部铲出来，把木匣放进去，上面埋了一层土，再把煤倒腾回煤洞里。一切收拾满意后，天几乎亮了。

温茂林一大早就找上门来，交给他一面太阳旗：

“这是太阳旗，日本人再来的时候，咱把这旗打出来就安全了，保证平安无事。”

“日本人就这么好糊弄？”

“日本人进中国，他是来种地的？他显然是来当财主的嘛。既然当财主，就得有人给他种地，有人伺候。咱打出这面旗，就表示愿意给他种地，给他当伙计，他还能不乐意？听叔的，没错。”

温茂林走后，寇家宝让老婆带着孩子回娘家避一避，“城里不保险”。

老婆卫四芹，汉上人。她不解地问：“温掌柜不是说没事吗？”

“他是日本人亲爹？咱还是防个万一吧。别回来打探，没事我会去接你们的。”

下午，就像温茂林事先安排的一样，昨天遇袭的日军纠集周村据点的大队人马气势汹汹奔向阳城，包围了阳城县城。温茂林闻讯立刻动员城内他联络好的包括寇家宝在内的十几个人，手持太阳旗，到东门外欢迎日本人进城。

他们的热情并未感化这伙日军，日军一进城就朝人群不断开枪射击，伴随着手无寸铁的民众的不断倒地，侵略者口中发出一阵阵令人发怵的狞笑声。傍晚时分，从东门进城的日军沿城北杀到西门，从西门进城的日军沿城南杀到东门，阳城城内横尸遍地，血流成河，700 多人惨遭屠戮，四百多人受到重伤。

当晚，日军离去后，城内再次陷入撕心裂肺的呜咽之中。

凡是门头插着太阳旗的庭院，统统在这次屠杀中幸免于难。站在寇家宝堂屋正中的温茂林神气得犹如玉帝身边的托塔李天王，他以不可一世的口吻告诉寇家人，“樊老板已经说了，要在咱城里成立维持会，听人家的意思，好像日本人再来就驻下不走了。到时候，你们都是维持会推进员，我自然就是维持会长了。”

温茂林告别的时候，寇家人一改往日的傲慢，责令下人打着灯笼送温老爷出门。

第二天，晋豫特委、中共阳城县工委和阳城县长兼晋豫边抗日游击纵队司令员李敏之立即派出两队人马回城安抚群众，一队迅速展开安抚工作，一队则负责维持秩序。他们张贴布告鼓舞群众，和群众一道掩埋尸体清理血污，拨发粮食及生活物资，帮助群众渡过难关。

日军的暴行，并没有吓倒群众，在人民群众的眉宇间、行动中和谈话里无不流露出对侵略者的仇恨和战胜敌人的决心。

寇家宝似乎嗅出了城内这种肃杀的味道，他没有跟随温茂林现身说法，四处物色维持会推进员，而是以照看店铺为由长时间住在增村。5 月 5 日傍晚，失魂落魄的寇家宝跑到汉上，一家人被他的模样惊得毛骨悚然。他狂饮一碗水后告诉卫四芹：

“大事不好了，温掌柜的被处决了。”

“他不是说没事吗？”卫四芹眨巴着满含惊异目光的双眼。

“他自以为料事如神，又有樊老板这个靠山，岂不知这次找错了地方。”

“找错了地方？”

“那可不？在日本人中间你拥护日本人，自然安全；可是，你在中国人中间维护日本人，那不是找死？今天下午被政府处决了。这个糟老头，这回把我也连累了，我得到外面躲一阵子，把孩子们照顾好，我会回来看你们的。”

寇家宝消失在茫茫夜幕里。

第四章　九张镰

麦子黄了，放眼望去，山坡上除了南阴的田间还有些许半青不黄的麦子，其余的犹如一张硕大的形状怪异的斑斑驳驳的黄地毯铺在或高或低或大或小的山包上，地塄上的荆棘或零星的几棵树和地头、路边、荒坡上的杂草，全都是这张大地毯的绿色点缀。

这天夜里，前岭的刘孔成溜进胡家瑢家，神秘兮兮地在他面前扭了几个生硬的秧歌步。正在和哥哥拿荆秧条拧捆麦子用的荆条绳的胡家珷站起来，扶住刘孔成的双肩，盯着他的眼睛琢磨了半天，摇了摇后者："你没病吧？"刘孔成没理会胡家珷，径自抱着仍旧坐在地上望着他发呆的胡家瑢的肩膀对着他的耳朵嘀嘀咕咕起来。

"九张镰？"胡家瑢突然大声问。

"不够？"刘孔成也瞪大了眼睛。

"什么九张镰？"胡家珷拉开刘孔成，弯腰问二哥。

"这鬼头，"胡家瑢笑着摇摇脑袋，"他刚才偷走了张承贵撂在牲口圈门外的九张镰，要我给他打把短刀。"

胡家斌一个饿虎噙羊把刘孔成扑倒在地，拧住后者的右手。刘孔成立刻大声哀告：

“哟哟哟哟，折了折了折了折了。小祖宗你轻点轻点……”

“交代吧，免得受苦。兔子不吃窝边草，你还能去偷自家人？”胡家斌直起腰，而刘孔成的腰宛若大弓，头向上仰，一脸痛苦的表情。

“那是什么自家人？他家是地主……”刘孔成为自己辩解，“哟哟哟哟，折了折了折了折了，二哥，老三今天为什么对自己人下毒手？”

“孔成，去年咱村谁家捐粮最多？是人家张老财家；今年春天谁家捐钱最多？还是人家张老财家。麦收季节，龙口夺食，你一下偷人家九张镰，人家靠什么割麦？”胡家瑢一旁开导“受刑”人。

“那不是自愿的。”

“不管是不是自愿，反正那些钱粮不是从你家拿出来的。”胡家瑢又替“受刑者”讲情，“放了他吧。”

“不行，他还没有把偷人家的镰交出来呢！”

“我没偷，那些镰是我拾的。哟哟哟哟，真是拾的真是拾的。骗你是王八。”

胡家斌松了松手，但还没放：“交代吧。这里没外人。”

“真是拾的。要说偷，我原先计划偷他家那条牛缰，没想到人家不仅早早把牛关进了里圈，还锁上了锁。正要走开，张承贵打着灯笼出来。我赶紧钻到牛槽底下。没想到张承贵是出来磨镰的，磨石就支在牛槽边，况且一磨就是大半天。我的腰酸得实在支持不住了，索性从牛槽底下钻了出来，心里说，毕竟什么也没偷嘛。结果我一出来，张承贵吓得扔下镰刀跑回院子。我正好拾起地上的镰刀就跑。跑出村一数，就九张镰，估计这次打把短刀足够了。”

“走，”胡家斌放了刘孔成，“咱把镰刀给人家送回去。”

“送什么？自卫队成立快一年了，你们都有了短刀，就我没有。这马上就要护夏巡逻了，我手里还是一根烧火棍，谁好意思？这次好容易有东西了，为什么要送？不送，打死也不送。”

胡家斌笑了笑，“孔成哥，亏你想得出。要想打把刀，办法有的是，何必要在麦收季节偷人家的镰刀呢？你的刀包在我身上，一半天就有了。咱现在先把镰刀给人家送回去，免得人家满村找。”

“三弟，别跟哥耍心眼，牛郎就是听了你的话才与织女分开的，结果一年只能见一面。你的话谁还敢信？你先把你的刀给我。”

“我的刀在家里。咱先给人家送镰。”

“不行，不见刀，镰绝对送不成。”

“孔成哥，就你那点心机，我知道你把镰藏在什么地方。今晚要不听我的，我把镰送去，你连刀毛毛也没有。”

“小祖宗，我算是服你了。走走走，二哥，你歇着吧，赶明儿他把熟铁送到河口铺，你让梁师傅用点心，就说是给我打的。”

“走！”胡家斌猛拉孔成一把，“你是十三家？快走！”

二人在后洼村外的粪圪坨刨出九张镰，刘孔成扛在肩上，胡家斌武装押运似的跟在身后。

“三弟，不是哥说你坏话。”刘孔成停下来，转身拦在道上，

“你是不是对潘小巧有意思？”

“你看出来了？”

“咱追粮那会儿，你恨不得一刀劈死张老财；现在烂几张镰你就差点拧断我的胳膊。我猜的八九不离十，你一听说是张承贵的镰，立马就急了。”

“孔成哥，自卫队去偷人家的镰，这不败兴？况且偷的是张老财家的，你以为张老财是饶人的，丢几张镰就算了？告诉你，他敢把这事捅到天上去。你信不信？到那时候，不仅自卫队不留你，大岭村的老百姓也不饶你。”

“别跟我讲道道。你们打刀的熟铁都是偷的，凭什么到我名下就不能偷了？我的问题就是不该去偷潘小巧。”

“你偷潘小巧？找死！”

“露馅了吧？潘小巧是你的人？”

“孔成哥，对漂亮女人不动心，那是太监。但是，我说清楚，今天的九张镰和漂亮女人没关系。”

张家大门外，张老财打着灯笼，远远地站在大路边，漫无目标地四下张望。大院东侧的牲口棚边，远远就能听见潘小巧的呵斥声。张承贵也打着灯笼，只是站在老婆面前，耷拉着脑袋，耷拉着手，手中的灯笼似乎也耷拉着灯焰，只能照亮自己的裤管和老婆的脸。见二人走近，张老财高举起灯笼：

“我说咱村放着自卫队还能叫贼把镰偷走？不知今天哪个是贼？”

“嘴巴放干净些。没有贼。”胡家斌一个箭步跨到灯笼跟前，迎着张老财恶毒的目光，“有主动送东西上门的贼？”

肩头扛着镰刀的刘孔成也逼到灯前，“有偷镰的贼？”

张老财毫不示弱，他打着灯笼绕了二人一圈，眼睛直盯着刘孔成：“没偷走就不是贼？”

“张老财，狗咬吕洞宾，”胡家斌从刘孔成肩头一把夺过九张镰，“我当一回贼，上门来讨镰来吧。走！”他回头命令刘孔成。

“站住！”潘小巧不知何时来到他们跟前，见他们要扛上镰刀离去，便一声断喝。

她从丈夫手中接过灯笼，举起来，照着胡家斌门面。橘红的灯光下，一边是一张充满妩媚的笑脸，笑脸上方是齐眉的刘海，刘海下是一对纤细的柳叶眉，柳叶眉下是一双明亮、深邃、有神而且几乎会说话的眼睛，眼睛下是一只秀挺的鼻子，鼻子下那张小口嘴角微微上翘；一边是紫铜色的有棱有角的方脸、砍刀眉、虎眼、高鼻梁、紧闭着的厚嘴唇。妩媚笑脸散发出的别样的风致瞬间发挥出巨大的威力，她轻柔地说：“有人敢在你们面前做贼？好了，承贵，”她扭头给丈夫一个眼神，“两位好人已经把镰给咱送回来了，还不快接过来？二位大哥，我们谢谢了。”

他俩受了张老财的奚落没怎么发作，就把镰刀让潘小巧乖乖地没收了。刘孔成似乎扣住了胡家斌的命门，他一连几天不分昼夜只要得空就往胡家斌家里跑：

“我要打刀！你把我的镰刀送了人情，别赖账，给我熟铁！”

胡家斌是苏家岭苏老财家的长工，麦收时节，苏老财催逼得紧巴紧，胡家斌忙完东家地里的活，还要抽空忙自己地里的活，一如一头服用了兴奋剂的骡子，没明没夜地干活，好容易得空喘口气，刘孔成便雷打不动地找上门来：“我要打刀。”

为了支开眼前这个催命鬼，这天，他答应给后者提供 7 斤熟铁后，刘孔成才满意而去。

第五章　秘密协定

入夜，杨腰吴家岭东小院的南屋屋门紧闭，东次间的窗台上亮着昏暗、朦胧、羞涩的灯光。屋内，东侧是一条靠东墙的大通土炕，门边拐角是炉台，不过眼下正值夏季，炉台没生火。明间与屋门相对的是一张老态龙钟的方桌，方桌两边各放一条方凳。西次间乱七八糟摆放着水缸、米缸、面甏、案架、水桶、一套朽蚀不堪的箱柜，等等。一个五六岁模样的女儿身上盖着一条小布单被，睡在土炕北头，香甜而轻微的鼾声时断时续地传过来。土炕临窗这头围聚着三个人：一个女人盘腿坐在窗边，衣襟大敞，怀里抱着一个约莫两三个月大的男婴，孩子尚在吮吸着乳头；一个男人坐在一块木头砍制的木墩上，就着窗台上悭吝的油灯，专注而用心地擦拭着手中的枪管——他的左脚边码放着两支枪，一堆零散的部件放在窗台上。

女人左三圈右三圈地甩动手中的毛巾，既给怀里的孩子扇风，又怕扇灭了窗台的油灯，还时不时地给男人擦擦脸上的汗珠。男人尽管上身赤裸，下身只穿了条大裤头，但仍有汗水顺着脸颊、前胸、后背淌下来。

一阵“咔啪”声后，男人变戏法似的把一堆零件组装成了一支生猛的“盒子炮”。他把枪口对准女人的脑门，女人一边给他拭汗一边娇嗔道：“去年借了人家两斗麦，今年还了三斗；二亩地满统共打不够一石，我们娘仨吃甚？整天鼓捣你这破枪，这能鼓捣出米？能鼓捣出面？你干脆把我们娘仨打死算了，打吧。”男人把手中的枪轻轻放在右脚边一块油布上，在裤管上擦擦双手，捧住女人的脸，探过头在女人额上吻了一口，双手拇指轻柔地向两边摩挲着女人的眉毛，满含疼爱地对她说:“再也不离开你们了，有我你还怕什么？”

又一阵“咔啪”声后，男人把左脚边的另一支枪拆成一堆零件，然后一件一件地擦拭起来。正擦着，屋门“哗啦”一声轻微响动，尽管声音很小，但男人还是听到了。“谁？”随着话音，男人已经手握双枪蹿到门前。“吴凤岐，你小子连我的声音都听不出来了。我是你大哥，寇家宝。”门外人捏着嗓门隔着门缝向内“喊话”。

吴凤岐扭头看着女人，等女人把衣襟收拾好之后才打开屋门。

“寇大哥，你怎么来了？”

灯光下，来人在体形彪悍的吴凤岐面前显得略微低矮精瘦，但长方脸上那双明亮的眼睛在昏暗的灯光中显得格外有神。

吴凤岐把来人拉到炕前介绍说，这是他弟妹，赵杏子，这是他侄女，“这是你侄儿，还没过 100 天。”然后把来人介绍给老婆，“这就是经常向你提到的寇大哥，寇家宝，寇大老板。”说完转身到屋外的炉台上提回茶壶，在碗架上取下一只碗，边倒水边客套，“无以招待，就喝些水吧。”

寇家宝躬下身子，在熟睡于母亲怀里的侄儿脸蛋上弹了两下，扭头夸奖主人：

“你小子真有两下子，一回来就种上了。”

吴凤岐也打趣道：“谁有准？还不是误打误撞的？哎？大哥，大嫂给你生了个甚？”

“这一年多来，与你嫂离多聚少，有时俩仨月也难得见一面，哪能像你这样，想生就生？”

“为什么？”

“你没听说？”

“没有啊？别卖关子了，怎么回事？”

“说来话长啊。”

寇家宝把父亲和温茂林先后被阳城牺盟政府处决以及自己出逃之事从头到尾叙述了一番，“离开家以后，我先是投靠紫砂腰的缑老六。这缑老六就是紫砂腰附近缑家人，原名缑六奎，手下人有人称六爷，有人叫六哥，四十来岁，一脸络腮胡，说话粗声大嗓，做事雷厉风行，为人还算正派，讲义气。在中央军混了几年，感觉没什么奔头，就开小差回到家乡，在紫砂腰落草，做起了山大王。我随他们在沁河一带劫了几手，他对我很是不薄。可是，我既挂念妻儿老小，又挂念增村的店铺，为了不给他添麻烦，不得不离开了紫砂腰。前些日子我又投奔了西岭枪会，首领叫吕成。这家伙，啊呀，这家伙简直不是个东西，人家做出来的事咱说出来都脸红，简直就是畜生。待了几天，我瞅空跑出来了。”

“你打算去哪？”

“还计划去找缑老六。这也是我今夜找你的原因。”

“说吧。”

“我在增村已给你找好了住处，一半天你就带着老婆孩子搬过去，家里的东西能带的带上，不能带的干脆扔了，你那几亩地也撂荒算了，一切损失和费用我全包了。从搬过去的第一天开始，你就是我增村货栈的伙计了。你这个伙计有两个任务，一是暗中替我监视货栈里的另外两个伙计，二是防止小股土匪的打劫。哥相信你的人品和胆量，你一定能完成任务。给，”寇家宝拉过吴凤岐的手，往他的手掌中砸了一把银元，“这是你的搬迁费和安置费，尽快动身。老弟，不能推辞，大哥我这几天就在增村等你，等把你安置妥之后，我再走。好了，我走了。”

吴凤岐要送，寇家宝制止了：“送什么？大哥我现在是牺盟政府的要犯，在你家里发现了我，你会有好下场？行了，再见。记住，越快越好。”

第六章　刘孔成的兵器

夏收刚结束，胡家珷和苏老财家的劳动合同到期回到后洼，准备另找东家谋生。这天傍晚，天气闷热得令人窒息，胡家珷只穿条大裤头，把自己从头到脚浇了几盆凉水，关上屋门，脱去裤头，赤身裸体地躺在烂高粱秆席上，惬意地享受片刻的清凉。就在这时，刘孔成晃着一根带火星的小木棍再次找上门来："给我熟铁，七斤。"

"七两也没有，我去哪儿给你找熟铁。"黑暗中，胡家珷摸过衣服，胡乱搭在身上。

在火星的"照耀"下，刘孔成揭起破席片，抽出一把短刀："这好办，你的刀我拿上，什么时候找上熟铁了，你给你自己打一把。"

胡家珷一骨碌爬起来，拽住刘孔成："这几天差点儿没把我累死，过几天吧。过几天，我一定给你弄点熟铁。"

"我不管你过几天，反正我现在手头已经有刀了。"

胡家珷体格壮硕，刘孔成哪里是他的对手。胡家珷三抓两拽夺回了自己的刀，随即推了刘孔成一个踉跄："跟你说过几天，过几天肯定给你弄上，你死缠什么？回吧回吧回吧。”

胡家斌摸索着抓过刚才脱下的湿拉拉的裤头，刚套上一条腿，刘孔成就扑过来，抱住了他的双腿：“你的话谁敢信，你今天要是不给我弄上熟铁，我就缠死你。”

一个大男人，两手提着裤子，只穿了一条腿就被人死死抱住，挣扎了几次均告无效。胡家斌软了，他腾出一只手，拍拍跪在地上的刘孔成的脑袋，以近乎哀求的口吻对后者说，“孔成哥，今天就饶了老弟吧，老弟累得眼都睁不开了。”

“不行，你说哪里有，我背你去。”刘孔成不依不饶。

胡家斌没辙了。“好吧，放手，跟我走。”他把跪在地上的刘孔成拉起来，“人都说阎王难缠，你肯定能缠死阎王。”说着穿好裤，趿拉上鞋底早已磨透的布鞋。

“你把哥都哄怕了，不是你坏事，那九张镰哥早就打成刀了。你行了好，让哥拉根烧火棍，你好意思？不过，你要是能给哥寻上熟铁，哥让你嫂给你用好面烙三张烙饼。”

“算了吧，就你家打的那三颗麦敢烙饼？留着做秋天的种子吧。”胡家斌拢好门，在水缸后抄起一把小板斧，抬头看看天，“今晚连月明也没有，”他回头问刘孔成，“你有带的火？”

“我哪有？我去给你借个。”

“不用了，咱摸黑干吧。”

“不能不能不能，我去给你借个洋火吧。”

刘孔成在胡家瑢家借了半盒洋火。二人高一脚低一脚地摸到村西坡头的老坟地。

浓云犹如一块厚重的幛幔，把天际间遮了个黑咕隆咚，不见月亮，更不见星星。远处的天边偶尔闪烁几下闪电般的亮光。潜形而朦胧的远山似成千上万的魑魅隐现四野。近前庄稼地里庄稼叶子相互摩擦发出的“呲啦呲啦”的声响和周围树枝上猫头鹰“杏杏杏杏胡”的鸣叫声，声声令人毛骨悚然。

刘孔成拉着胡家斌的衣襟，不停地左右张望，尽管他什么也看不清，什么也看不见。闷热加上爬坡，两人都已气喘吁吁，但刘孔成的牙齿仍在咯咯作响。

靠手中的木棍，胡家斌“发现”了一个塌陷的坟茔。

“就这儿吧。去抓把干柴，点个火。”

“什什什什……咱……咱就来坟地……坟地……找熟铁？”刘孔成用哆嗦的声音问。

“你以为？如果能找个铁灯台就差不多够打把刀了。快去，抓把柴，点个火。”

“黑黑黑……灯瞎火，我……”刘孔成没动。

“快去！”胡家斌仿佛有些不耐烦，见刘孔成还是没动，便拉了他一把，“走。”

胡家斌那木棍在地上胡乱扒拉，凭声音找柴火，“这里，”只要有干柴的声音，他就停下来，让刘孔成去捡。突然，一阵急促的“沙啦啦”的声音从他们不远处传来，一团受惊的黑影倏然而去，刘孔成“啊”的一声扑到胡家斌怀里，胡家斌猝不及防，重重地摔在草丛中。他狠狠地推了刘孔成一把，“你鬼祟什么？一只獾就把你吓成这样，像你这胆量混进自卫队干什么？爬走，早知道你这胆量，就不给你找熟铁了，你这㞞样即便是手里有一把刀要干什么？爬走爬走爬走，我回了。”胡家珷站起来，径自往回走。刘孔成连滚带爬赶上胡家珷，紧紧抱住前者的胳膊，忙不迭地解释，“老弟老弟老弟，听哥说，听哥说，”他喘着粗气，颤巍巍瞅瞅身后窜出黑影的地方，“现在这年月，兵荒马乱的，不能让老婆孩子担惊受怕。哥要是有把刀，身后的家人就有一种安全感。特别是我儿子，我刘家已经三代单传了，我爷就我爸一个儿子，我爸就我一个儿子，我也是两个女娃一个男娃，我要是不能给儿子一个保护，我们刘家这把香火就断了。哥太需要一把刀了，一把看家的刀。况且……”他摇着胡家珷的胳膊没再说下去。

二人返回去，胡乱抓了几把柴，点了个火，钻了数座已有塌陷窟窿的老坟地，找了两座铁灯台，二十几枚钉财钉。浑身冒汗的胡家珷把战利品兜在衣衫里掂了掂：“怎么样，够八九十来斤吧，打两把不敢说，打一把足够了。”

“是啊是啊，要是再找些，就能打一把关公的青龙月月刀了。”

“什么青龙月月刀？好像是青龙烟圆刀。”

“这你说错了。梁师傅是河南人，他说青龙月月刀就是这个腔。怎么样？要么咱再找些？”

“要找你找吧。我快要累死了。亏你不是老财，你要是老财，去你家干活一天就累死了。知足吧，走回。”

第三天傍晚，胡家斌像昨天一样，往自己身上浇了一盆水，躺在烂席上。刚迷糊过去，刘孔成“咣当”一声踹开门，一头扑进来，拉住炕上的胡家斌不由分说就往外拽。胡家斌挣脱了刘孔成的拉扯，摸过裤头穿上，“干什么，你？”“你兄弟俩套着鬼糊弄我，去看看你们办的好事。”“你把话说清楚，谁糊弄你了？”“你说，十几斤铁能打几把刀？”“不是一把是两把。怎么了？”“走，去看看。”

河口铺，红炉棚下，梁师傅悠闲地凑着油灯抽小烟，胡家瑢就着灯光磨刀。刘孔成带着胡家斌来到红炉棚下，胡家瑢正好把手中磨好的刀擦拭干净。

“孔成，来来来，坐这里，”见二人过来，梁师傅赶紧主动招呼，“刚才叫着你就走了。我知道你是什么意思。来来来，坐这里。晚来，”梁师傅朝对面酒店方向高叫一声，“生火。”

正在二楼看赌博的晚来听到叫声，赶紧跑下来，生着火，拉动风箱。梁师傅用铁钳在地上夹起一个锈蚀得不成样子的东西伸到刘孔成面前，“你看，这是一个人们贯椽用的大钯钉。少说也有三四两吧。”说着，他把钯钉放入火炉中，盖上陶片。不一会儿，钯钉已烧得火红。“家瑢，把大锤给他。”梁师傅叫胡家瑢让出大锤，胡家瑢把大锤递给刘孔成。梁师傅从火炉里夹出钯钉，放到砧台上，舞动小锤，指挥刘孔成用大锤击打。没打几下，刘孔成扔掉了大锤，蹲到地上，闷声不语。胡家瑢见火候已到，数落他道，你以为我们几个套好鬼骗你，我们是那种人吗？况且，怀疑谁都不应该怀疑老三，他和你共事这么多年，他会骗人？你们送来的一大堆东西，早已锈得不剩多少铁了。能给你凑合着打一把已是很不错了。短是短了些，但怎么也比你的烧火棍威风吧？好了，回吧，我们也该撤火睡觉了。胡家瑢从风箱盖上把已打磨得银光雪亮、寒光闪闪的匕首递给刘孔成。

刘孔成似乎有些不好意思，他揣好匕首，拉拉还坐在板凳上的胡家斌的手。后者坐着转了个身，未予理睬。刘孔成转到他面前，“哥给你赔不是了。走，让你嫂给你烙三张烙饼。”

“我是属狗的，扔块骨头就跟着走啊。”收拾完工具的胡家瑢也过来给他“下火”，“走吧，回吧，梁师傅要休息了。”胡家斌站起来，用肩膀猛地撞了刘孔成一个趔趄，“辛苦了好几天，至少应该给我看看你的青龙月月刀吧？”

“什么青龙月月刀？”胡家瑢给他纠正道，“青龙偃月刀，梁师傅，是青龙偃月刀吧？”

“是啊是啊，青龙偃月刀。”正要进屋的梁师傅停下来，扭头问，“谁有青龙偃月刀啊？”

“大岭的刘孔成有，你们不是刚给他打了一把吗？”胡家斌高声回答。

“关爷那把刀长九尺五，重八十二斤……”

“我这把刀装上一丈长的把，也能叫青龙偃月刀。”刘孔成没待梁师傅说完便抢着支着儿，听得出，他很是有些陶醉了。

“如果装上把儿，那该叫蛇矛枪了。张飞的蛇矛枪有丈八长。

哈哈哈，别扯了，回吧回吧。”

“听到没有，”胡家斌提醒刘孔成，“梁师傅说装上丈八长的刀把儿，就成张飞的蛇矛枪了。”

刘孔成不禁把衣衫裹得更紧，回头向家琣家斌兄弟二人打了声招呼“你们俩慢走，我先回去了”，便大步流星往家赶，任凭家斌在后面怎么嚷嚷刚才提到的“烙饼”承诺，他都未予理会，自顾一溜小跑着离去。

“咣当”一声推开屋门，往当屋一站，一手抓着衣襟，一手擎天，做出白鹤亮翅之势，口中大喊：“紧急集合！”

已经脱光衣服睡在炕上的两岁的儿子赤身裸体，光着脚丫，率先到位。在炉台上就着昏暗的灯光玩抓子的两个女儿也迅速在儿子身后排成一列纵队。正在灯下纳鞋底的妻子，白了他一眼，不以为意，继续手头的活儿。“副司令员也入列！”刘孔成向妻子发出请求。二女儿二妞帮他喊话：“妈，站队！”老婆笑了笑，仍旧顾手中的活儿。“司令员”走过去，带着一脸严肃的笑意，“夺”下副司令员手中的鞋底，从地上把老婆的鞋拿起来，给老婆穿上，然后扶老婆从炕上下来，安排到队伍的最后。

他抓着衣襟，把在自卫队学的那几句一本正经地搬出来，给家人训话：

“今天，我们家有兵器了！从此以后，我们就是一个团结战斗的集体，一个有强大战斗力的集体，一个……”他卡壳了，“嗯，”他抚着儿子的脑袋，“你们跟着你妈好好活，外面有你们老爸顶着。”

他小心翼翼地从怀里掏出寒光闪闪的兵器，老婆不禁倒吸一口凉气，“啊，你疯了？怎么把刀揣到怀里？”他没回应老婆的斥责，高高举着不足五寸长的匕首，向家人夸耀：

“这把刀，如果装上九尺五长的把儿，就是关云长的青龙偃月刀；如果装上丈八长的把儿，就是张飞的蛇矛枪。这把刀，锋利无比，削铁如泥。任何坏蛋，只要轻轻挨上这么一刀，就保证一命呜呼。”

他把刀先交给他的副司令员，“给孩子们看看吧。”

第七章　芦河伏击战

民国二十七年七月一日傍晚时分，芦苇河一带的地下党组织接到上级指示：沿岸各村迅速指派精干人员在大小路口设卡站岗，严查可疑分子，防止走漏风声；迅速组织群众转移；动员青壮年组建担架队和运输队；有组织的自卫队待战斗打响后进行外围袭扰、围歼零散逃敌、掩护担架队和运输队。

胡家琪把张沟这片的自卫队员集中在河口铺上面的河神庙内，河神庙的正殿也就是小三间，明间正中一个砖砌的供台，供台上点着一盏油灯。昏弱的灯光下，与会者一个个脸上仿佛涂上了一层厚厚的桐油。

“咱现在先点一下名，”胡家琪就着油灯，开始点名。

“大岭的张进财。”

“在。”

“大岭的刘孔成。”

“到。”

“小岭的马张继。”

“在。”

“窑掌的张栓栓。”

“在。”

“窑掌的张小运。”

“来了。”

“窑掌的张周全。”

“来了。”

……

点名之后，胡家琪把与会者分成若干小组，并具体指定出每个行动小组的专项任务。

一听说自己被安排到运输队，胡家珷神经质地咆哮起来：

“我不去！这个徐海东也太不讲道理了。日本人打到我家门口，只让他们打不让我打，凭什么？我不去，我要打仗。”

闷热的空气被胡家珷这么一搅，似乎已达爆炸的临界状态，三十多张淌汗的脸齐刷刷地朝着这个半道杀出的程咬金。愣了片刻后，胡家琪拨开身边几个人，挤到胡家珷面前，“三弟，这是命令，没有讨价还价的余地。”“这是谁下的狗屁命令？老子不干！如果自卫队不参加打仗，我退出自卫队。这一仗我是非打不可。”“二弟，”胡家琪朝胡家瑢喊了一声，“你带他出外面等等，他的问题随后解决。好了，天太热，咱接着开会……”

很快，众人涌出正殿，各自离去。刘孔成凑到胡家珷身边向他耳语："我也要打，你到哪儿我到哪儿。""爬远点，我这里还没有说通呢，"胡家斌一把把他推开，"打，打，打，你有枪？"刘孔成从怀里掏出匕首，"这不是？装上把儿就是张飞的丈八蛇矛枪。""爬走爬走，现在打仗，像梁师傅讲的那些关公呀、秦琼呀、武松呀什么的，都不行了。得靠这个。"他望空甩了个手势。

"那是什么？"刘孔成被他唬住了，睁大眼睛在夜空中努力寻找新兵器。

"反正就是梁师傅讲的厉害枪。"

"厉害枪？"

"厉害枪。今回打仗我死也要弄条厉害枪。"

"我也要弄一条。"

"三弟，"胡家琪最后一个离开正殿，他吹灭了灯，拢上殿门，拍拍胡家斌的肩膀，"哥也想打仗，可是，上级的任务务必要完成。有一个办法，你去试试。"他抬头看看夜色，"今天初四，黑路也不好走，可是没时间了。苏家岭的苏老财，就是你原来的东家，徐海东旅长等部队首长就住在苏老财家。你去找找苏老财，看人家能不能帮你说上话。如果能，徐旅长让你同他们一道打一仗还是有可能的。咱把话撂到明处，如果行，你就随大部队参战；如果不行，你还是咱自卫队运输队组的组长，做好准备，保证完成任务。"

"好，大哥，我这就上苏家岭。"

"我也上。"刘孔成紧紧跟在胡家斌后面。

"等等，"胡家琪叫住二人，"记住，上苏家岭，你们是求人办事，语气要软，态度要好，绝不能和人家瞪眼。记住了？”

“记住了。”二人异口同声。

“去吧。路上小心。”胡家琪目送二人消失在夜幕里。

二人健步如飞，不知不觉便上到了大岭。

“孔成哥，到门口了，不进去看看？”

“不进了，咱赶紧上苏家岭吧。你嫂她，好说。”

“好说个屁？谁不知道你怕老婆？”

“三弟，你没娶老婆，有些话你不全懂。这怕老婆不是真怕，你不是心疼她嘛，怕她受罪，怕她得病，怕她受委屈，怕她生气，怕她……这样跟你说吧，一个好老婆就是一个男人一生的福分。像你嫂这样的好老婆，那可是千载难逢啊。她虽然没有承贵老婆那么漂亮，可是她很耐看，而且越看越好看。哥家穷，自从你嫂嫁过来，哥一直感觉她就没过一天好日子，可是，她毫无怨言，一心一意跟哥过日子。哥有刀后，她怕刀伤了哥，还专门给哥用羊毛毡做了个刀鞘呢！”说着他从怀里掏出了带羊毛刀鞘的匕首，“这样的老婆，哪舍得让她生气呀。你知道哥为什么报名参加自卫队吗？听说日本人打过来了，你嫂晚上跟哥说，日本人来了，这日子该怎么过呀。能听出来吗？她犯愁了，她在担惊受怕。哥还犹豫什么，参加自卫队，赶走日本人。哎？”他停下脚步，转身仰头盯着胡家斌，“你也老大不小了，赶紧找个媳妇吧，一结婚你就知道了，只有安了家，男人才能算男人。”

胡家斌径自往前走，“谁憨了，谁舍得把闺女嫁给我这个穷光蛋？”

“家斌，”刘孔成紧赶几步拽住胡家斌，“三弟，要么咱不要上苏家岭了，咱干脆参加担架队，大哥说，如果把一位伤员送到小寺庄，每副担架能挣一块大洋。咱两个要是能送十个，就能挣十块大洋。十块大洋就是五千块老虎票，足够你小子娶媳妇的。”

“你一定是穷疯了。”

“我没疯。”

“没疯你说这些？我要打仗。现在说见了苏老财怎么办吧。”

“多说几句好话，多磨叽他一阵儿，他要是吃不住磨叽，就答应了。”

“你来。你磨叽的功夫比较老到，唐僧上西天取经就是你磨叽去的。”

“你给他当了两年长工，你熟，哥拙嘴笨舌的，会说甚？”

“这个苏老财，我太了解了，太难说话了，没好处的事，绝对不干。”

“三弟，张锡祚都不是咱的对手，一个苏老财还怕不好对付？真要不行……”

“站住！”二人埋头赶路，快到苏家岭时，远处一声断喝，他们不得不停了下来。

树荫下冒出几个人，端在手中的枪前端的刺刀不时闪出银光。几支枪在他们几步远处停下来：“干什么的？”

“我们是张沟自卫队员，找苏老财。”

“哦，他们我认识。这个是后洼的胡家斌，这个是大岭的刘孔成。”五龙沟的张圪忍一边挽裤带一边向站岗的介绍。

“要去快去，听我舅说，他今晚要把秀秀往町店送呢。”通过岗哨后，张圪忍还催他们快走。

苏家大院门外西侧，苏老财把女儿秀秀扶上驴背，正要启程，手中的驴缰被人夺去。

“你们干什么？”见家斌二人站在身后，苏老财没好声气地问。

“延年叔，黑天半夜的，您这是要去哪儿？”胡家斌柔声问道。

“有事快说，我没工夫。把缰绳给我。”苏老财依然用拒人于千里之外的口气。

“延年叔，”刘孔成赔着笑脸向他讨好，“我们的事很简单，只需你帮我们说句话。”

“拿钱来，没钱就免开尊口。”苏老财仿佛早知二人的用意，一副毫不接茬的模样。

胡家斌把驴缰交给刘孔成，手中的匕首逼向苏老财：

“我知道你有事，咱快刀斩乱麻，走，带我们去和徐海东讲个理。”

“愣小子！”苏老财迎着匕首喝道，“秀才见了兵，有理说不清。人家带着这个，”他用手做个手枪的样子，“你和人家还讲什么理？要去你去，我不去。”

刘孔成牵着驴就走，边走边威胁：“你不去，今晚我把你闺女带到紫砂腰遛遛。”

苏老财正欲追赶，胡家斌手中的匕首架到了他的脖子上。

苏老财不肯服软："你敢把我怎么样？"

"把你怎么样？"胡家斌扭头看看远去的秀秀，"把秀秀送到紫砂腰。那里两条腿的土匪和四条腿的狼都不讲道理。"

"救命！"苏老财突然大喊起来。

很快，两个"绑匪"被卸了"武装"押进苏家大院。

听说"绑匪"是来和徐海东讲理的，众人乐了。其中一个圆脸盘，中等个子，腰间扎着一条皮腰带，腰带上挂着枪套，一段乌黑发亮的枪把露在枪套外面。他让二人坐下，"讲理就坐下来讲"。

"芦苇河是我们的地盘，日本人打到了我们的地盘上，凭什么不让我们打？"胡家斌没落座，气势汹汹地质问"圆脸盘"和他身边的一群陌生人。

"圆脸盘"带头哈哈大笑起来。笑声中，门外又走进一位个子稍高戴眼镜的方脸汉。他的腰间和"圆脸盘"一样，都挎着外露枪把的手枪套。他径直走到二人对面，手搭在胡家斌肩头，端详了这个身材魁梧的"绑匪"一阵儿，才微笑着问：

"你们是不是想当逃兵？"

全场都愣了，胡家斌更是涨红了脸："我们是张沟自卫队的，我们要打仗。徐海东让打就打，不让打也要打！"

"圆脸盘"挠挠头皮，看看身边的人，扮着鬼脸说："这话说的，没说不让打啊。"

"战斗在即，自称自卫队的却跑到苏家岭绑架苏秀秀来了。""眼镜”正色道，“作战行动绝不等同于扣动扳机。按不同的参与角色可分为掩护组、阻击组、进攻组、搏杀组、急救组、担架组、运输组，还要留有预备队，所有这些，都是战斗员，每一个人的作用都至关重要。你们张沟自卫队就有组织的担架队和运输队。难道你们那个胡家琪胡队长不让你们参加？”

“可他只……让我们……参加运输队。”胡家珷有些吞吞吐吐。

“待我们发起冲锋后，运输队员迅速冲上去，夺取枪支，消灭逃散之敌，然后把尽可能的武器装备运送到指定地点。运输队员就是战斗员，而且是非常重要的战斗员。我们只怕你们完不成任务呢！”

胡刘二人羞得低下了头，还是“眼镜”为他们打圆场：“来来来，认识一下，”他指着“圆脸盘”介绍说，“这位就是你们要与之讲理的徐海东旅长；”他又指着自己道，“黄克诚，一一五师三四四旅政治委员。”

二人不禁瞪大了眼睛。胡家珷紧紧攥住“圆脸盘”的手：“徐旅长，”又看看身边的黄克诚，“黄政委，我是张沟自卫队张沟运输组组长，我们保证完成任务。”

“保证完成任务！”刘孔成用更响亮的声音重复道。

说完，二人飞出苏家大院。

经短暂培训后，自卫队按各自的任务分散待命。胡家珷他们的运输组随七七二团二营埋伏于义城村东侧的土崖上，紧张而又急切地等待着战斗打响的第一枪。

七月三日一大早，敌二百余骑兵耀武扬威大摇大摆地沿芦苇河河谷迤逦西进，为首的日军军官不时拿起手中的望远镜向两岸的山头观察一番。

上午，天空无一丝云彩，炙热的太阳把毒辣的阳光一波狠于一波地喷射在大地上，万物犹如被置于密闭的蒸笼里：地里的庄稼耷拉着脑袋，一副垂死的模样；树枝上的山雀架着翅膀，咧着嘴巴，非但没有往日动听的歌声，而且连沙哑的惨叫声也听不到，树林间静寂得犹如一幅油画；埋伏在草丛中的八路军战士布帽上扎的草圈已近乎干蔫，一个个脸上的汗珠顺着下巴“滴吧滴吧”往下淌。

尽管头上戴着用于伪装的草圈帽，但丝毫未能减轻浑身向阳处滚烫的灼热。胡家斌上身穿着的已经发黄的白小布上衣俨然一张烧红的铁皮熨在背上，他几次神经质地晃晃肩膀都被身边的八路军战士低声地厉声制止。日军骑兵上去后，他不解地问道：“怎么还不打？再不打就追不上了。”他得到的回答是更为严厉的斥责：“不许出声！等候命令！”

上午十点多，一列由三十多辆汽车组成的车队顺河而上，由于河道卵石遍地，车队只能缓慢地择路而行。每辆车的马槽上都载有几个木头箱子和十来个日本人。车上的日军有的坐在木箱上，有的站在马槽边，无论持何种姿势，都手扶车帮随着车的晃动而左摇右摆。

正午时分，车队队尾刚到义城村边便停了下来。一阵叽里呱啦的吼叫后，车上的鬼子兵争先恐后地从车上跳下来，边跑边迫不及待地脱去军装，赤身裸体地扎进河水里，享受清凉的河水带给他们的无限惬意。就在这时，对面柏山山头传来枪声，紧接着就是清脆嘹亮的冲锋号声。潜伏在阵地上的八路军战士一跃而起，一路呐喊着冲向忘乎所以的敌人。

芦苇河河谷枪声大作。

正在河水中纳凉的日军顾不上体面，赤着脚丫拼命往汽车方向跑；部分正在西瓜地大快朵颐的日军扔掉西瓜冲向汽车；少数几个钻在车底睡觉的日军听到枪声迅速爬上车顶，架起机枪向对日军发起猛攻的八路军战士疯狂扫射，但这样的抵抗是极其短暂的。冲在前面的八路军战士已与敌人展开肉搏，大部分日军被歼。十几个鬼子慌不择路杀出重围逃向五龙沟方向，正巧被从五龙沟方面冲上来的新兵营一连碰个正着。敌人撂下几具尸体，扭头向芦苇河上游逃窜。

胡家斌小组紧跟在冲锋的队伍后面奔向战场。他们的身上很快挂满了枪支。

刘孔成十字披挂，已经“捡”了十一支枪，沉重的负荷已使他步履蹒跚。一个胸前中弹的鬼子兵耷拉着脑袋，上身靠着一辆汽车的后轮，但双手还握着自己的枪。刘孔成一手握着匕首，一手去拿鬼子手中的枪。不料这鬼子还没死，他顺势把刘孔成扑倒在地。此时，背在后背的十一支枪顿时成为他可怕的累赘，他被鬼子压在身下。前胸尚在淌血的鬼子用枪杆压在刘孔成的脖子上，死亡火焰瞬间燎烤着第一次上战场的庄稼汉。刘孔成情急之下，用匕首戳向鬼子的大腿，鬼子一声惨叫倒了下去，但手中仍旧紧攥着自己的枪。刘孔成跪起来，匕首在鬼子脖子上一抹，一股热血倏然喷射到他的脸上。他惊恐地望着瞪着双眼倒在他面前的鬼子兵，触电般扔掉手中带血的匕首。“快！磨叽什么？送往苏家岭！”远处的胡家斌朝他大喊。他打了个冷战站起来，捡起自己第一次派上用场的未装把的丈八蛇矛枪，别到腰间，背着十二支枪，磕磕绊绊摇摇晃晃向胡家斌靠拢。当他经过一辆马槽已经燃烧的汽车时，张进财冒着浓烟在车上喊他，“把你的枪放下，快来快来快来。”张进财正把车上的木头箱子往车边挪。“里面是什么？”刘孔成边卸枪边问。“不知道，怪重，”浓烟呛得张进财眼都睁不开，“咱先把它卸了，再不卸就着了。”刘孔成掇了一口箱子，放到地上，刚转身，汽车“轰”然炸响，一个巨大的火球腾空而起，强大的气浪把他推出去老远，重重地摔在地上。蒙了半天，他回过神来，摇摇头，突然本能地爬起来，朝着已被炸散，残骸还在燃烧的汽车连声大喊“进财——，进财——”。绕着汽车找了几圈，听不到张进财的回应，也看不见张进财的身影。“进财——”他发疯似的呼喊着。战场上，枪声渐渐远去，几处冒烟的地方偶尔传来“哔哔叭叭”声音。一段人形的焦木终于引起他的注意，他跑过去，认真一看，“进财……”是进财，然而，可怜的进财已像用木炭粗略地雕刻的概念人：没有了头发，没有了耳廓，没有眼包皮，没有了鼻子，没有了嘴唇——整个脑袋就像一个技艺拙劣的工匠在一根烧焦的木头上依人的五官模样随意戳了几个黑乎乎的窟窿；浑身衣裤全被烧光，脚趾被烧光，手指也被烧光，胳膊亦如黑乎乎的木杵；大腿根部烧得只剩下了遗址。“快走！你干什么你！”胡家斌在远处催他。他再次背上枪，磕磕绊绊摇摇晃晃向前赶去。

翻过大岭，再翻过窑掌圪岭就到苏家岭了。他们在大岭背后停下来。“歇歇，歇歇，”胡家斌率先把背着的枪支靠到地塄边，“腿都软了。歇歇再走。”他解开衣扣，提起衣襟往自己怀里送几缕凉风。他们的衣裤早已湿透，全都贴在身上。刘孔成脸上的血迹已被浓烟熏烤成了紫黑色，汗水在紫黑色的面皮上冲出数道沟壑。他萎萎地坐在地塄边，眼睛里尚兀自饱蓄着泪水。“怎么了你这是？不让你来，你偏要来，来了就这样。哼！”“整个人都烧焦了，那东西都烧没了。”“什么东西？”刘孔成下意识地抓抓自己的裆部，泪水涟涟，没有说话。“你站起来，”胡家斌端起一支枪，对着刘孔成，“挺胸，抬头。河滩上倒下的人你看见了吗？有辆汽车旁边就倒着七八个八路军战士，其他人不照样冲锋陷阵？打仗嘛。我看你是背不动了。来，”胡家斌在两人的枪堆里各拿出两支枪，小心地竖进地塄后的水囤里，“咱留些私房钱，不许走漏风声。”“万一……”“咱不说，谁知道？徐海东去问日本人丢了多少枪？没事。走。”

整整一下午，他们往苏家岭来回跑了三趟。跑最后一趟时，太阳已到西山头了。胡家斌扛了一口长箱，刘孔成扛了一口方箱。来到坡顶，他们再次坐下来喘口气。眼前的芦苇河河谷已一片宁静。落日的余晖把大地染得一片砖红。河滩上，星星点点几处汽车残骸尚在冒烟，横七竖八躺在河道上的鬼子的尸体犹如秋天北瓜藤上嶙峋的瓜：白的、黄的、红的……

当晚，胡家珷他们接受了简短的持枪、瞄准、射击和投掷手榴弹等技术要领，并随八路军六八八团埋伏在町店附近山头。

第二天拂晓，几架日军飞机在芦苇河沿线上空轮番轰炸、扫射。上午十一时许，日军两辆汽车顺河道先行探路，见无动静，便原路返回。随后三十余辆的车队跟随探路车一路轰鸣着沿河谷爬上来。车队一边沿河道绕开昨天被炸毁的汽车小心翼翼地警戒前行，一边用车上的小钢炮向河道两边的山岗上不断开炮。

当敌人车队行至下黄崖、八里湾一带时，六八八团团长一声令下，战斗打响。刹那间，集束手榴弹、排子枪如冰雹般砸向敌人。鬼子阵脚大乱，胡乱抵抗，很快即被全歼。午后，一队自晋南方面前来接应的鬼子骑兵刚到上黄崖附近，即遭到晋豫边游击队的猛烈阻击。残敌仓皇西逃。

战斗结束后，胡家珷在战场上收拾了三支枪，腰间扎了四五条武装带。刘孔成胸前后背则挂了四个钢盔。胡家珷不屑地问："你收拾那么多铁帽干什么？你能戴几顶？"

刘孔成得意地敲敲自己腰间的战利品，咧着嘴夸耀道："好歹咱也打了一仗，带上这些回去，跟老婆孩子也算有个交代，况且，这东西，"他拍拍钢盔，"多结实，老婆孩子戴上，安全多了。你收拾了些什么？"他拽拽胡家珷腰间武装带上的皮匣子，"这是什么？"

"傻瓜，这是子弹。今后咱要是有了枪，没有子弹行？"

当晚，八路军在苏家岭召开了庆功会，会上，徐海东亲自奖给大宁自卫队五支枪和一箱手榴弹，奖给张沟自卫队三支枪和一箱手榴弹。会后，队伍带着“丰盛”的战利品悄然离去。

第八章　同　志

为了便于参与自卫队的一切行动，胡家珷再次给张老财当长工。上次给张老财做长工时，他屡屡吵着嫌工钱少，这次他主动找上门来，张老财怎会放过这样的机会。

“听说日本人给钱高，你怎不找日本人去？”张老财揶揄道。

“你眼里还有日本人啊，下次他们来时，我争取把日本鬼子带到你家，让你家风光风光。”

“干活去！我没工夫搭理你。”张老财没给胡家珷高工资，更没给他好脸色。

夏收之后，地里的农活主要是抡锄头。

这天，他们的任务是给西岭圪梁的七亩春玉米耧圪堆，其实就是连锄带给玉米上圪堆。太阳尚在睡梦中，他们就上地了。

辰时光景，潘小巧挑着六桶锅饭向田间走来。她下着蓝洋布裤，上着白洋布汗衫，头戴草帽，脖子上搭一条白毛巾，右手扶扁担，左手摆一块花手绢，随着步伐，她的柳腰左右摇摆，那优雅风致、那娇美情态、那绰约丰姿，即便是了无俗念的唐僧都要为之倾倒。快锄到地头的胡家斌看见了她，不禁停下来痴痴地盯着看。潘小巧来到地头，四下看看，肩头的担子需要有人帮忙才能放到地上。胡家斌丢下锄头跑出来，帮她卸下桶锅。

“叫他们吃饭。”潘小巧一边擦着脸上的热汗，一边轻声命令胡家斌。

“吃饭嘞。”胡家斌胡乱喊了一声，但眼睛一刻也没有离开潘小巧。此刻的她由于出汗，汗衫紧紧贴在身上，女人身上部分重要机关的办公地点从汗衫外面就能清楚地看出来。当发现身边有一双贼眼死盯着自己时，潘小巧脸色骤变，她用只有他才能听见的超低声波向他怒斥：“吃饭！看什么看？再看剜了你的眼。”“天不明就干活，直到现在饭才来，我们都快饿死了，”胡家斌的目光仍未离开潘小巧，“饿得人恨不得连人带饭一起吃了。你要是敢把我的眼剜了，我保证天天给你说书。”潘小巧拿扁担狠狠敲在胡家斌背上，“不等你们吃了，晌午回来时把桶锅给我收拾上。我回去了。”望着负气而去的女人的身影，胡家斌提着桶锅半天回不过神来。

傍晚，当他们收工时，脚下的路已仿佛躲在一层薄幛后面。

晚饭，米淇。

狼吞虎咽，两碗饭下肚，待要盛第三碗时，锅底已朝天。胡家斌敲着空碗质问正欲洗锅刷碗的潘小巧：“这怎么就没饭了？”后者待理不理地回应：“将就吧，我还等着你给我说书呢。”

马褂搭在肩上，上身赤裸，裤管卷在大腿上，趿拉着透底的布鞋，胡家斌埋头往家赶。一群蚊子如影随形地簇拥着他，他就地抄起一根小木棍拼着命驱赶蚊子，边赶边骂："你狗日的，老子给你干活，连饭也管不饱，还日你妈谋得吸老子的血，爬走，爬走，爬走！"

推开屋门，摸黑走进去，倒在床上，摸起床边仅剩手掌大的芭蕉扇，既纳凉又驱蚊。迷糊中，有人推他："睡觉连门也不关，不怕狼进来吃了你？"

"要是有狼闯进来就好了。"床上的人像在美妙的幻想中惬意地徜徉。

"真想喂狼呀？"

"我比狼饿得还厉害，谁吃谁还说不定呢。"床上传来芭蕉扇击打在肚皮上的"啪啪"声，"孔成哥，没事就回吧，小弟已经没力气和你说话了。"

刘孔成摸索着关上屋门，再摸到床边，压着嗓门低声问：

"你同志了吗？"

"我听不懂你说些甚？回吧回吧，别搅我了。"

"家斌，我问的是正经话，你同志了吗？"

"什么同志，你究竟说些甚？我不知道。"

"夜里，背静处，大哥，'从此我们就是同志了'，没叫过你？"

"叫我？"胡家斌欠起身，"我不知道。你说些甚？神神道道的，我不知道。"说完又慵懒地倒下去，"别跟我装神弄鬼了，回吧回吧回吧。"

黑暗中，胡家珷手中的破芭蕉扇发出“咴咴咴”的声音。刘孔成站起来，摸黑碰碰胡家珷的手臂，“那你睡吧。”摸到门前，听床上传来一声困倦的嘟囔，“就不要关门了，门开着凉快些。”

朦胧的夜色里，零星几声犬吠。刘孔成警惕地看看四周，边走边自言自语：

“你小子装得怪像。你哥都让我同志了，能掉下你？一口一个不知道，装得怪像。你不知道，谁信？不行，我得再回去试试。”

床上的胡家珷已经发出一串串醉人的鼾声。刘孔成推醒他：“快起来，开会了。”

胡家珷一骨碌坐起来：“嗯？在哪？”

“所有同志都到河口铺开会。”

“什么？所有同志？所有什么同志？谁叫你通知的？”

“我说你装什么？就是同志嘛，大哥说的那个同志。”

“孔成哥，你开什么玩笑？谁是同志？我不知道。你快走吧，别在我这里神神道道的了。”床上传来身板砸下去“噗”的一声，紧接着就是芭蕉扇急促的“咴咴咴”的声音。

“哎？你真不是？这大哥，这大哥，这……”刘孔成丢下一串叨叨消失在夜幕里。

张沟河自北向南流下，张沟村坐落在小河西岸，大部分居民的房屋都坐西向东。张沟村往南翻过一道岭就是后洼。后洼仅有十来户人家，房屋坐北向南且大多是砖券的窑洞。胡家琪一大家就住在山庄西边的小院里。小院南门，东西南三面院墙，堂屋就是三眼窑洞。胡家琪与老二胡家瑢都已成婚，两家各占东西一眼窑，父母住中窑。老三胡家珷无处安插，就在山庄东边一段土崖下给他挖了一眼土窑。砖砌的门面、砖砌的炉台、砖砌的土炕，其余就是原汁原味、原始风格、原生态的土墙，地板当然也不例外，不能打扫，只能洒水，却不能洒水过度，否则一有汪洋踩进去就是一脚泥泞。从胡家珷的破窑洞出来，穿过山庄的猪圈茅旮旯，就是胡家琪促狭的小院。刘孔成几乎没换气就跑到胡家琪的家。

中窑和西窑里黑灯瞎火的，只有东窑窗户里还透出一点微弱的灯光。透过窗户向里窥探，柔弱的油灯下，胡家琪正坐在方桌旁提着毛笔写字，五龙沟的张圪忍等几个人围站在方桌边。哦，还有五龙沟的张文文，他也站在桌边。胡家琪搁下毛笔，把写满字的土纸调转九十度，“你们看看吧。”张文文谄笑着央求胡家琪，“胡先生……”，“什么先生后生的，”学校的教书先生打断他的话，“叫家琪就行。”“不不不，那哪叫得出口，叫胡先生才合适。”“文叔，乡里乡亲的，更何况咱赶起来还沾亲带故的，叫家琪就行。”“那好那好。家琪，你能给叔念念吗？叔不大怎么识字。”“文叔，识不识字都要念的，这是规矩。你们几位看过了吧？”胡家琪又把已经写好字的纸转过来，“我给你们念念。”他把油灯再挪近点，清了清嗓大声念道：

“立典卖房屋文契，张文文今将五龙沟村庄西隅圪台院自家祖传南屋三间凭中张坤正议价出典，由张圪忍管业。三面议明时值银洋肆元，当日一并收足，并无短缺。其房并无重叠交易，亦无他人争执，如有等情，由典卖人理论，与现业者无干。空口无凭，立此文契为证。

“没什么问题就在上面签名或按手印……”

刘孔成正全神贯注地听着，突然一双手轻轻地放到了他的肩膀上。他神经质地失声大叫：“啊呀！”屋内的胡家琪“蹭”地蹿出来，一把抓住他的胳膊。脖子被后面的人牢牢卡着，他也无法回头。他被几只手生拉轻拽，押进了东窑。

“孔成,这半夜三更的,你鬼鬼祟祟干什么？”胡家琪大声喝道。

“我……你……”刘孔成筛糠似的扭头看看站在自己身后的胡家瑢，“我……就是……”

“孔成，你这是什么意思？”胡家琪再次断喝。

刘孔成一个激灵挺直了胸膛：“我什么意思也没有，我就是想问问大哥，能同我的志，怎么不同三弟的志？”

“孔成，”胡家琪触电般弹出右手扇了刘孔成一记耳光，“你住口！”

刘孔成手捂腮帮，更加暴躁起来：“你们是不是要我？同我的志不同三弟的志，三弟哪点不如我？”

“给我爬走，你胡吣些什么？”胡家琪狠狠地推了一把近乎疯狂的刘孔成。

张圪忍等人见状,拿上写好的房契斜欠着身子抢在刘孔成前头，鱼贯而去。

“你别动。”胡家瑢把刘孔成推到墙角，给胡家琪丢个眼色，然后二人耳语了几句，胡家琪狠狠看了刘孔成一眼，急匆匆跑了出去。

胡家琪一路小跑赶到河口铺上河神庙门前，他蹲下身，警惕地察看周围的动静，停了一会儿，他抿着嘴巴学了几声蛤蟆叫，里面门闩轻轻地被拉开，庙门闪开一道缝，他背对门缝快速闪入，庙门的门闩被再度拉上。

“快，我和杨书记已经等你老半天了。”开门人小声告诉他。

黑咕隆咚的正殿内烟香氤氲，供桌前的香炉内一把香柱兀自闪烁着一撮火星。有人把一把枯草罩在香火上用力吹了吹，枯草蹿起了火苗，火苗飘到供桌上的一盏油灯边引燃了油灯。就着暗红的灯光，胡家琪朝点着油灯的人打声招呼：“杨书记，让你们久等了。”

“随便坐吧，时间不早了。”被叫作杨书记的见胡家琪坐到了供桌的左侧，就往中间挪了挪，示意开门者坐右侧，“五顺，你坐这里。”

先到的这两个人，胡家琪认识不久：点灯者是杨腰的杨廷相，开门者是柳沟的卫五顺。他们三个是五月刚刚成立的蒿峪党支部的支部委员。

“同志们，咱支部成立三个月以来，一切工作进展非常顺利。可是，近来局势有些恶化，情况越来越严重。就在昨天，我哥杨廷弼和杨向华在杨腰成立了国民党杨腰联络处。这给咱们的工作必将带来巨大威胁，我们今后的行动必须更加小心谨慎……”

“杨书记，不好了。”胡家琪拽着衣袖擦着脑门上的汗水，打断了杨廷相的发言。

“什么情况？”杨廷相、卫五顺二人异口同声地问。

“就在刚才，二弟回来通知我开会时，发现……”胡家琪简单介绍了在他家发生的一切。

卫五顺立马提议：“这没什么可说，必须立即把刘孔成开除出党，消除后患！”

沉默片刻后，杨廷相表示：“如果就此开除刘孔成的党籍，反而解除了他对组织的责任感，这样做恰恰会给组织造成毁灭性的打击。我相信刘孔成同志，他冲动的表现，仅仅说明他对我们的做法存在不解，并没有破坏组织的恶意。家琪，你表个态。”

“书记说得对。由于来时走得太急，我还没来得及给他解释呢。回去后，我找他谈谈，让他在组织纪律性方面再加强一点。”

……

东方的启明星已露出澄澈的青光，正殿内，会议还在进行。

第九章　一个月饼

八月十四日中午，刘孔成下地回来，摸出箱底的钱，风急火燎地抢到河口铺。

“掌柜的，买一个月饼。”他隔着门槛就喊。

掌柜的等到他进到柜台前，擦干了头上的汗才慢条斯理地告诉他：

“兵荒马乱的，谁做得出来？没有。”

“没有？”

“没有。”

“真没有？”

“真没有。”

“哪还能买上？”

“听人说杨腰有卖的？”

“真的？”

“真的。”

“听谁说？”

“你要真想买，问问圪忍，他这段时间一直往杨腰跑。”

“哦哦哦，谢过谢过。”

返回的路上，刘孔成一边跺脚一边不住地自言自语：

“我说是早点买早点买，你说怕时间长了放坏了。这可倒好，没了。没有月饼，这十五怎么过？怎么跟老婆交代？怎么跟娃们交代？你说你这么大人了，办事一点也不牢靠。”

晚上，刘孔成跑到苏家岭，找到张圪忍：“想买个月饼。”

“你要多少？”

“一个。”

“就一个？”

“就一个。”

“那你怎么买？不说没有，有也不能卖给你呀？”

“为什么？”

“为什么？五毛钱四个，你一个怎么买？”

“这么贵呀？不能便宜些？”

“孔成哥，你跑到我这里废什么话？一斤四个，五毛钱一斤，这是人家杨腰杨掌柜说的，我跑到杨腰买，就是五毛钱四个。你说便宜些，那你去说。在我跟前说这话，有用？”

刘孔成艰难地在口袋里摸出一张三花脸（时币一元钱），颤颤巍巍地抖到张圪忍眼前：

“我……就……买一个。”

“孔成哥，你黑摸圪洞跑来要我是不是？你只要一个我怎么卖？五毛钱四个，这一个是一毛……一毛……你算算是多少钱？”

“不不不，老弟，我每年十五都要给老婆孩子买块月饼，没想到今年河口铺没卖的。你看你看，你……这样行不行？今年你要找不开，那就算哥欠你一个月饼，明年还你一个零……一个零一分，行不行？”

张圪忍“哧”的一声笑了：

“孔成哥，你可真有你的。算了，谁也不欠谁的，不就是一个月饼吗？我把我的给你吧。”

张圪忍站起身，卸下挂在墙上的一个小纸糊篮，拿出一个土纸包，塞到刘孔成手里：“我舅就给了我这一个。”

“你舅就是有钱。”

“他能算有钱？真到了人家有钱人那里，他连毛毛都不如。”

“方圆几十里，你舅也算得一个有钱人了。”

“孔成哥，这回我可是开眼了。”张圪忍把纸糊篮挂回墙上，盘腿坐到炕沿边，伸出右手的小指，指头朝天晃了晃，脸上荡漾着神秘的微笑，“和人家比，我舅顶多算个这。”

“谁这么有钱？”

“不知道了吧？告诉你吧，杨腰的杨廷弼，杨老财，人家可真是有钱人。

“杨老财弟兄仨，杨老财是老大，老二是国民党阳城县党部主任。你也知道，只有钱没有权的人是假有钱，既有权又有钱的人才是真有钱。像我舅，他能算有钱？人家把枪顶到他脑门上，他家眨眼就没钱了。而杨老财才算得上是真有钱。今年夏天，人家在家里开办个酒坊。开张时，我跟我舅也去了。那场面大的，全县有头面的人都去了。听说光收的贺礼就装满了一篅口，那可是一篅口银子啊。听说，人家还成立了国民党杨腰联络处。为了抗战，现在各家各户都交支前粮，人家不仅不交，还收购粮食榨油酿酒，乖乖，这才是真有钱啊。我要是能有这么多钱，先……哎？孔成哥，你那个三小姨有婆家了吗？”

“许是有了吧？”

“孔成哥，你能不能去给小弟提提亲？”

“我看你是想媳妇想疯了。我能去提？”

“哪家王法规定姐夫不能去给小姨提亲了？”张圪忍说着把塞给刘孔成的月饼抠到自己手里。

“就是不好意思说吧，也能去给你问问。不过咱可把丑话说到头，给你去问问可以，但我是一点底也没有，你别有什么指望，我办不了这事。”

“看把你吓的？你能让我嫂子回去问问嘛。这事又不难，成就成，不成拉倒。”说着，又把月饼递给刘孔成。

“这行这行，我让她回去问问。你别心急，我让她回去问问就是了。你歇着吧，我回去了。谢过谢过谢谢了。”刘孔成攥着月饼，边点头边退出屋来，顺手拢上屋门，隔着门朝里喊“你早点睡吧，我回去了，谢谢啦。”

八月十五晚上，饺子。

这顿饺子馅来得比月饼还艰难。约定前来杀羊的屠夫直到午后才从张山赶来，脸色早已黑青的张锡祚也没与屠夫多言语，只撂下一句“羊在羊圈拴着”就走了。胡家斌被派来给屠夫当下手，这是昨天就安排好的，由于屠夫迟迟未到，他在张家院外溜达了整整一上午，引得张老财的脸从黄变红，由红变紫，见谁都吹胡子瞪眼睛。屠夫按部就班有条不紊地杀羊，胡家斌随机帮衬，两人配合得甚是默契。只是作为“监斩官”的张承贵在一旁盯得死死的，胡家斌的牙不时地咯咯作响。

一个时辰后，羊皮钉到墙上，下水洗净入盆，羊架剁好入锅，羊肉分割停妥。屠夫拿到工钱走人，胡家斌也领到一块鸡蛋大小的羊肉，提前回家。这是他到张家当长工以来，第一次享受假期，尽管就这半天假。

他直奔大哥家，把分到的一块和在张承贵眼皮下偷偷藏到裤管里十几块指头肚大小的羊肉一股脑儿摆到案板上：父母一堆、大哥一堆、二哥一堆，也给刘孔成拈了一小堆。

王春娥接过胡家斌专门送来的羊肉，一时激动得脸涌红晕，泪珠滚滚。她一定要让他和她全家一起吃饺子：“你要走，那就把肉也带走。我家好歹还有二亩多地，况且你对你哥这么好。吃碗饭不行？”

当刘孔成下地回家时，热腾腾的饺子已经给他端到了桌上。他直问老婆谢过了没有，春娥不迭声地说谢过了谢过了，客气得让胡家斌挠着头皮站起来说："你吃着，我要去看秋了。要么，今儿黑来你就不要来了，我替你。"

"哪里哪里哪里，还是我早点去吧。那我就不留你了，你去吧。"

夫妇俩热情地送走胡家斌。刘孔成狼吞虎咽之后迫不及待地拿出那块月饼，"全体集合"。号令之下，王春娥和孩子们一人头戴一个钢盔整齐地排成一行，站在他面前。他经过反复"测算"，认真确定了下刀角度，直落三刀，把月饼一分为六，然后发放"军饷"：

三班长——两块，二班长———一块，一班长———一块，副司令员———一块，司令员———一块。

作为三班长的儿子分到了两块，顿时得意忘形眉飞色舞。一班长和二班长那小嘴噘得不亚于长势喜人的猴头。副司令员见状，把自己的那块放到案板上，拿起刀……她的行动很快被司令员制止了。刘孔成把自己的那一块交给了妻子。王春娥举起两牙月饼，带着甜美的微笑，用自己特有的慈慈绵绵的嗓音喊道："一班长——再加一块，二班长——再加一块。"

亥时许，孩子们已酣然进入了梦乡。刘孔成打了个盹起来，小声告诉老婆："你早点睡吧，我要去看秋。"

王春娥放下手中的针线活，打开柜门，取出棉袄，给老公披上，"夜里冷，披上。"见刘孔成要转身而去，她又冲他莞尔一笑，"我陪你去。"

刘孔成未置可否，他转身把棉袄给老婆披上，让她先出去，他随后轻轻锁上屋门。

出了村，四下无人，王春娥大胆地拉住刘孔成的手，踏着田间小路，温馨地享受难得的二人世界。二人来到一棵槐树下，树下已有铺好的麦秸。刘孔成把边上的麦秸再往回堆拢了堆拢，让妻子在正中间坐下，自己紧挨着妻子坐在边上。

一轮皎洁的圆月悬挂中天。大地像静置于清澈透亮的水中似的晶莹而温润，万物亦如神笔马良用料俭省的写意画全都逼真而灵动。浅黄的谷叶仿佛接受了魔术师的点化全都变得娇嫩可餐，路旁圪针树上的各色酸枣就像在蜜中蘸过一样一颗颗明艳诱人，地塄上北瓜秧的一片片瓜叶鲜艳得几乎可以裁下来做衣裙，远处的芦苇河像一幅直通天庭的银绢，河中的沙洲宛然张旭大师狂草之后的飞白。如果说蝈蝈儿、蛐蛐儿的二重奏是中秋小夜曲的主旋律的话，芦苇河哗哗的流水声便是激情澎湃的生命旋律音乐背景，而目光尽处树丛中夜猫子的呜呜和夜风中庄稼叶子的沙沙声就是打击乐的绝妙点缀。

一阵微风吹过，刘孔成打了个寒战。王春娥把棉袄脱下来，后襟朝前搭在二人身上。她的手伸到他的衣裳下，在他的胸膛上柔柔地抚摸着。他动情地把她抱在怀里，给她一阵眩晕的热吻。热吻中，她熟练地褪掉两人身上穿着的人类文明的铠甲，二人情浓意切地在清朗的月光下融入对方的爱浪之中……

第十章 油篓？酒篓？

秋意阑珊，胡家珷把衣角塞到嘴里才控制住自己不怎么听话正交锋激烈的上下牙齿。一弯残月衣不遮体地挂在天空，给大地洒下一层层逼人的寒意，不时有善良的乌云扯着一块黑布给它遮盖一二，但很快就被蹬开了。

时值后半夜，胡家珷躲在张老财家的驴槽后面，监视着张家的一举一动。

秋收一开始，胡家珷扛着当天打下的第一袋谷跟着潘小巧上到张家二楼的仓库。一进门，空荡荡的库房惊得他不禁在当屋打了几个转转。

“哎？那么多的粮呢？”他既像是自言自语，又像在问女东家。

“雇来的人干活不怎么样，一个比一个能吃，一顿三大碗还叫唤着没吃饱。”潘小巧酱油一半醋一半地借题发挥。

胡家珷没有接茬，但当晚就把情况向胡家琪作了汇报：

“夏天打了麦那仓库里还是满当当的，过了一个夏天，仓库里就没什么了。”

“那粮呢？”

“我哪知道？”

“你天天在他家干活，那么多粮……他家能没动静？”

“说也奇怪。那些骡每天来来回回驮的不是油就是酒。这我知道。”

“这些油跟酒是怎么来的？他总不能花钱买吧？他买那么多油跟酒干什么？”

“是呀。他买那么多的油跟酒干什么？可明明是……”

“你怎么知道？”胡家琪突然反问了一句。

“有时中午我们正吃饭，东家就叫我们卸骡。那笼驮抬起来能听见里面‘不铛不铛’响，不是油就是酒，肯定没错。我还掀开盖看过，没错，不是油就是酒。要说他家来来回回运的就是这些了，不是油篓，就是酒篓。”

“这里头有鬼。从今天晚上开始，你叫上几个人，暗中监视。一定弄清楚。”

接受任务后，胡家斌当天就安排了几个人轮流值班，每天晚上对张家大院进行严密监视。可是十几天过去了，张家一点动静也没有。这天晚上又轮到胡家斌，他躲在张家牲口棚的驴槽后面，这可真是个又隐蔽又避风的好地方，然而，毕竟已到晚秋时节，上下牙齿时不时地发出一阵又一阵难以控制的打架声。

“张锡祚，你个老狐狸，早点把尾巴甩出来，免得老子挨冻。

否则，一旦让老子逮住你，老子……”胡家斌正骂着，张家的院门“吱呀”一声开了。一盏马灯率先晃出来，紧接着才是张承贵。他仿佛看见了胡家斌一样，径直向牲口圈走来。胡家斌瞪着双眼，咧着嘴，口中小声嘀咕着“日你妈，看见了？”随着张承贵位置的不断移动猫着腰从驴槽下面钻出牲口棚。牲口棚外堪称张家院门外广场：南面大路，北面大院，东面牲口棚，西面仓库楼。他机警地借着张承贵的马灯灯光，猫腰钻进了与牲口棚紧挨着的张家茅房。

踮着脚尖，透过茅墙，他监视着张承贵的一举一动：

打开牲口圈门，牵出骟骡……

胡家斌高兴得几乎要唱起来：“张锡祚，半夜运粮。你这个狐狸尾巴总算甩出来了。”

张承贵把骟骡拴在牲口棚的立柱上，又返回圈舍抱出鞍辔给骡套上。胡家斌忍不住骂起来：

真你妈笨，小鞍是用来驮人的，你他妈驮粮食该套大鞍。大半夜磨磨蹭蹭，把老子也冻死了，结果套的是小鞍，你他妈半夜三更骑骡去哪偷人？

张家大门又一声“吱呀”，又一盏马灯悠出来：

“承贵，你死外头了？”潘小巧大声呵斥。

“哎哎，就快了。”张承贵应承着。

潘小巧向牲口棚方向紧赶几步，突然停下来，转身向茅房走来。

“这两口子今晚看来是盯上老子了。”胡家斌猫下腰转身来到厕所口，刚探出脑袋，潘小巧手中的马灯直勾勾地照着他堵过来，

“老子出不去了”，他吐着舌头蹲下去，下意识地躲到厕所一角。

这是一个“巳”形厕所，厕所入口处有堵矮墙，用以防止蹲在茅梁上方便者有任何走光。只有这堵矮墙后能暂时藏身，否则，他将在马灯的照射下现形。潘小巧踮起脚尖，把马灯放在茅墙上，站在厕所口矮墙外，仍注视着张承贵的一举一动。她解开裤腰带并随手搭在矮墙上，顺着矮墙拐进厕所，叉开双腿，跨上骑口，又往后退了一步，褪下裤子正欲蹲下去。胡家斌猛地站起来，一手紧紧捂住她的嘴，一手死死抱住她的胸。潘小巧提着裤子的双手本能地举起来，扒在他捂嘴的手上，愣了一阵儿，随即拼命挣扎起来。

“别动，别动，我是家斌。”他捏着嗓子对着她的耳朵喊话。

然而,任凭胡家斌怎样“安抚”,潘小巧仍在竭尽全力地挣扎——胡家斌的一条胳膊牢牢地箍在她鼓鼓的胸上，且越勒越紧。

不知过了多长时间，她累了。两人的汗水早已把他的前襟和她的后背浸透了。

她萎萎地靠在他怀里，透过鼻孔“大口大口”的喘气，他抬头看看厕所外：张承贵和套了小鞍的骡子早已消失得无影无踪。

她轻柔地用右手指头轻轻敲敲他扣在自己嘴上的手，又用左手抓起搭在矮墙上的裤腰带在他眼前晃晃。他炮烙似的放开了她，双手紧紧捂住自己的眼睛。

她提起已经落至脚踝的裤子，系好裤带，跨过骑口，拐过矮墙，堵在厕所口：

“你在这里干什么？”她小声审问。

“今晚该我们巡逻，才解完手你就进来了。结果把我堵在了里面。”

“哼！放屁！见我进来，怎么不咳嗽一声？”

“没来得及咳嗽，你就进来了。”

“是不是有坏想头？”

“没有没有没有，怎么敢？本想看看这半夜三更的，承贵套骡子去干什么。”

“我婆突然病了，让他下河口铺请大夫。还等什么？我已经给你吓得不去茅了。”

“对不起对不起对不起。”胡家斌抹了一把脸上的汗水，消失在她的视线尽头。

她提起茅墙上的马灯，向家斌消失的方向看了看，揉着自己的双乳返回张家大院。灯光下，她的脸上流露出一丝不易察觉的微笑。

胡家斌跑到河口铺，张承贵牵着骡子，谢大夫坐在骡背上，二人边走边说着什么。

“张锡祚，这回真戏真唱了，你这老狐狸。”胡家斌小声骂了一句，蹲在一棵大树后面，目送二人远去。

一连几天的蹲守，自卫队一无所获。这天晚上，胡家琪召集自卫队在河口铺开会。

大家七嘴八舌议论热烈：

“这可就奇了怪了。”

“是啊，油篓酒篓的驮来驮去，库房里的粮食就完了。”

“也没见他运到哪呀？”

“就是，不是油篓，就是酒篓，没见他驮过粮食呀。”

……

根据大伙的分析，胡家琪布置任务：

“永祥，你是尹家沟人，承贵可能认不得你。今天晚上你就住在张沟，明天一早就到张家大门口隐蔽监视，等张承贵赶着牲口走后，你随即跟上他，看他跑一趟，都到什么地方。”

“就我一个？”卫永祥回头看看屋里黑压压的一片脑袋。

“就你一个。”胡家琪无可置辩的口气，“同志们，尽管我们的任务仍然是动员群众积极筹集支前物资，但大家万万不能有任何松懈麻痹，时刻绷紧对敌斗争这根弦，一旦发现情况，务必迅速汇报，需要我们集体行动时，任何人不得有任何闪失。散会！”

第二天晚上，在胡家斌栖身的破土窑里，卫永祥向胡家琪汇报道：

“张承贵赶着牲口一大早出村北就没停，经张山、梁圪坨、红土窊、道南、杨庄、西冯街、蒿峪，最后到杨腰。”

“后来呢？”胡家斌抢着问。

“后来，他赶着牲口驮着油从柳沟、五龙沟方向就回来了。”

“驮的是油？你肯定？”胡家琪追问。

“肯定，往油篓里灌油时，然尘就在跟前。”卫永祥蛮有把握地回答。

“然尘是谁？”胡家琪的双眉瞬间拧成一个疙瘩。

“是这么回事。”卫永祥咽了口唾沫，快速扫了兄弟俩一眼，“我跟着张承贵到蒿峪后，恰好碰见了马欢贵，我就让马欢贵赶上去，与张承贵近距离接触，看看能不能瞅机会弄清楚篓里装是甚。马欢贵与张承贵侃了一路，也没瞅出个机会，一直侃到杨老财大门外，正好然尘从杨老财大门里出来。然尘和杨老财不是亲戚嘛，欢贵同志就诌了个瞎话，把然尘又给哄进了杨老财大院。”

“结果弄清楚了？”胡家琪的嘴角显出几许冷笑。

“可能是油。欢贵同志亲眼看见他们把牲口驮的几只篓卸下来，又换了几只驮回来了。上面的盖是用油布包着的，从上面的油渍判断，里面装的肯定是油。”

胡家琪挥挥手，让卫永祥离去，但很快又把他叫回来：

“卫永祥同志，这些情况，多一个人参与，就多一层风险。希望不要再向其他人提起这件事。”

“我知道了。”

卫永祥刚拐过墙角，胡家斌就发起了牢骚：

“这样的任务不是随便摸一个人就能完成，笨得跟猪一样，能给你干成这事？”

“咱自卫队的同志都不太了解，这不是摸索了吗？”

“哼，摸索也得有个帮不离谱，我不信你把手伸进猪圈能摸出一个骆驼来。”

“别诮打人了，就你聪明。行了，睡吧。”胡家琪扬长而去，连门也没给带上。

胡家琪走后，胡家斌在床上翻滚了半天没睡着。他一骨碌爬起来，趿拉上鞋子，拽上门，高一脚低一脚向前岭摸去。

他敲开刘孔成的家门。

“有情况？”刘孔成把屋门打开一道缝，探出头来问。

“咣当”一声，胡家斌推开屋门闯了进去，摸着炕沿盘腿坐到了火炉边。

刘孔成关上门，用火杵捅开火，往炉膛里撂了一截木柴，就着火光，他到炕头抓起衣裳穿上，紧挨着家斌坐在炕边。

“今晚该谁巡夜？”他似乎在找话。

“不知道。”胡家斌摇了摇身子，“小水、安长他们，可能是吧。”他一扨身从炕头跳下来，“孔成哥，你做过贼吗？”

“淡话，小偷小摸谁没做过？可是，大偷大摸真没干过。你问这个干什么？”

“咱今晚做回贼吧？”胡家斌轻描淡写地问。

“家斌，”王春娥突然插话，“你还能让你哥去做贼啊，天下有你这号人吗？”

胡家斌借着炉火火光，“呼”地掀开王春娥的被子，“我以为你睡着了，妇道人家，别掺和男人的事。睡觉！”

王春娥坐起来，拉着被子护住自己的前胸：“你想去做贼，你去，别拉着我家孔成给你垫背。我家穷死也不做贼。”

“哟哟哟，女人都是这德性。那天晚上潘小巧……不是不是，算了，跟你们说不出什么道理。走，孔成哥，行动！”

“还真去呀？”

“走，带上你家的火杵。”

“孔成！”炉里的那一截小木屑差不多燃尽了，昏暗的火光下，王春娥抱着被子已坐在炕头，眼睛死死盯着摸向门边的这两个男人。

“春娥嫂，睡吧睡吧睡吧，没事，”胡家斌蹿到炕边，一把推倒王春娥，“连做贼的胆量都没有，能算男人？又不是杀人放火，怕甚？睡吧睡吧睡吧。”

刘孔成也凑过来，给老婆盖好被子，在她脸上轻轻拍拍，拽了家斌一把，泥鳅般遁去。

二人溜到张家大院外，一个黑影摸到张家大院大门外，猫着腰，把耳朵贴到大门上；另一个手提火杵，猫着腰直扑张家仓库，“咔啪”一声之后，随着门轴“叽”的一响，黑影便倏然闪进库房内。不一会儿，黑影闪出，轻轻一声咳嗽，守在大门外的黑影随即蹑手蹑脚地靠拢过来，二人耳语几句便迅速消失在夜色里。

约莫一袋烟的工夫，张家大院外就聚集了好几个人，胡家琪手提马灯，胡家瑢“啪啪”猛拍张家大门。很快，张锡祚一家全都被吵闹声惊到了院外。

“张老财，今个儿晚上，”刘孔成像个做错事的孩子，“今个儿晚上该我们几个巡夜，走到村口，发现几个形迹可疑的人，慌里慌张地跑了过去，我们赶紧仔细巡查，结果，”他扭头看看一旁的胡家斌，“结果，发现你家仓库门上的大铜锁被撬开了。”

“啊？”几张口同时惊呼。

张锡祚没让众人进库房，他向以胡家琪为首的自卫队表示了一番谢意后，就让众人各自散去了。

然而，胡家斌的破窑洞内，至少两张嘴里哼的小梆戏一阵响过一阵：

张承贵赶的那几匹骡背上来来回回驮着的，既不是酒篓，也不是油篓，而是粮食篓。只不过，张锡祚在酒篓或者油篓的口上套加一个小篓。小篓里要么装点油，要么装点酒，把大伙都给骗了。张家把粮食通过这个伎俩大都悄悄运到了杨腰。

听完胡家斌的报告，胡家琪用拳头在破炕头用力一捶：

“狡猾！”

第十一章　哥欠你一条命

一场大雪，一个粉妆玉饰的世界。

入夜，雪光映照得如同白昼。在北风鼓噪下的雪粒擦着地面逞凶，发出令人胆寒的沙沙声。白茫茫的天地间零星斑驳的树影像一个个潜伏于人世的鬼魅。错落无序的房屋犹如一堆堆积如山的建筑垃圾，凌乱的墙壁俨然白纱上撕开的一块块口子；石磙、磙架、碾盘、碾基，仿佛一只硕大的花母鸡卧在几只肮脏的鸡蛋上。日寇飞机对县城的连番轰炸，非但惊飞了人们夜间点灯的所有企图，而且连说话的声音也没有——整个山村静得令人恍如掉落到地狱，甚至连一声狗叫声也没有。

“嘭，嘭嘭；嘭，嘭嘭。”节奏非常鲜明的敲门声。

“叽——，叽——哗啦咣当。”屋门打开，来人闪进，一颗脑袋探出大门环视一周随即闪进大门并迅速关上大门拉上门闩。

寇家设在增村的瑞祥货栈内，来人站在屋子中央没动。开门人摸出火柴，点燃油灯，在灯芯尚未大亮之时，转身紧紧握住来人的手："大哥，这大半年你躲哪去了，真把人急死了。听说城里又遭到小日本飞机的轰炸，一直想进城看看你家受损有多严重总是走不开……"

"老弟，情况紧急，长话短说。咱哥俩今晚进城去看看，带上家伙，马上走。"来人仍站在屋子正中，语气甚急。

"是！"立正，军礼。

子夜时分，二人来到县城外，从北城后一个排水洞里钻进了阳城县城。城内还能依稀听到远处的哭声，几处倒塌的房屋里尚兀自冒着黑烟。

前面是片开阔地，离他们最近的房子也有两米来远。前面的人小声吩咐，"不要留下脚印"，说完倒在地上就地打了几个滚，一直滚到最近房子的屋檐下，跟在后面的人如法炮制，也就势滚了过去。

二人时而腾跃，时而蹦跳，不是手脚撑墙身体悬空过胡同，就是绕着房檐穿小巷，始终不在无人踩过的雪地上留下足印，直到老槐树圪洞，雪地上早已被人踩出了一条小路，二人才一路小跑，来到寇家大门外。

"我进去，你警戒。"小声命令。

"是。"小声答应。

担任警戒任务者刚蹲守到门后，就听内院里一阵嚷嚷声：

"不许动！"

"趴下，不许动！"

“不许动，敢动就打死你。”

“捆起来！”

“哈哈——，寇家宝，想不到吧？我们在此恭候半年了。”

……

吴凤岐仿佛本能地向大门外一个鱼跃，“噌”的一声闪进小巷对面的院门里。刚从门槛边露出眼，五六条步枪押着寇家宝就从寇家大院涌出来。他从身后拔出手枪，打开保险，警惕地注视着寇家大院。待这群人走远后，弯腰跃出门槛，追了上去。

快接近县衙大门时，尾随在押解人群后面的吴凤岐朝天“噔噔”两枪，然后扯着嗓门大喊“日本人进城啦——”押解寇家宝的几支步枪听到枪声不约而同地卧倒在地。寇家宝几乎是在众人倒地的一瞬间向喊声的方向跑过来。

很快，街上传来“咔吧咔吧”踩在雪上的匆忙散乱的脚步声和嘈杂的哭喊声。在闹哄哄的喊叫声中，似乎还夹杂着“捉拿寇家宝”的声音。

约莫一个时辰后，寇家宝和吴凤岐再次摸到寇家大门外，寇家宝仍然给吴凤岐一个警戒手势，他正要潜进去，被后者拽住了。吴凤岐指指小巷对面寇家对门的小院，二人倏然隐入院内：

“大哥，你想，你半夜三更冒这么大风险回家干什么？一定是取一样比生命还重要的东西，既然这东西没取走，你肯定还要回来的。如果我是政府，你家院子将是拿到你的最重要的地方，说不定今晚他们埋伏的人马更多。这次小弟先进去，如果没事，你再进去；

如果有事，你赶紧躲避，不能让人把咱们全捉去。”

吴凤岐说完，把腰间的两把盒子炮拔出来，递给寇家宝。他把头探出大门外，警惕地看看四周，弯下腰，蛇一般溜出小院，绕了个圈，大摇大摆闯进寇家大院。

寇家大院一进三院，都是二层楼房，墙高院深，富丽堂皇，其中的二进院和三进院都是四合院。可是，眼下大部分院落全被炸毁，即使没被炸塌也被因轰炸引起的大火烧成了废墟。值得庆幸的是，三进院的堂屋堂楼没被炸，东屋东楼虽然已经坍塌，但没有失火，东北小院紧靠东楼的石砌楼梯安然无恙，楼梯下用砖券的煤洞也安然无恙。吴凤岐在三进院转了一圈，刚迈出三进院大门就被数不清的手按倒在地。

“寇家宝，没想到吧。带走！”

他被五花大绑带走了。

这个押解人群离去不久，一个黑影从小巷对面的小院内蹑手蹑脚地摸出来，悄无声息地潜入寇家大院，每进一个院落都要小心地试探一番，确信无人时，他来到东北小院楼梯下的砖煤洞前，抄起煤洞里的铲煤锹，发疯般地铲出煤洞里的煤，刨出一个木匣夹在腋下，急匆匆循进城的旧路，钻出了县城。

第三天晚上，增村村南一个破败的土窑内，吴凤岐得意地讲述自己的脱身经历：

那帮人都不认识我，都以为我就是寇家宝。当把我押到县衙里，那个叫崔佑的公安科长提起马灯往我脸上一照，问我，你是什么人？

我说我叫吴凤岐。他又问，为什么要冒充寇家宝？我说，我没冒充寇家宝，我在寻找寇家宝。我和他合伙做生意，他欠下我一大笔钱，眼看就要过年了，他一直躲着不露面，我只好四处寻他，有时就在他县城老家蹲点守候。没想到，被他们抓来了。

“崔佑？”

“是的，那个公安科长叫崔佑。”

“我一定要见见这个姓崔的。”

“为什么？”

“去年糊里糊涂把我爸当汉奸枪毙的，就是这个崔佑；这次我又差点儿被他们当汉奸抓获。”

“那你去找他不是去找死吗？”

“我要用我的方式会会他。老弟，大哥欠你一条命。”

“大哥，咱弟兄们说这话就见外了。”

第十二章　张家宴会

“也不打声招呼，哪有你这样请客的？”杨向华笑吟吟地责怪大门外的张承富。

张承富一脸的坏笑：“这不是怕你躲了吗？快点快点，走吧。咱不能比人家杨主任迟了。”

“你去请过杨主任了？”杨向华替客人拍打拍打肩上的灰尘，拉起客人的手往家里拽，“先进家里暖和暖和。”

“我爸备了轿，派了人在人家门外等着，招呼早打过了。咱哥俩就不客气了，你要想走，咱就相跟着走，你要不想走就骑我的马，我给你牵马。”

“敢劳掌柜大驾呀？别折我的寿了。走嘛，进屋暖和暖和，我不准备准备？”

“有甚可准备的？又不是妇道们。”张承富嘴上说着，还是跟着主人进到杨家大院。杨向华掀起南屋的门帘让客人进去，然后朝着堂屋喊，秀英，有客。

一面精致华美的木质隔断把房间分成一间和两间。隔断正中一个过山门，门上挂一挂白底落地夹帘，夹帘四边缀紫红镶边，帘面绣喜鹊登梅图案。门额直通屋梁，上面镂刻一幅麻姑献寿图。门框两边下面是三尺高的挡板，挡板上分别绘制着“松竹梅”和“桃李杏”的精美的油漆画，上面是做工精细的绣球形窗棂。一间内靠窗是一条大炕，炕头拐角便是炉台。炉火正旺，屋内暖气融融。炉台台面油光黑亮，炉台边是一口案柜，紧挨案柜的是一口橱柜。两间内不外乎几案、方桌椅、大柜、顶箱柜、大箱、衣架。整个室内金碧辉煌，油光可鉴，窗明几净。

张承富双手交合，失神地欣赏着屋内的一切。这时，门帘掀起，一位风姿绰约的妇人以一个优雅的甩头动作，从帘外闪进来，见到张承富，直愣愣地站在门口。正在柜前穿大衣的杨向华急忙赶在二人中间，指着张承富，“这就是经常跟你提起的那位，河南漯河隆达油坊的大掌柜，张沟张老财家的大公子，我在刘村念书时的老同学张承富”，他又指着刚进门的妇人道，“贱内，白秀英。不过人家现在出息了，我们村学的教书先生。”

张承富伸出右手赶过来，又连忙放下去放到腹部压住前襟，深深向主妇鞠了个躬：

“见过大嫂。杨家不愧为书香门第，娶个媳妇竟是如此端庄高雅。”

“言重了。”白秀英面带微笑点头还礼，然后径直走到老公跟前，提起老公臂弯的大衣，帮他穿上。杨向华中等身材，与之身高差不多的白秀英往他跟前一站，显得很是高挑，再加上卓尔不凡的气质和鹅蛋脸上那双灵动的大眼睛，张承富脖子上的喉结不住地上下滑动。他眼珠一转，给向华出主意：

“向华，一匹马，咱哥俩谁骑着也不好意思，干脆，把大嫂带上，她骑马，咱哥俩走上。一会儿在酒宴上，也好与我那口子做个伴。”

“这主意不错，秀英，快收拾收拾咱们走。”

“去哪儿？”

“去张沟作客。这不是都请到门上了？”

“又不是来请我，我不去。”

“哎？大嫂，你不能打着小弟的脸说话，这不是请你吗？快准备准备吧。我那口子出门得提前三天通知，光化妆就需要两天半。”

“那是人家漂亮，丑八怪需要化妆？”

“那是那是，大嫂今天登门作客，我们家从此以后再没人需要化妆了。”

“别埋汰人了，我不去。”白秀英带着嗔笑走进里间。

“秀英，自从嫁到杨腰，还真没带你出过门呢。走，咱也去他张大掌柜家开开眼界。”

“是啊是啊，让我们一家见识见识什么叫貌若天仙。省得那几个一天到头你争我斗的，一个比一个牛。”

杨向华掀起门帘，用充满爱意的眼神看着妻子，满含期望地等待着她的回应。白秀英跺着脚，蹙着一对纤细的柳叶：“你见谁出门赴宴拖家带口的？”

“哎，大嫂，这你可真是说错了。在漯河，只要出门赴宴，我总要带着我那口子。”

“现在都什么年代了，亏你还是教书的？走，咱又不是小脚老婆出不了门？”

白秀英稍事妆饰，安顿好孩子们，还是被老公扶上了马背。

毕竟才正月初九，张家大院里处处漂浮着浓郁的新年气氛：

洁净的庭院、簇新的春联、氤氲的香烟、崭新的衣裳……

跟着张承富，夫妇二人直达张家大院的堂屋。屋内西边次间的窗前盘一座大炉台，炉火很旺。火炉边已经坐着两个长者。杨向华与张承富首先向其中一个行礼致意：

“杨主任。”

“廷俊叔。”

这个被称为“杨主任”“廷俊叔”的长者，叫杨廷俊，杨腰人，国民党阳城县党部主任，今天张家宴会的客人之一。

杨廷俊内穿一袭黑长袍，外穿紫铜色绸缎马褂，面色白皙，胡子稀疏，气质儒雅，保养得极具火候。他对杨向华他们二人稍稍点点头，几乎未动任何声色，而是透过杨向华的肩膀，向他身后的白秀英送出微笑：“哦，秀英也来了。很好很好。来来来，”他招手让白秀英近前，扭头对张锡祚道，“张老财，给你介绍介绍，这一对是我们杨腰的骄傲，说他们郎才女貌一点儿也不为过。向华，少年有志，现担任蒿峪村公所书记员，人缘极好，口碑极佳，前途不可限量。秀英，难得的才女，现担任我们村学的教员，很有水平，深得信赖。”

白秀英莞尔一笑，给介绍者深鞠一躬：“廷俊叔，看你说的。”

正说着，张承富带着一位浑身珠光宝气的女人掀帘而入，“给你介绍一下，这是杨主任；这是杨向华，我同学；这位，杨太太，白秀英；白先生，这位是拙荆孙素萍。”

白秀英拉了拉孙素萍的手，然后扶着后者的肩膀：“怪不得承富敢跑到河南经商，有这么一位天仙美人给压场，游天庭串龙宫都行了。”

孙素萍羡慕地看着白秀英，仿佛后者身上天蓝色的小袄和雪白的围巾映衬下的娇媚的脸蛋更能吸引人的目光，让她身上所有的黄金首饰统统黯然无光。她赧然一笑，把头埋在后者胸前。

蒿峪村长胡国昌、苏家岭的苏老财先后到场后，酒席开席。

酒席上似乎是孙素萍的舞台，她摇身一变，俨然一位叱咤风云的将军，手执酒盅，风采四溢，玲珑八面。

照张承富的交代，八荤八素上齐后，满头大汗的潘小巧带着浓重的愠色闯进婆婆家。婆婆张黄氏黄书媚见状，麻利地抹抹炉台边让她坐下。潘小巧一挨炉边马上触电般站起来，并跺了一下脚，给婆婆调了个背。张锡祚笑吟吟地走到屋子当中，面朝地，像是在向土地爷忏悔：

“小巧，你先听我说几句，然后再发火。你俩哥他们两家回来后，咱一大家吃饭的人一下子多了十几口，但再多也只能有一个总管。这几年你也知道，这内务总管掌管着一大家子的买卖，平常买这买那的，不是实底人，谁放心？你大嫂一回来就想当这个家，我和你妈不放心。这个家，还是你当，牢靠。今天人多了些，你也受累了，但这毕竟不是常事，有什么干不过来的，你只需说话就行，也别让自己受累了。你忙里忙外的，我们心里清楚。不是专门让你二嫂去厨房给你帮衬帮衬吗？别计较今天谁坐着谁站着、谁吃着谁看着。你看，我这话要是在理，你就去……”

公爹的话未说完，潘小巧转身朝二老赧然一笑跑了。

这边酒场仍在热闹中继续。

一阵酒令之后，孙素萍拉着白秀英离开了酒场：

“让他们侃吧，咱们上楼坐坐。”

因为张承富常年在外，话题自然由他引发。

“成折腾了大半年，把店铺和能卖的，都卖了。兵荒马乱的，哪有生意？那场大水，啊呀，太惨了，有些人硬是挂在树上饿死了。太惨了。谁下的令？那谁知道？肯定是上头有令嘛，说是为了阻挡日本人，‘以水代兵’，可是，生生把几十万老百姓淹死了。近千人不停地挖，挖了几天几夜，嫌不够宽，又让炮兵炸，一下子扒开了小一里的口子，那河水……，啊呀，太惨了。”张承富仿佛还沉浸在那场可怕的噩梦之中。

“这么折腾，咱国家还有希望吗？”苏老财毫无底气地问。

“要是能一致对外，也不是没有希望。问题是现在自家人就打起来了，”杨廷俊神秘地压低嗓门，“阎老倌他成立的牺盟会，搞来搞去，老共把他给架空了。全省各地的牺盟会貌似轰轰烈烈，其实那是人家老共在拉帮结伙壮大自己呢。”

胡国昌不以为意，“那还不简单？人马一字排开，把老共剔出去不就得了？”

杨廷俊淡淡一笑，“哪有那么简单？阎老倌鬼精鬼精着呢，在咱阳城搞了几次，全都无果而终。说明人家老共隐藏得很深很深，不动大杀法不行哪。”

“那就动，”满脸络腮胡子的胡国昌举起一杯一饮而尽，然后摸了一把下巴上粘带的酒滴，“免得夜长梦多。”

杨向华身在酒席，但脸撇在别处。

承富端着酒凑过来碰碰他的胳膊：“想什么呢？”

向华向门外做了个手势，二人来到屋外，向华小声问：“你今天这么大阵候？什么意思？”

“看你这人？我在外面混了十几年，乡里乡亲都生分了，想干点什么总感觉人生面不熟的。这不是想拉扯拉扯吗？”他警觉地看看屋门，“请杨主任就是让他给我找个差事，我总不能就这么在家耗着吧？你看你，已经混得人模人样了，我现在这算什么？”

“现在这世道……唉……随你便吧。”杨向华抬头看看污浊的天空，又若有所思地摇了摇头。

第十三章　吓死胆大的

“张大秘书，久仰久仰。”蒿峪村公所，杨向华握着张承富的手，热情地上下抖动。

“见笑见笑，三等秘书，其实就是一个打杂的。”来人端起桌上的茶水缸，看看里面尚有一些水，“咕咚咕咚”喝了个底朝天，“今天是当逃兵回来的。那差事，犯不着把命搭上。”

“为什么？那可是前程灿烂辉煌啊。”

“如果真有个前程，还能轮到我？你早就抢到手了。算了，不干了，哪儿也不去了。”

“出什么事了？”

“唉，说来话长哪。虽说杨主任正月就答应我，让我进县党部任秘书，其实，今天都二月初四了我才去报到。一报到就碰到这事。老天爷，幸亏躲得快，差点要了我的命。”

“别卖关子了，说说看。”杨向华拉过一条板凳，让张承富坐到桌边，“快说吧。”

“今天也真蹊跷，杨主任正好不在。大概半清早的时候，就听外面嚷嚷声一阵高过一阵，正愣着，人群‘呼啦啦’闯进来。为首的高叫着要找县长论理，副县长赶紧站在椅子上安抚众人，说县长不在，有什么问题可以留下来，他转告县长。不料后面几个人不分青红皂白，劈头盖脸就打上了，那家伙，那是见人就打，见东西就砸。这时，杨主任他哥，听人称呼为杨会长，也不知道是什么会长，站在椅子上喊了几声，众人才静下来。嚷嚷了半天，才知道是嫌‘合理负担不公道’，‘抗日粮款的主要负担落在部分有钱富户头上’，‘坚决支持实行以人头纳粮的办法’……反正七嘴八舌的，那提议多了。不一会儿，公安科长带了一队人马进来维持秩序。突然城墙外响起了密集的枪声。我的妈呀，谁见过这阵候？把人吓得要死。公安科长又把他的人带了出去，杨会长把众人的意见写到纸上，然后带领众人聚集在县衙大院里，等候县长的答复。晌午时，县长回来了。他站在高台上，对着喇叭筒向众人喊话，说‘合理负担是阎长官提出来的，没有阎长官的命令，任何人不得享受例外’，还说，‘按实际占有土地的多少均摊钱粮如果不合理，那还有一个办法，就是全县的土地统统打乱，按人头平分，然后再按人头缴纳钱粮’。县长这么一喊，台下的众人不吱声了，并很快散去了。

“你说，这是怎么回事？”

“哦，怪不得。前几天，杨会长就这个问题来村公所和村长商量了老半天，结果竟闹到县里去了。厉害，厉害。”杨向华若有所思，像是在自言自语。

张承富一脸疑云："原来你知道呀？知道也不告诉我一声，差点没把我吓死。"

"谁知道？我这不是在分析吗？"

"杨主任他哥是哪里的会长？"

"听说是商会会长，我也不知道是哪个商会。"

正说着，村长胡国昌推门进来，"向华，村里收起来的军粮，今晚就放在村口郑补魁家院里，你赶紧派人值班看守。"又向承富点点头，"你们侃吧。"说完径自离开。

张承富见状，知趣地告别了杨向华。

当晚，河口铺河神庙的正殿内，昏暗的油灯下，几颗脑袋攒在一起。

"国民党顽固派和部分不法地主怂恿一帮暴徒大闹了县政府，副县长及几个工作人员被打伤。县委通知我们，敌人在肆意破坏抗日统一战线，把矛头指向我党和抗日进步力量。我们一定要提高警惕，粉碎敌人的一切图谋。

"据马欢贵同志报告，杨老财他们筹备了一批粮食，准备送给国民党93军，预计93军明天就会派人来运粮，现在这批粮食就放在蒿峪郑补魁家的院子里。由于时间紧迫，请示上级已经来不及了，所以，我们必须想办法，今晚动手，把这批粮食转运出去。

"大家赶紧想办法。"胡家琪双手撑在石头供桌上，把头埋在胸前，既像在动脑，又像在等待大伙的发言。

"那就只能去抢了。"胡家瑢托着下巴，看着哥哥。

“就是抢，可是，”刘孔成谨慎地看看众人，“就怕抢都抢不走。”

……

一阵七嘴八舌的议论。

“三弟，你怎么不说话？”胡家琪仍低头作沉思状。

“哼，很简单。不就是抢吗？”胡家珷不以为然的口气。

“哪怕放弃，也不能承担破坏统一战线的责任，我们不能冒任何风险，因为我们承担不起这一责任。”胡家琪声色俱厉。

胡家珷淡淡一笑，“行了，把枪拿出来，后半夜行动。我来安排。”

入夜，西边的天际间一条弯弯的月线时隐时现，天地之间仿佛被蒙在一块厚实的黑账下面，只有偶尔的犬吠声才能提醒人们当前的环境尚属于人间。

郑补魁家大门外，两个黑影趴在几棵大树后一动不动。

不知过了多长时间，大门“吱”开了一道缝，一个黑影哼着小曲从门缝里挤出来，高一脚低一脚走向茅房。这个黑影刚进到茅房，原先趴在大树后的两个黑影迅速站起来，大摇大摆有说有笑地靠过去。他俩在茅房外的掏粪口停下来，边侃边方便：

“你不说多弄一瓶，好容易逮住了。”

“你是说话了，人家好心给一瓶，谁好意思再要？”

“不过一瓶就行了，够咱哥俩好好喝一阵的。”

正侃着，茅房里面的人提着裤子踱出来：“你两个准备吃独食了吧？”

“谁？吓人一跳。”外面的人大呼小叫起来，“然尘呀，你这家伙怎么不声不响的？你在这里干什么？”

“四孩，欢贵，哼哼，你们好意思走吗？我已经听到了。”

“然尘，你狗日真有命。四孩今天去给他舅舅担茅粪，成担一天才挣回一瓶酒，我还是说了八簸篮好话才凑来的，你狗日在茅屙个屎就碰上了。”马欢贵从四孩怀里掏出酒瓶，在然尘耳朵边摇了摇，让他听听里面液体清脆诱人的晃荡声。

“就到这家喝，我今晚要在这里值班，走不了。我进去让补魁给咱炒上一碗酸菜让咱下酒，怎么样？来吧来吧来吧。”

二人没怎么推让，跟着然尘进到郑补魁家的院子里。院子正中，在几张草席的遮盖下，堆放着几十条装得满当当的布袋。然尘关好大门，带着二人进到西屋，照计划要了一碗酸菜，点上灯，打开火，酒场开始。

亥时许，然尘已经直挺挺倒在炕头，口中冒出一声接一声均匀的鼾声。马欢贵轻轻打开大门，在门外咳嗽一声，大树后一个黑影靠上前。

“怎么样？”

“倒了，他小子吃不住团打。”

“很好，你进去装睡，注意补魁一家的动静。”

“是。”

一声呼哨，暗中的十几个人迅速围拢过来，胡家斌压低嗓音交代任务，分头行动，西坡小泉沟集合。人影马上散去。

不一会儿，蒿峪村边西坡底突然传来几声枪响，紧接着便是几个人扯着沙哑的嗓门高叫，“枪会收粮，不得顽抗；谁敢顽抗，格杀勿论。”

喊叫声此起彼伏，从西坡底一直到补魁院，枪声加喊叫声持续了老一阵。胡国昌院外除枪声外，还有人专门高喊，“谁敢出来，满门抄斩”。

补魁老汉的院子里有人“哧里嚓啦”揭草席，堂屋里的油灯突然点亮。门外马上有人低声喝道:“吹灯睡觉，敢出来，杀你全家！”油灯，倏然而灭，堂屋里再无动静。

十几个人扛着布袋一路小跑，把粮食搬运到西坡底的砖窑圪洞里。

突然，负责在半坡警戒的刘孔成急匆匆跑下来报告，西岭头有情况。

“撤！”胡家斌下令。

“三弟，再扛一遭就完了。”胡家瑢似乎有些不舍。

“不行，快撤。有枪的留下，没枪的分散行动，河神庙集合。快！”

胡家琪自行动开始以来，除了在村里扯着嗓子狂呼乱叫外，在胡家斌跟前一声未吭，听到三弟的命令后，他第一个持枪站在三弟面前，其余三个持枪人也自觉在胡家斌面前排成一排。

“本来计划冒充西岭枪会耍一把，没想到人家真的来了。”胡家斌叹口气，“我和孔成哥守在圪洞里，你们三个跟大哥守在砖窑顶，注意隐蔽，不到万不得已，不要开枪，咱们的子弹吓唬胆小的还行，真要打起来，就不够了。顶不住就跑，咱犯不着为几布袋粮搭上性命。隐蔽！”

又一阵七零八落的枪声，枪声过后，就是踢踢踏踏的脚步声。

“看来，西岭枪会也打上这堆粮的主意了。”胡家斌向刘孔成耳语。

“他们怎么知道的？”

“你以为吕成是吃干饭的？没三瓦刀两瓦刀能当了枪会首领？说不定咱自卫队里就有人家安插的耳目。”

“这么严重？”

“我只是说‘说不定’，不是一定有。”

二人正嘀咕着，砖窑圪洞外也有两人小声商量：

“咱进圪洞里避避风怎么样？”

“你狗日又想吃打了是不是？进圪洞里能望风？首领发现了我可不愿意陪你吃打。”

“铁哥，我不是出个主意吗？他们刚下去就能返回来？咱进去暖和一阵算一阵嘛。”

“窸窸窣窣”二人摸进了圪洞。

“带烟来没有？”

“带着呢，为了混口饭吃，咱把老婆撇在屋里，出门要是不带烟，那他妈活得还有甚意思？”

“说的也是，有火吧？”

“嘻嘻嘻，铁哥，带烟不带火还不跟和尚一样？光长个把有甚用？”

冷汗瞬间就从胡家珷的头上冒出来,他哆嗦着摸向圪洞的墙壁，眼睛一眨也不眨地死死盯着圪洞口这两个马上就要掏火柴点烟的家伙。还好，他摸出一小块土疙瘩，挽好衣袖，瞄了瞄，朝“铁哥”头上撂过去。

“哎哟，不好，快出去快出去，这砖窑有信来了，弄不好避风不成把咱哥俩砸到里面就不值过了。”二人带着长矛跑出了圪洞。

不一会儿，几声枪响，踢踢踏踏的脚步声由远及近。

“谁他妈送的消息，人家已经运个差不多了，兴师动众半夜三更来弄了烂三颗粮食，值过吗？”有人骂骂咧咧。

圪洞口望风的两人抓起长矛跑了。

二人走后，胡家珷转过身，背靠在粮堆上，拽住衣袖抹了一把脸上的汗水，双手放在胸前，仿佛要把已经悬到嗓子眼仍在狂跳不止的心重新按下去。喘了大半天气，他从圪洞里摸出来，四周看了看，又返回叫刘孔成，“没事了，出来吧。”

不见动静，他摸过去推推刘孔成：“你睡着了？”

刘孔成还未醒，他一把把他从两对后面拽出来，正好砖窑顶上的三个人也进到圪洞里。几个人好一阵忙活儿才叫醒刘孔成。刘孔成软软地坐起来，有气无力地感叹：

“老天爷，这不是在阴曹地府里吧？啊呀，老三呀，刚才可真把哥给吓死了。”

第二天拂晓，驻扎在县城的唐支队调来了二十几匹骡马，运走了四十几袋粮食。胡国昌等人拦着骡马队直问：“这究竟是怎么回事？”

带队的长官微笑着告诉他：我们昨晚从土匪手里截获了这批粮食。

第十四章　十万火急

民国二十八年十二月二十六日正午，一阵“哒哒哒哒”的马蹄声引起了人们的注意：

杨廷俊骑着马回村来了。

杨廷俊是个文官，平时回村要么是坐轿，要么是步行，今天突然骑马回来，难免让街道两边大门圪洞里探出来的脑袋瞪大了眼睛。

他们兄弟仨住在一个院子里，院名叫外头院，是个挺立于杨腰中分峭壁之上的微型院落，南面一堵墙，其余三面都是四合院规模的两层楼。老大杨廷弼东屋东楼，老二杨廷俊西屋西楼，老三杨廷相和父母堂屋堂楼，西北角小院大门，东北角一间小堂屋和二楼的楼梯。整个小院布局紧凑严整。

杨廷俊在大门外拴好马，直接进了堂屋。杨廷相正要吃饭，见二哥回来，忙放下碗，跟着二哥上了堂楼。

“三弟，光知道你是牺盟会的，也不知你是不是共产党，可是共产党的路今天是走到头了。阎长官已经下令，要拿共产党动刀子了。我怕你和共产党有什么瓜葛，赶紧回来跟你透个信。说不定此时此刻共产党总部已经被一窝端了。”

“什么？”

“看来你和共产党真有牵连。实话告诉你，秋林会议后，全省各地都在积极准备，现在全省一盘棋，都动手了。共产党阳城总部机关全体要员今天都在郭峪开会，而为他们负责安全的山西新军决死第三纵队第七总队是由国民兵军官教导第十团改编的，他们已被阎长官麾下的第三行署主任、第八集团军司令孙楚将军所策动，决死三纵第七总队计划今天发动兵变，围捕郭峪城内的共党要员……”

话还没有说完，杨廷相就没影了。他冲进对门大院的东屋，和杨廷杰耳语数语，匆匆而别，走到院里还在催“快，快”，他接着跑到柳沟，找到卫五顺，把任务交代清楚，并一把拽住后者的衣角，把他拖出门外，推了他一把，“快，快”，然后，朝郭峪方向跑去。

行将五十的人，尽管日常也在地里劳作，可是毕竟不是大运动量的长跑。他气喘吁吁，热汗淋漓，实在需要喘口气时，就放慢脚步，不时回头看看后面，“廷杰，快，五顺，快！”他朝着芦苇河方向，既像是在放声呐喊，又像是在自言自语。

翻过西岭，穿过沁河河谷，快了，到了。

“我是来开会的。”郭峪城门外，杨廷相顺利通过城门守卫的盘查。

高峻挺拔的豫楼内，杨廷相见到了县委书记胡晓琴。听完杨廷相的报告，胡晓琴立刻下令迅速突围。然而，还是有些迟了，郭峪城门已被外面用大锁锁死。他们已被围了个严严实实。

城内已响起枪声。

警卫营数次欲砸开铁门未果，有人大喊“开枪”，顿时，数十发子弹打在大锁上，大锁被打烂。在警卫营的冲击下，包围圈被冲开。众人护着县委要员，跟着杨廷相转移。身后是一排接一排子弹的呼啸声。他们刚跑到一段土崖下，后面的子弹打在土崖上，土崖瞬间崩塌。一批土块塌落下来，砸在队伍中的几个人身上，胡晓琴的腰部被砸中，已经无法跟上队伍了。一个警卫战士背上胡晓琴就跑，可是，后面的追兵越来越近。

杨廷相告诉前面的人，爬上前面那道坡，一直往南就是南留，到了南留就安全了。他返回来，引着护卫胡晓琴的几个警卫战士跑进了一个煤矿的坑道。

顺着坑道，他们遇到一个巷口。杨廷相让众人停下来，“这是水仓，”他告诉众人，有办法了，他们可以躲到水仓里。坑道口已经传来追兵的对话声。

杨廷相淌进水仓，水仓的最深处达到胸部。他和几个战士把胡晓琴举起来，淌过水仓，躲在水仓后面的仓岸边。

那一天，农历十一月十六。几个涉水的年轻战士由于淌水时已脱去了棉衣棉裤，尽管已把棉衣棉裤穿在身上，尚兀自时不时地发出牙齿打战的声音。然而，杨廷相的棉衣棉裤全都湿透了。尽管已经脱下来拧干了……，他紧咬牙关……

几支火把摸进了坑道。

“这下面能藏住人？”

“有人看见有人跑进来了。”

“听说煤矿下面有黑风，让黑风呛住就没命了。”

……说话声越来越大，火把越来越近。

来到水仓巷口，一支火把探进来，“妈呀，这里面是水。”火把随即退了出去。

“不能再往下走了，再往下，真有黑风。”

“走，返回吧，估计共产党不是神仙，他们不怕黑风？”

次日凌晨，确信安全后，杨廷相送走胡晓琴及警卫战士，自己穿着湿透了的棉衣棉裤，顶着凛冽的寒风返回家中。

第二天，杨廷杰向他汇报：杨可箴一家由于躲避及时逃过一劫。

第三天，卫五顺汇报，胡家琪躲过抓捕，已赴晋城高会寻找组织；支部内其他成员也都安全；只是……马欢贵……

“马欢贵怎么了？”躺在病床上的杨廷相挣扎着抬起头来。

“然尘真不是个东西，城里的顽军来村里抓人，他就是带路的。幸亏咱们布置得及时，可箴一家躲出去了，他们没抓着。到张沟时，胡家琪他们也是刚刚躲了出去，胡家琪后来去了高会。这伙人回到蒿峪时，马欢贵正要出村，然尘指指马欢贵说，老总，这人是共产党。顽军不由分说，就把马欢贵给抓走了，听说马欢贵已被杀害。”

“五顺……咱支部……就……交给……”话未说完，杨廷相慢慢闭上了眼睛，左手无力地垂吊在炕沿……

第十五章　时来运转

民国二十九年春，日寇未遇任何抵抗占领了阳城县城。张承富兄弟越发没事了，老二张承祥盘下了河口铺的油坊，由于时局紧张，也没什么生意，老大则时不时地进河口铺饭店的二楼赌上几把。端午节临近，老二张承祥献策于大哥，“咱从漯河不是带回来几十斤江米吗，咱把它包成粽子，不比放坏了强？”

“主意倒是不错，可这年月，有人买吗？”

“兵荒马乱也有端午节，有人顾不上过，总有人能记得的。”咱就几十斤，包个百八十个、一二百个，估计能出了手。

“像这样吧，咱先包上几十个，明天到河口铺试试，如果行，咱就全包了；如果不行，拿回来全家吃了算。”

“好。”

贩药归来的吴凤岐折进河口铺，碰巧给老婆孩子买了几个粽子。端午节当晚，热气腾腾的粽子刚出锅，熟悉的敲门声就响了起来。

“是寇大哥。”

寇家宝闪进来，关好门，兴奋之情溢于言表。他把手举到半空，得意地打了个响指。

“寇大哥，你太有吃命了，”吴凤岐往一只空碗里提了一个，端起碗递到寇家宝面前，“来来来，刚出锅，趁热吃一个。”

“不不不，谢谢了，哥现在已经高兴得吃不下任何东西了。”

“什么事这么高兴？”

“我现在总算找到了一把大伞，一把保命的大伞。”

“找到谁了？”

“日本人，哥现在混到了阳城，在日本人手下……”

“啪嚓”，吴凤岐一个哆嗦，手中的碗掉落到地上。

站在屋子正中手舞足蹈的寇家宝仿佛被武林高手点穴般定住了，他的脸色霎时变得蜡黄，脸上的笑容瞬间被愕然的神色所取代，微张的嘴唇极似爱德华·蒙克笔下《呐喊》的生活原型，时间亦如倒入模型中的石蜡水倏然凝固。

赵杏子小心翼翼地把地上的粽子捡起来在水瓢里涮了涮，重新放回到锅里，再拿笤帚把碎碗片扫到炉灰坑里，低着头，以极细弱的声音道，“寇大哥你们坐下说嘛。”

也许是因为杏子的语音太弱，在可怕的沉默这堵墙前未弹回任何回声，屋里仍旧是地狱般死寂。

过了很久，很久……

寇家宝的抽噎声才从真正意义上打破沉寂，吴凤岐冷冷地坐在炕边一条低矮的板凳上，沉默不语，他的妻儿或许受到他的影响，忘却了屋外蒸锅箅上令人垂涎的粽子，哑无声息地盯着地上正在啜泣的大男人。

赵杏子走上前去，扶住寇家宝的臂膊，“大哥，你坐下。”

主妇的客气犹如往桑拿浴室的火炉里浇了一瓢水，寇家宝“哇”的一声号起来，他“噗”地跪在吴凤岐面前，“我无处藏身哪——”寇家宝既像是在向吴凤岐倾诉，又像是在向上苍哀告，“我不知道冲撞了哪道魔王，那么多人都在追杀我……”

吴凤岐往脸盆里舀了一瓢水，“噔”地放在寇家宝近前：“大哥，我没什么意思，你别胡思乱想，我是为你难过，你跟日本人混，唉，咱弟兄们以后该怎么相处？这，这……唉！洗把脸吧。”

寇家宝把脸没在脸盆的水里涮了涮，直起腰，用手把脸上的水刮了刮，甩了甩手：“先保住命再说。哥这一辈子，挑了：在日本人眼里，我是中国人；在中国人眼里，我是汉奸。身为军人，国难当头，谁不愿杀敌疆场啊。可是，国难我顾不住，家仇我也顾不住，我得先把小命顾住，唉，走一步说一步吧。”他转身走出去把屋外火炉上的蒸锅端了进来，放到案架上，揭开锅盖，反客为主，拿起箅上的粽子一人派了一个，然后自己也拿起一个，解开包在外面的竹叶，大大吞下一口，“我的事就说到这里，现在说你的事。日本人占领阳城后，国民党、共产党都跑了。中央军的人马跑到了董封的黑龙，阎老西的人马跑到了东冶的独泉，双方都在招兵买马。老弟，你干吗不能竖起一面旗，自己拉支队伍？要哥说，中央军那里，咱不去；阎老西那里，咱也不去。自己拉起一彪人马，对外号称独立团，别管手下有多少人，你先自封为团长。到时候，谁想把你拉过去，至少得封你个团座，否则咱不干。军饷好说，到哥这店铺来，你要多少支多少；装备嘛，哥现在尚且自顾不暇，无法周全你。过段时间，哥想办法给你弄几箱。独立团嘛，还能没有三五十支枪？老弟，现在对你来说，可真是个难得的机会。以后咱哥俩见面肯定就不怎么方便了，你先别进城找哥，你的地点必须要让哥知道。咱这个店铺就是最重要的地点，你要是离开，必须对弟妹讲清楚，哥好去找你。有什么困难咱以后再想办法。行吧？你要是攀了高枝，对咱哥俩来说，也是好事，你把话留到店内告知哥一声就行。咱这个店，继续开着。你走了还有弟妹嘛。没事，我会派人来照看的。好了，你们多保重。再见。”

送走了寇家宝，吴凤岐又把三支盒子炮拿出来，微弱的灯光下，黑亮的枪支在他的瞳仁里映出了数点明亮的光芒。

第十六章　恩将仇报

杨廷相病逝后，蒿峪支部没再召开支部会议，没再续选新的支委，支部委员只有卫五顺一个人，他是当然的支部书记。胡家琪走后，自卫队群龙无首，胡家瑢被大伙推举为临时队长。然而，自卫队的日子颇为窘迫：日寇占领阳城后，阳高泉、尹家沟、杨腰及蒿峪等地相继沦为敌占区，为安全起见，昔日所有的活动几乎全部停止。

夏收临近，以往附近的枪会、土匪时不时地来抢粮，今年又多了一份危险，胡家瑢告诫队员，“不要轻易和小日本交火，毕竟才三支枪嘛，万一打起来，吃亏的肯定是咱们。”

胡家珷根本不听这一套，“这种情况下更得加紧巡逻，真要遇见小日本，打几枪也好给百姓报个信。说不定咱一开枪，就把小日本给吓跑了呢！”

麦收一晌黄。很快，漫山遍野的麦田里都晃动着抢收的身影，空气中四处飘散着麦秸稍微带甜的清香。

张家今年的夏收任务将近结束，这天夜里，张锡祚提着马灯绕着库房转了一圈后返回大院。正要拴上大门，两个黑衣人推了他一把闯了进来。

“你们……”

“我们是缑大王派来的。走，进你屋说。”

张家一年给紫砂腰缑老六的人马孝敬两次粮食，听说是缑老六的人马，他镇定了许多，把手中的马灯往院内一举，“请，里面请。”

堂屋里，张书媚手摇蒲扇正数落张承富呢。她儿子坐在方凳上，低头敛气。张老财掀起门帘，让二人进去。二人威风凛凛地站在当屋，一脸盛气凌人的味道。张承富迷茫地看看二人，再看看谦卑的父亲，一时愕然不已。张老财忙给儿子介绍，紫砂腰缑大王的手下。

“什么？紫砂腰的土匪？真佩服你们的胆量，知道这是什么地方吗？”

“张老财，这位……”

“大儿子，常年在外，未曾谋面，多有冒犯，原谅原谅。承富，回睡吧，我和人家商量点事。”

“缑大王，缑老六，久仰大名如雷贯耳。就凭一条抬枪打家劫舍占地为王。回去告诉你们大王，我们张沟的自卫队有三支长枪，正宗日本产的三八大盖，一颗子弹就能掀翻紫砂腰的半个山头。”

“张老财，你家公子嘴还挺硬。”

“失敬失敬，请多包涵。承富，回睡。”张锡祚极力安抚客人。

“爸，你怕什么？咱自卫队连日本人都打得过，还怕几个土匪？”

“承富，闭嘴！”

“张老财，告辞了。看来，你家有自卫队保护了。”

送走了客人，张锡祚对儿子大发雷霆：

“土匪，亡命之徒，有跟土匪较劲的吗？这几年只要来收粮咱就交，倒也相安无事。今天你解嘴馋把人家呛走了，你知道人家会使出什么法来？不就是几袋粮食，咱犯得着和土匪去比胆？现在倒好，人家走了，你让自卫队保护你吧。那些自卫队是什么东西？别人你看不出来，胡家珷你也看不出来？参加自卫队就是为了混口饭吃，谁敢把自己的家身性命交给自卫队？三条大枪又怎么样？能顶住日本人？中央军多少枪？顶住日本人了吗？”

张承富没和老头子争辩，闷头走了，张锡祚背着双手在屋里踱来踱去，不住地长吁短叹。

第二天一大早，张锡祚打开院门绕着粮仓转了一圈放心地回去了。要给人准备早饭的潘小巧起来倒尿盆，刚迈出大门，就发出半声尖叫。张锡祚听到尖叫，赶紧出来，就见几个人把小巧押在马背上跑了。

昨夜的担心，眨眼变成现实。张锡祚歇斯底里地大骂张承富：

“土匪把小巧抢走了！”

来收麦的胡家珷听说土匪抢走了潘小巧，手中的镰刀都没来得及放，舞动着镰刀就赶往紫砂腰。

两道深沟自西北而东南，并行二三里合二为一，中间那道半岛形的山岭三面皆为直立陡峭高达三四丈的悬崖，半岛与一道东北而西南的山梁的结合部稍低，越往半岛尽头越高，尽头处便是半岛的最高峰。俯瞰如叹号的上半部，侧面看如置身于东非大峡谷，正面看如丹霞地貌中一尊突兀于沙砾中的巨石。半岛最宽处约 300 米，最窄处不足 50 米，上面树木苍翠绿荫蔽日，只有缘山脊才能到达半岛的顶峰。这里，就是恶名远扬的紫砂腰，大自然靠鬼斧神工用红砂岩垒砌的人间地狱。

紫砂腰顶峰原先有座庙宇，坐北朝南，东西两侧为厢房，南面是庙门，北面为正殿。由于年久失修，庙宇已经有些破败，但还能容人。缑老六和他的人马就住在这座破庙中。

“我是来投靠大王的。”凭借这句话，胡家斌闯过了第一关，然而站岗的喽啰没和他多费口舌，“只好委屈你了。”他被双手反绑，头上套个黑布包，两个人“搀扶”着，跌跌撞撞一直进到庙宇中，来到正殿前。

“大王，这个人说来投靠您。”

“松绑。”

“是。”

有人帮他卸掉头上的黑布包，胡家斌眼前一亮，他眨巴眨巴眼睛，环视了一周这陌生的庙宇：庙宇正中一棵两搂粗的松树，房高以下光溜笔直，超过房高干弱支强，部分旁枝已伸出厢房的屋顶外，犹如一把硕大的遮阳伞；正殿三间，明间阔次间窄，正殿当屋两块小条石支一块大石板，显然是供桌，但见一个满脸络腮胡子的彪形大汉端坐在供桌上，大汉后面的正墙上悬挂一面黑旗，黑旗正中缀一幅白骷髅图案。

胡家珷走到正殿门口，双手抱拳行了个礼：

“大王，我是来和你谈判的，先给我倒碗水，这一路紧赶慢赶，真把人渴死了。”

络腮胡子给左右一个眼神，很快有人给殿前这位狂妄的客人送来了一碗水。

“既然谈判，不能这样待人吧？你得让我坐下嘛。”客人转到院中的松树底下，两手卡腰又提出第二个要求。

大王尚且以石板为座，哪可能还有其他坐具呢？喽啰找了半天，除了大门外一块闲置的柱础，愣是没找出个能让这位挑剔的客人落座的东西。供桌上的大王“哼”了一声，阴着脸，右手握着别在腰间的火药枪的枪把，走出正殿，直接来到客人的面前：“咱就站着谈吧。”

胡家珷毫不退让，面对比他高出一头的大王，由于两人距离太近，他仰头盯着络腮胡子以凛然难犯的口气提出第三个要求，“放了那个女人。”

“哼哼，”络腮胡子脸上瞬间荡漾着肃杀的冷笑，他后退一步，然后转身返回正殿，重新坐在供桌上，“给我绑了。”

喽啰们七手八脚很快给客人展示了庙宇正中这棵粗矮松树的第二种功能：

长绳绕过最下面且最粗壮的树枝，一头结成绳圈套在客人的脖子上，一头拴在树身上，绳结的高度恰好让客人做高难度的坡英特

（Point）的芭蕾动作。为了不至于被勒死，被吊之人的双手不得不紧紧拽着绳套，而为了减轻手的负荷，脚尖必须尽量点到地面上。

一个腰间同样别着火药枪的家伙迫不及待地冲过去，飞起一脚踢在胡家斌的肚子上，被吊着的立刻作起了无可奈何的单摆运动。这家伙正在得意，没提防胡家斌随着摆动顺势一脚蹬到他的脸上，那家伙应声倒地。倒地之人爬起来，气急败坏地抄起马鞭，劈头盖脸地抽打在胡家斌的身上，并且一边抽打一边痛骂：

“你他妈的以为这是哪里？这是黑旗会大营。你他妈的竟敢在这里装大。嗯？那个女人是弟兄们给大王弄来的压寨夫人，你他妈胆敢虎嘴上拔须。要不是大王心里高兴，早一枪崩了你了，你他妈死到临头了还狂什么？”

“噼里啪啦”的皮鞭声，犹如点燃的鞭炮。胡家斌身上的汗衫随着鞭声一片片地剥落下来，不一会儿，胡家斌的上半身俨然一截去了皮的蟒蛇。鲜血顺着鞭痕，仿佛无数条红色的蜈蚣摇摇摆摆地向下蠕动。

络腮胡子一摆手，鞭声停了下来，套在胡家斌脖子上的绳套也随之松了。络腮胡子走到胡家斌面前，嘲弄地问，“谈判继续？”

胡家斌捡起地上的衣服碎片，胡乱擦擦胳膊上还有蠕动的血滴，把沾满血迹的破布潇洒地掷到地上，高高地仰起头，以极其不屑的眼神看着络腮胡子：

“缑老六，你要就这点出息，那就不和你谈了。”

“有何见教？”

“方圆几十里内，你缑老六也算得上是个人物，你说你把别人的老婆抢来做什么压寨夫人，我都为你难为情。大敌当前，你抗不抗日暂且不说，可也不能给自家人下马绊吧？”

“愿闻其详。”

“今天找你谈判，也没有辱没你的身份，我叫胡家斌，张沟自卫队第四行动组组长，我手下也有十几个队员，跟你比，也差不到哪里去吧？你们抢走了我村的妇女，这是自卫队的耻辱，我得把她领回去，这一点，没有任何商量的余地。”

“是嘛。既然这样，那你就得听听我的条件了。

“我缑某自拉起队伍以来，从未为难过谁，只要能说个过来过去就行。这几年，只要去到他张老财门上，他给我们三斗也行，五斗也可，双方从未犯过脸红。没想到，自从张沟有了自卫队，张锡祚这老东西竟然腰身硬了，不仅拒不交粮，而且还扬言要用手中的三支长枪扫平紫砂腰。粮食，你手头肯定没有，那就拿你们手中的三支长枪换人。

“胡组长，你看，公平吗？”

“哈哈哈哈，我们的枪是用来打小日本的，把枪送给你，让你去抢压寨夫人？亏你还说得出口！”

“哼哼哼，”缑老六轻蔑地笑笑，“胡组长，如果不接受这样的条件，那就只有一个结果了。想必你已经料到了。”

“缑老六，杀我也行，你得把那女的送回去。知道吗？在赶走小日本之前，我真不希望咱自家人互相打起来，更何况，为了一个怀娃老婆。”

“什么？怀娃老婆？你怎么知道？”

“临死之人，告诉你实话也无所谓。那个女人是我相好，她已经怀上了我的孩子。行了，放人吧，你们该怎么处置，随便。”

缑老六眼珠转了转，“去把那女人带过来。”眼泪淋漓的潘小巧抽噎着被人推过来，缑老六盯着她，用下巴指指胡家斌，“你们俩是相好？”

轻轻一句问话，潘小巧浑身不禁一个激灵，她像躲瘟疫一样情不自禁地一边后退一边忙不迭地摇头否认，“不是不是不是。”

“呵呵，”缑老六瞪着瞬间发红的双眼盯着胡家斌，“今生今世，我最恨日鬼说瞎话的人。小子，胡组长，看来，你猜对了。”他看看左右，“吊起来，给我往死里打！”

几个喽啰群狼般挥舞树枝扑向吊在半空的胡家斌，随着“啪啪”的声响，仍在往外渗血的胡家斌的躯干转瞬间血肉模糊。潘小巧见状，倒抽一口凉气，本能地“啊”了一声，发疯似的扑过去，紧紧抱住胡家斌，回头急巴巴地向缑老六投以求助的目光，她哭喊着，“别打了，是，我们是，别打了别打了，我们是……”

“别打了，都他妈一根筋啊。”缑老六喝令手下停手。

胡家斌已经昏过去了，猝不及防的潘小巧被他重重地压倒在地……

一盆冷水浇头，胡家斌醒了过来。他抬头看看抱着自己的潘小巧，又看看站在旁边的缑老六，挤出一丝淡淡的苦笑：

“缑老六，你傻啊，那些事，女人会说吗？”

缑老六弯下腰抱起胡家斌，噔噔噔跨进正殿，放到供桌上，倒头便跪：

“胡老弟，真是条汉子，缑老六服你了。这个女人马上就放，但你得留下来，黑旗会以后就归你了。”缑老六回头示意身后正迷茫的小喽啰，“愣什么，赶紧给新大王行礼！”

……

缑老六亲自给胡家斌熬好药并给他擦洗一番，然后派人把二人送回张沟。此时，天已蒙蒙亮。看到潘小巧回到张家大院，胡家斌先回自己的那眼破窑洞里鼓捣出一包子弹，又同护送他的喽啰来到一口水囤边，拽出塞在水囤口的玉米秆及树枝等杂物，让其中一个俯身下去抽出三支枪，然后把他们送到路口：

“告诉你们大王，这些枪口必须对准小日本，否则，我还会把枪要回来。”

天大亮后，胡家斌换了身破汗衫，吹着口哨来到张家大院。一进大门，张锡祚气冲冲地从堂屋蹿出来，恶狠狠地瞪着他：

“你来干什么？来看热闹是不是？我张家丢人现眼了，该你唱大戏了！今天不上工，你唱吧！”

胡家斌一头雾水，转身就走。

第十七章　见枪眼开

秋收正在进行时，几个日军在一小队伪军的带领下突袭张沟，正在场上打谷子的来不及收拾，结果，人跑了，场上的谷子和牲口被伪军席卷而去。当晚，自卫队在河口铺的河神庙召开紧急会议，这是卫五顺接任支部书记以来第一次主持支部扩大会议。

“前几天，听说汉奸寇家宝带领一队日军袭击了大宁，抓走了几个人，今天咱张沟也受到了敌人的袭扰。我们成立自卫队，就是为了抵抗敌人的侵扰，最大限度地保卫村民的利益。从今天开始，我们自卫队正式组成一个地方武装，把保卫家乡作为我们的首要任务。

“由于只有三条枪，第一第二第三小组各使用一条，如果以后还有缴获，咱再分派……”

“那不行，”胡家斌站起来打断了卫书记的讲话，“要么轮流使，要么抓阄。哪能这么分派？”

“以后，这里就是咱自卫队的总部，没事就待在这里，有事咱马上出动。”卫五顺没有接茬，坚持把自己要说的说完，“今天的会议到此结束，散会。”

胡家珷骂骂咧咧跟着二哥下到铁匠铺，刘孔成与他形影不离。

“孔成哥，这是不是下眼看人？”

后者无奈地讪讪而笑，算是回应。

“组织上既然决定了，就不要再发什么牢骚了，服从组织纪律嘛。”自卫队代理队长开导他。

“什么组织上？什么狗屁决定？什么决定都服从这还叫什么组织？”

“三弟，你这个情绪会影响团结的。非常时机的决定，肯定就要有非常时机的原因。行了，这件事别再提了。听孔成说，你们不是有枪吗？”

“让缑老六给抢走了。”胡家珷惨然地撇撇嘴。

“什么？他怎么知道咱藏枪那水囤？一定是你告诉他们的。”刘孔成恼怒异常。

“我用三支枪换回了潘小巧。”

“我就知道你不正干。你看你办的这是什么事？”刘孔成气得捂着脸蹲到地上，“用枪换人，枪没了，人也让你害了。”

“我把谁害了？”

“三弟，别以为你把潘小巧救回来了张锡祚就对你另眼相看，说实话，还不如不救呢。”胡家瑢长长吐了一口烟，“唉，过了一夜才救回来，张家相信你，还是相信土匪？他们都以为你们把小巧怎么了，你想想看，这不是把小巧害了吗？”

“我正说张锡祚见了我跟见了世代仇家一样，不但没落下一点好，反而一贴老膏药，敢情是不该救小巧啊。可是，潘小巧是咱张沟人，不救怎行？我不仅救了一个潘小巧，而且救了咱自卫队。”

“说来听听。”代理队长投以不解的目光。

“那缑老六就凭一杆抬枪就在自卫队的眼皮底下抢走了潘小巧，谁还敢相信自卫队？如果日本人知道了咱自卫队就这点能耐，那还不天天来张沟抢人抢东西？”

“三弟，”刘孔成猥琐地用胳膊肘碰碰胡家斌，“你是不是真的和小巧……要是那样，哥那两条枪就算了。”

“看你想到哪里去了，离紫砂腰四五十里，打个来回不就得那么长时间吗？看来，人要是长了坏心眼，菩萨的裤子也敢脱。行了，不就是几支枪吗？”

事有凑巧，过了几天，前哨报告，一队日伪军从尹家方向下了义城。

“集合！”胡家瑢一声令下，这是自卫队组建以来第一次重大的军事行动，个个脸上都带着明显凝重的神情。

“同志们，敌强我弱，我们绝不与敌人发生正面冲突，能不开枪绝不开枪，不仅我们的枪有限，而且子弹也有限。我们的任务是监视敌人的行动，万不得已时扰乱敌人的行动部署。

“我们就在前岭一线警戒监视，隐蔽行动，不能暴露目标，没有命令，任何人不能开火。

“出发。”

接近义城村背后，村里的哭喊声不绝于耳。

胡家珷看看左右，“你们待在这里严密监视，我和孔成哥下去看看。”

二人顺河岸边的芦苇一路潜行，来到义城村口。

芦苇河自西向东流过町店村，经圪蛋崖阻挡急转南下，又经柏山阻挡而向东，在义城村南形成一个大水湾，水湾处形成的冲积扇上是一片茂密的芦苇。村边与茫茫的芦苇荡之间，就是芦苇河河谷中的交通大道。胡家珷和刘孔成穿过大道，潜伏在芦苇丛中，注视着村边的一切情况。一个小日本端着长枪，在村东头东张西望——这是小日本的岗哨。

突然，刘孔成兴奋地拍拍胡家珷的胳膊：“枪！”

义城村边的大路上，芦苇丛旁，日军岗哨的不远处，架着三支长枪。

“孔成哥，你害怕吗？”

“有点吧，不要紧。”

“我把哨兵引开，你去摸枪。你顺着柏山后面那道沟爬上去，我往这边爬上去，咱们在柏山顶汇合。记住，腰往低压，越低越好。行动。”

在敌人哨兵走到村东边的最远处时，胡家珷突然咳嗽了一声，随即直起腰在小鬼子面前晃了晃，然后顺着柏山东边的山脚跑去。鬼子哨兵追了一阵，朝着芦苇晃动的地方开了两枪，没再追赶。几个日军听到枪声，跑到村口，叽里咕噜吵了几句，然后似疯狗般朝哨兵指示的方向追过来。

枪声，一阵紧过一阵，夹杂在枪声中的，是听得懂的“站住”、“跑不了了”和听不懂的“叽里呱啦”的狂叫。顺着枪声指示的方向，刘孔成在山顶“等”到了胡家斌，他在后者的脸上发现了极其少见的惶恐。

“孔成哥，你顺着这里溜下去。”

“我……不敢……”

“快，溜下去躲到半山腰的崖坎下，天黑后再回去。快！小日本追得太紧。快。”说着，他拽着刘孔成，连人带枪推了下去。

掌灯时分，刘孔成“叮叮咣咣”背着三支枪回到了河口铺。大伙马上围了过来，“家斌呢？”“三弟没和你……”

“小日本追得太紧……没说几句……他就把我推下去……刚藏好……山顶上满是枪声……后来……就再也……估计三弟……”刘孔成断断续续的抽噎中，众人似乎明白了一切。

乌云顿时笼罩在每一个人的脸上，刘孔成抱在怀里的三支枪霎时变成了引魂幡，非但没人去触碰，甚至没人多看一眼。

河神庙正殿内外，宛然一块突遭霜冻的白菜田。

第二天凌晨，哨兵低吼道，家斌回来了。脸型不同，但都像盛开的鲜花。众人把略显疲惫的胡家斌围在中间，七嘴八舌，问长问短。

“领教了领教了，小日本紧追不放，直到银匠山才甩开。这狗日的小日本，就跟山猪一样，厉害厉害。”胡家斌似乎中邪般对小日本称道不已。

第十八章　竞选村长

吴凤岐往独泉跑了三趟，成了。

被日本人赶出县城后，张从龙在张楚的授意下，很快成立了阳城县政府。怎奈人手有限，所占地盘出乎意料的小。面对吴凤岐的要求，他几乎没怎么眨眼就答应下来：

五十多个人，先叫独立营吧，隶属于本县抗日大队，先给配二十支枪。

从此，吴凤岐摇身一变，成为阳城县抗日大队属下独立营营长、芦苇河下游威风八面的显赫人物。

由于装备差，独立营尚无直接与日军交锋的能量，但军需物资的征缴一点都不含糊。为了便于物资的征缴，吴凤岐除在上孔村老庙内设有总部外，又在蒿峪村西的岭口庙设有一个行营。上至刘村、寺头，下至八甲口、安阳，中间包括张山、永安、东岭庙、美泉一带各村，走到哪村算哪村，只对口村里的大户，多少暂且别论，绝对不能没有，否则，那几十支枪，光“哗啦哗啦”拉一阵枪栓，就足以吓破虎胆了。蒿峪、杨腰、尹家沟属于敌占区，不敢贸然闯进去，但也不能放过，既然你维持会替日本人效力，那就必须得为独立营出粮出钱，不然，先要你维持会长全家的命。

赵杏子母子很快享受到独立营营长的荣光：家里变戏法似的有钱花有粮吃了。

盛夏里，岭口庙内一眼小窑洞里，艾蒿熏过之后，吴凤岐正在土炕上打盹。营长侍从焦二苟借着门口昏暗的灯光蹭进来，碰碰他的胳膊，小声告诉他，营长，我村的老村长死了。吴凤岐翻了个身，“他死了和咱独立营有鸟相干？”焦二苟接着说，“民国以后，各村的村长都是村里的长老会推选的，靠你和我舅的关系，只要报个名，说不定还能捞个村长干干；当了村长，怕不比你当营长强？”

吴凤岐“呼”地坐起来，拍拍焦二苟的肩膀，从被子下摸出手枪，跳下炕，“叫上弟兄们”，带头走出岭口庙。

一队人马，顺着蒿峪村背后的东岭一路向南。

民国二年改制后，焦喜才就被村里的长老会推举为村长，这一干就是二十多年。长老会换了一茬又一茬，他雷打不动地始终是村长。原因其实很简单，他是个文化人，通情达理，能说会道，遇事看得远，办事算得清，全村老少没有不佩服的，不料今年夏天得老症去了。时任村长老会会长的陈柏创一面着人帮忙操办老村长的丧事，一面召集长老会开会，推举继任者。

陈柏创是上孔村的首富，在他名下开办有一家煤窑和一家翻砂厂，人称老炉头，在上孔享有极高的威望。十几年前，老村长以年事已高为由几度要辞去村长职务，都被陈柏创婉拒了。而老村长能一直干到老，与陈柏创的鼎力支持有着密切的关系。推举新任村长的长老会上，大伙一致同意让陈柏创出任村长，他未置可否，要求大家再考虑考虑。

这天晚上，吴凤岐带着一帮人涌进陈会长的院子里。陈会长可以说是吴凤岐独立营的“大股东”。今年春天，当吴凤岐竖起旗帜要成立游击队时，陈会长拍手称赞并大力支持，他不仅慷慨解囊，为游击队的组建捐助了五百块大洋，而且在自己的煤窑和翻砂厂里选送了三十多名队员，焦二苟就是其中一员，由于焦二苟是陈会长的外甥，吴凤岐自然对其另眼相看。

“舅舅，吴营长来了！”走在最前面的焦二苟冲屋里喊道。

老炉头把吴凤岐请进屋，客人没有任何开场白，直截了当地提出了想当村长的要求。

老炉头的脸色顿时变得蜡黄阴暗，一向老成持重的他仿佛一个没能及时完成先生布置的作业而恰被先生抄了老底的学童，脸上的汗水顺着下巴“啪嗒啪嗒”滴下来。好容易挨到吴营长把话说完，他先是支吾了一阵，然后，长叹一口气，用毛巾抹了一把脸，重新把笑容拾掇回腮帮上，爽快地告诉客人：

“吴营长，咱一家人不说两家话，你当村长，我当然举双手赞成，再加上你与张县长的关系，这个村长，非你莫属啊。眼下存在的变数是，长老会十七个会员中和我关系要好的只有五六个，能不能获得大多数通过，我实在不好说。既然都是熟人，营长如果有这个意愿，最好与每个会员都见个面，打声招呼，到时估计不会有多大出入。”

“好说好说。那就拜托了。告辞。”吴凤岐急匆匆离开陈府，由焦二苟为向导，十七个会员家造访了遍。子夜时分，心满意足的吴凤岐率部返回岭口庙。

老村长安葬后的第三天晚上，上孔村村公所内，老炉头闷头抽了几口烟，磕掉烟锅内的烟灰，左手掇着烟布袋，右手摸索着把烟袋锅伸进去，一边往烟袋锅里装烟丝，一边微闭双眼，像是梦呓般地自言自语：

“吴营长行伍出身，没念过书，办事讲义气但公允，性格豪爽但也狡猾奸诈，虽然脾气暴躁，但胆略过人，雷厉风行。和我算是至交，和张县长的关系也不错。

“杨向华年轻有为，敏达干练，咱阳城一高的高才生，受家庭的影响，为人谦逊，处世厚道。现在担任蒿峪村村公所的书记员，说话办事彬彬有礼，在百姓中口碑很是不错。眼下兵荒马乱的，担惊受怕的老百姓更需要安定，更需要……

“就这二人，大家投票吧。”

不久，杨向华就任上孔村村长。

得知这一消息后，吴凤岐脸上青筋暴起，牙齿咬得咯咯作响。他冲出岭口庙大门，拔出手枪，朝着门外的一棵柏树就是一阵狂射，直到把小树拦腰打折。

第十九章　落荒而撤

民国三十年五月二十五日下午，太阳刚刚落山，被骄阳炙烤了一天的地上尚在翻滚着焦燥的热浪，担任警戒的哨兵传来情报：“有情况。”

“紧急集合！”胡家瑢背着自己的长枪，站在河神庙正殿前的台阶上。他旁边站着卫五顺。

队列整好后，卫五顺清了清嗓门，站到队伍正前方，“咱先点一下名。一组，组长，杨继成。”

“到！”

“马振山。”

“到！”

“杨启囡。”

“到！”

“尹不见。”

“到！”

"田小驴。"

"到！"

"二组，组长，何福和。"

"到！"

"我要是小日本，早把你们包围了。"

"胡家珷，你嘀咕什么？"卫五顺点名指责。

"这哪里是紧急集合？"胡家珷大声嚷道。

"三弟，你闭嘴！"胡家瑢也跟着斥责。

"马石头。"卫五顺继续点名。

"到！"

"何有命。"

"到！"

"这是等着日本来砍头的。"胡家珷再次嘀咕。

"三弟，你闭嘴，一直嘀咕什么？"胡家瑢再次呵斥。

"刘家兴。"

"到！"

"郭小来。"

"到！"

"马周庆。"

"到！"

"三组，警戒。四组，组长，胡家珷。"

"到！"

“刘孔成。”

“到！”

“马张继。”

“到！”

“张拴拴。”

“到！”

“张小运。”

“到！”

“张周全。”

“到！”

“同志们，”点完名，卫五顺给全体作战斗动员，“我们的原则是保存自己消灭敌人，能打就打，不能打就走，绝不和敌人硬拼。根据情报，敌人向咱这一带袭来，敌人很可能来抢粮。我们的任务是最大可能地袭扰敌人。

“出发！”

“能不能带几颗手榴弹？”正要出门的胡家斌回头问道。

“就一箱，不到关键时刻不能动！”卫五顺回答干脆。

胡家斌朝前面的队员命令，“第四组，跑步前进！”

他们一路小跑，爬上五龙沟的东坡，负责警戒的第三组组长马小拽白了胡家斌一眼：“弄什么，磨磨叽叽磨磨叽叽，把人都急死了，大半天来不了。”

胡家斌趴到马小拽身边，回头朝刘孔成挤挤眼，“小日本听话，卫书记不点完名不来。”

三组队员谢松林指着前面的芦苇河河谷：“快看，小日本走开了。我的妈呀，有三百多号人吧？”

蒿峪村口，一队日军排着长队向五龙沟这边开来。

三百多个黄军装在两个黑衣人的带领下，正顺着泛着白花的花滩淌过芦苇河，朝河口铺方向靠近。此处的芦苇河北岸，恰好是一堵陡峭的绝壁，绝壁下是湍急的河水。

“准备打！”胡家珷看看身边的几支枪，敛声命令。

“卫书记不许随便开火。”刘孔成提醒自己的组长。

“谁再敢提书记，我一脚把他踹下去。书记是个多大的官？能管了小日本？瞄准那个腰间挎刀的，打！”

“砰，砰砰——”零星的几声枪响，丝毫未惊动河谷里的日本人。他们就地举枪朝崖上还击。子弹“噗噗噗”地钻进岭头边的土里。腰挎军刀的小日本抽出军刀朝着崖上，一声狂叫，日军迅速分成两队，从左右两边向崖上包抄上来。

还未来得及进入阵地的大队人马，被这突如其来的枪声惊得纷纷卧倒在地。卫五顺甚至连河谷里的日军在什么位置都没看清楚，就急忙下令“快撤快撤快撤”。

何福和带领众人逃往桃坪方向，“真不行咱就撤进我村的躲兵洞。”

“咱也撤吧？”刘孔成看着身边慌忙撤退的队员，试探性地问组长。

“急什么？小日本会飞？咱好歹干掉他一个，来，还是那个挥刀的，咱俩都瞄准他。”

“前面那个汉奸快上来了。”

“瞄准那个挥刀的，打。”

又是两声枪响，挥刀的小日本毫发未损，继续向上冲。

每人只有两发子弹，开了两枪后，胡家斌无奈地爬起来，“走。”

“咱要是打那个汉奸，说不定就把他撂倒了。”刘孔成略带遗憾。

“废话，放着日本人不打却打中国人？”组长一边跑一边阐述自己的抗战观，“汉奸就像老鼠身上的跳蚤，老鼠死了，跳蚤自然就没有了，还能放着老鼠不打，去打跳蚤？”

日军爬到了崖上，朝东边的岭头胡乱放了一阵枪，并没有追击的意思，而是顺着东坡一路向北开进。

桃坪村对面的西山上有两个掩藏在灌木丛里毫不起眼的洞眼，任何一个初来乍到者即便是有意搜山的人都不可能在意灌木丛中一道窄窄的“缝隙”，其实，这道缝隙，就是桃坪村神奇的躲兵洞的洞口。

小日本走后，自卫队仍留在洞内。卫五顺要对这支队伍进行纪律整顿。

“小日本是死人？他能坐到那里等你去打？我没错！”经过几个波次的批评，胡家斌还是不承认自己的错误，而且顶撞的语气越来越硬。

“正是因为我们的装备落后，所以我们必须团结起来，抱成一团，才能打败敌人。”卫五顺又打又拉，时而大发雷霆，时而和风细雨，此时，他再次心平气和地教育这个目无组织纪律性的犟牛，“你们几个不是几枪都没放倒那个鬼子吗？要是咱们的十支枪全都瞄准那个鬼子，说不定真把他撂倒了。”他站起来，从墙上拔出那把用来照明的麻秆，举在手里，看看坐在地道两侧的众人，“同志们，我们今天这……这也不能叫逃跑，只能算是撤退。尽管我们没有消灭一个敌人，但我们经历了考验。好了，咱返回河神庙。今天晚上第四小组担任警戒。”

入夜，胡家斌小组分成两个小组，哨于荆秧圪梁的两侧。中午被鬼子追了一阵儿，午饭也没吃，胡家斌有些累了。他躺在地上，头枕着刘孔成的腿，央求他说：“孔成哥，小弟累了，前半夜你值班，后半夜我值班。行吗？”不料，刘孔成拧着他的耳朵生生把他从地上拉起来，拍拍他的脸蛋，要他睁开眼。

“我正要跟你商量点事呢，你倒先开口了。”刘孔成盯着自己对面那双惺忪的眼，“那年我还笑话人家张承贵尿裤来着，今天在崖头起，小日本的子弹‘嗖’的一声擦着我的头皮就飞过去了，吓得我当时就觉裤裆里一股热水灌进来，跑起来后才想到是尿裤了，真日他妈丢人。你先值一会儿班，我回家换条裤子。”

“那行，一袋烟工夫。”胡家斌在讨价还价。

“三弟，你不知道，我在圪埌底的老坟地挖了个藏身洞，已经有丈把深了，再把里面扩打扩打就行了。今晚扩打完就下来。”

“那不行。”

“三弟，你看五龙沟，小日本一不注意就来了。哥不是担心孩子们嘛。你行行好，就今天晚上，这东西越早越好。行了，让你受累了。哥扩打完就来。”

“你挖的藏身洞就是一个死胡同，你看桃坪的躲兵洞，出口隐蔽，里面又宽敞。”

“人家那是给全村人准备的，哥这洞是给自家挖的，你嫂子和孩子们能躲得下就行了。好了，不跟你说了，我走了。”

第二十章　锦囊妙计

空气中多少带着些秋凉，好消息就送上门来。卫五顺坐在蒿峪村西一棵枝叶繁茂的柿树下，背靠树干，口中嚼着一根狗尾巴草的草茎，眯缝着眼睛，享受着耳边传来的令人欣喜的报告。何福和蹲在书记身边，边汇报边警惕地观察着周围的情况。这棵大柿树宛如一顶经过光学处理的玻璃毡包，在月光下，毡包内漆黑一团，毡包外是一片莹亮柔嫩的月色。

今年夏天，吴凤岐的独立营在尹家沟的胜沟沟口打了一场伏击战，打死了一个日本人，打伤了两个日本人，尽管在撤退时被鬼子的手榴弹炸死了四名士兵，但独立营一下子声名鹊起，吴凤岐的影响更是如日中天。然而，这支打了胜仗的队伍是阎锡山的人马。为了分化敌人，卫五顺提议并由支部通过一项极为绝妙的方案：派人打入独立营，及时掌握独立营的情况，伺机分化其阵营，最好能争取过来部分力量。

一个月前，桃坪村的何福和和杨腰村的马振山二人先后混进了独立营。何福和是吴凤岐的小舅子，马振山是吴凤岐本家兄弟，二人凭着这样的关系，几乎没怎么表现就博得了吴凤岐的高度信任。

在不断深化与吴营长的关系过程中，二人渐渐了解到吴营长全部的内心世界：

他恨有钱人。实指望有张县长和上孔村长老会的支持能当个村长，以实现光宗耀祖的宏伟志向。没想到眼看到手的机会被杨向华生生给夺走了，他恨不得一枪崩了杨向华。

在二人的撺掇下，吴营长表示愿意与自卫队取得联系。

今天晚上，何福和就是专为此事向组织上请示的。

听完何福和的汇报，卫五顺“呼”的站起来，紧紧拉着何福和的手，用明显带有颤动的声音说：

“何福和同志，你们为组织作出了巨大贡献。能把独立营拉过来，壮大我们的力量，这将是我们自卫队成立以来一件惊天动地的大事。我们不仅要发现敌人之间的矛盾，而且要利用这种矛盾，最好能扩大矛盾，激化矛盾，让敌人内部火并，这样才能彻底阻断吴凤岐的退路，让他死心塌地地投入组织的怀抱。”

几天后，卫五顺与吴凤岐见了面，双方进行了愉快的沟通，双方都表示愿意保持联系，加强合作。当天夜里，卫书记的鼾声中难以剔除地夹杂着浓重的得意的旋律。

晚秋，发黄的树叶带着无限的倦意躺在地上，慵懒地随风起舞。走在山路上的吴凤岐，脸色铁青，眉宇间澎湃着腾腾的杀气：

张从龙突然中止他的军需供应！这是怎么回事？他央求西岭枪

会的大首领吕成前往独泉打探，结果被告知，有人在张从龙处告密，他与共产党有勾结。

“这还用调查？告密者，一定是杨向华。因为他是国民党。”他咬着牙自言自语。

“既然你不仁，那就别怪我不义！”一路上，他时不时地向长天秋风怒吼。

初冬，一个风高月黑的夜晚。杨启囡敲开杨府大门，在南屋找到杨向华，递给后者一本秧歌剧本：“这上面有些话根本念不通，你是文化人，你给我们看看。”

“好好好，这没问题。”杨向华是秧歌迷，对杨腰秧歌极是喜爱。

白秀英把杨启囡送到大门外：“囡叔，你慢走。”

她刚要进门，一个彪形大汉冲过来捂住她的嘴。就在这一瞬间，几个黑影冲进她家大院。眨眼间，几个人把她的丈夫生拉硬拽拖出大门。不一会儿，控制她的大汉丢下她，消失在夜幕之中：夜色里，她仅能看见这些人脸上全都抹着黑灰。

杨向华被人暗杀了。

杨家人把这起恶性案件上报给张从龙政府，张县长没敢怠慢，立即委派了一个特派员前来杨腰调查此案，并责成杨腰联络站站长杨廷弼协助调查。

杨启囡一脸的无辜，尽管他叫开了杨向华家的大门，经白秀英证实，杨启囡给杨向华送秧歌剧本有约在先。

案件的调查似乎已经山穷水尽，然而，杨家南屋门后竖着的一根拐杖引起了杨廷弼的注意，因为这根拐杖是马家的，任何一个和马家有过交往的杨腰人都熟悉这根拐杖。

这根拐杖把嫌疑顿时引向了马振山，给这一推测带来重大佐证的是：马振山跑了。

杨廷弼登门询问拐杖后，马家人就赶紧悄悄捎口信给马振山，人家发现了。马振山连忙向卫五顺报告，暗杀行动可能已经露馅。卫五顺给马振山塞了几个钱，告诉他一路往北到武乡找八路，找到八路，就能找到胡家琪。

马振山的潜逃让凶杀案的嫌疑直接指向了独立营，指向了吴凤岐。

听了杨廷弼的调查报告，张从龙迅速命令西岭枪会的吕成率部剿灭独立营。

此时的吴凤岐仍然沉浸在除掉对手的快意之中，当一千多西岭枪会的民团把岭口庙围得水泄不通时，他尚兀自躺在被窝里哼小梆戏呢。面对吕成黑洞洞的枪口，吴凤岐很是爽快。他告诉吕成，杨向华是他带人去杀的，随他去的共有八个人，五个人跟他进屋实施抓人，三个人在外望风。

他的豪爽和大义丝毫没有打动吕成，后者还是让手下肢解了参与暗杀的七个人，其余的三十多人被带到白岭坡集体枪决。

共产党员何福和也在被肢解之列。

成立不到一年的吴凤岐独立营全军覆灭。

当天午夜，噩耗传到自卫队。卫五顺摸索着用颤抖的手好容易点亮油灯。他长叹一声，像是自我安慰地自言自语："幸亏让马振山提前跑了，不然……"

胡家斌猛地掀开裹在身上的破被子，一个箭步跨过去，从地铺上抓起卫五顺，破口大骂：

"你狗日还好意思说，明明知道事情败露，怎么不通知吴营长他们赶快转移？什么日你妈东西？"

卫五顺挣脱开来，争辩道："当时已经来不及了，只能烂里寻圪囵，能走一个算一个。你把嘴放干净些。"

胡家斌一个饿虎扑食，把卫五顺扑倒在地，掐住他的脖子："嘴不干净又怎样？老子真想一把掐死你狗日的。让马振山通知何福和和吴营长他们，怎么就来不及了？你狗日，猪圪脑？要断吴营长退路，不能让他去杀小日本，怎么偏偏日哄着吴营长去杀杨向华？结果一个小日本没死，中国人自己杀来杀去，杀死了四五十人。这下你狗日脸白了是不是？"

"啊，救命——"卫五顺发出沙哑的呼喊。

众人急忙上去强行拉开了胡家斌。

卫五顺狼狈地站起来，整整自己的衣服，气急败坏地宣布：

"胡家斌，看来你和国民党伙穿一条裤。你被自卫队开除了。你走吧。"

胡家斌再次把卫五顺扑倒在地，抽出腰间的匕首逼在后者的脖子上："你狗日敢开除老子？你再说一遍！"胡家瑢他们试图拉起压在书记身上的胡家斌，怎奈刀刃尚牢牢压在被控者的脖子上，他们只能围着倒在地上的两个人，好言相劝。

“三弟，冷静，冷静。卫书记也是一时气话。”

“让他说，敢开除就宰了他。省得他狗日不办人事。”

满头冷汗的卫五顺赶紧收回成命，“没说要开除你，是你误会了。”

胡家瑢见三弟的手有些松动，急忙夺下他手里的匕首，并把他从书记身上拉起来，“也不怕人笑话，咱自卫队成立以来，一个日本人没打着，自己人倒是先打起来了。”他狠狠推了三弟一把，“你看你像什么？拿着兵器威胁自家人，这还有组织性纪律性？”说着又到卫五顺身后拍打了几下，“卫书记，你没事吧？别和他计较，他就这火爆脾气。我以后多说说他。”

卫五顺摸着被匕首压过的脖子，喘着粗气，找了墙角坐下去，拽起衣角擦拭着脸上喷薄而涌的汗水，惊恐地望着胡家珷，半天才朝众人挥挥手，“散会吧。”

胡家瑢和刘孔成“押”送胡家珷回到挨着河神庙西侧的外墙搭建的草棚里。胡家瑢语重心长地劝说道：“三弟，你这脾气必须要改改了，不然，谁还敢跟你共事？动不动就把匕首搁到别人的脖子上，有你这么发脾气的吗？唉，算了。今天的事就说到这里，你还在火头上，咱们过几天再说。孔成，你们也都累了，休息吧。我去查查岗。”

夜深了，草棚内的叹息声仍在继续。

“你说大哥还回来吗？”这是刘孔成的声音。

“按说也该回来了，再迟了，自卫队……就完了。”

“五乡离咱这里远吗？”

“光听说在五香，也不知道一个地名，怎么就叫五香，许是饭店很多。”

“不是开饭店的那个五香，是……我也不知道，管他几香，只要大哥早点回来。”

“五十多人的独立营，眨眼工夫就没了。听说他们有二三十条枪呢。”

“光吴营长就有三支手枪……唉——咱睡吧……说不定咱还能在梦里见到大哥呢。”

第二十一章　祭

吴凤岐独立营全军覆没的第二天晚上，肃杀的空气尚笼罩在芦苇河下游一带。太阳一落山，蒿峪村就陷入一片死寂，就连狗也仿佛被二龙沟煤矿及白岭坡的惨象惊得不敢发声。亥时许，街道上传来一阵急促的马蹄声，原本依稀几个透着灯光的窗户瞬间熄灯灭火。马蹄声在维持会胡国昌会长的大门外停下来，几个内穿黑制服外套黑风衣身背长枪的武装人员跳下马背，迅速在胡家大门外布下警戒线，其中一个边拍门边捏着嗓门朝院内呼叫“胡会长，开门”。还有一个没有下马，他与手持长枪的人着装一致，只是腰间挎着一支手枪。待院子里的人打开院门提着灯笼探出头来时，他才翻身下马，大步流星跨进胡家大院。

黑衣人在院子里站定，转身盯着瑟瑟发抖的打灯人：“胡会长，你不认识我？”

“认识认识认识，”胡国昌点头哈腰，颤颤巍巍，“在县城皇军的洪部见过面，只是没打过招呼。寇队长大名鼎鼎，还能不认识？”

“认识就好。这半夜三更来打扰你，实在不好意思。小弟忙得就现在有空，请原谅。”

“但来无妨，但来无妨。只要寇队长肯来，何时都方便。”

“两件事。第一件，派人到二龙沟煤矿找出吴凤岐的尸身，听说被卸成了六块，必须找对，拼凑齐整后，最好能让他老婆来认认，绝不能弄错了。”

“行行行。绝对不敢弄错了。”

“我还没说完呢。”

“请讲请讲请讲。”

“买副棺木厚葬。从头至尾的开销我全认，到时你说个数。”

“不消寇队长破费不消寇队长破费不消寇队长破费，殡葬也不需几个钱。”

“到时你说个数。这第一件事就这么定了。第二件事，给我弄清吕成近期的行踪。”

“这……”胡国昌欲言又止。

“胡会长，既然找到你，就是因为知道你和吕成的关系。”

“没甚关系没甚关系没甚关系，仅仅认识仅仅认识仅仅认识。”

“事情到了这个份上，我相信胡会长是个明白人。如果有半点风声漏出去，吕成或许不好对付，可是胡会长就是另一回事了。”

“岂敢岂敢岂敢。光听说他在岭头起有个相好，经常在那里过夜，可是不知道近期……”

“我派一个人留在你这里，专候你的消息。明白？”

“明白明白明白。”橘红色的灯笼的映照下，胡国昌一脸血色，脸上的冷汗犹如一道血河不住地往下淌。

腊月初，寇家宝率人终于在岭头起逮住了吕成。在干掉门外的岗哨后，特工队破门而入，把吕成从他情妇的床上拖出门外，一阵乱刺，直至刺成血和的肉泥。寇家宝给手下一个眼色，手下掏出腰间的匕首，削下肉泥的脑袋，装到一个大口袋中。

天刚蒙蒙亮，寇家宝的马队就赶到吴凤岐的坟头。他在坟头刨了个坑，把大口袋埋了进去，“噗”的一声长跪坟头，然后撑开双手伏倒在地，前额点地，良久不动，随着不断地抽搐，两个肩膀随之不住地颤动。不知过了多久，他慢慢地站起来，两手抱拳，口中念念有词：

“吴老弟，吕成的狗头，哥给你祭下了，谁有欠下的，哥绝对要加倍讨还。安息吧。”

礼毕，他带队返回阳城。

当天中午，他在段家酒楼设宴酬谢木川。后者是驻阳日军警备队的小队长。行动前，他向木川诉苦，当年在县城经商时，吕成借了他一大笔钱，不料现在混至西岭枪会的大头领后，竟然赖账不还，讨要数次未果，还差点搭上性命。说话中，他递给木川一对玉镯，希望得到木川的支持。木川没怎么犹豫就答应了他的请求。于是，得到准信后，寇家宝率部出城“讨账”。现在，吕成既除，寇家宝难免喜形于色。

酒酣之际，突然雅座的门帘被一把雪亮的刺刀挑开，一排乌黑的枪口直愣愣地对着他俩。就在他们愣神之时，门口的几个日军中间闪开一个通道。驻阳日军洪部头子坂本腰挎军刀，右手攥着刀把，气急败坏地闯进来。他俩慌忙起身立正。坂本大喊一声“八格”，在两人脸上连甩几个耳光，然后对着二人叽里咕噜一阵训斥。

寇家宝听不懂日本话，木川“哈伊”一声，他也跟着“哈伊”一声。坂本转身离去，木川紧随其后，寇家宝见状，不敢怠慢，也紧紧跟在木川后面。

回到洪部，木川丢给寇家宝一个眼色，让他候在外面，木川跨进坂本办公室，随后关上屋门，然而，还是能听到坂本叽里咕噜的训斥声。

晚上，木川在生硬的中国话中夹杂着大量的日语，结结巴巴地告诉寇家宝：

他闯祸了，坂本暗中已与西岭枪会取得联系，准备收编这支民团。吕成已有投靠意向，正准备进一步沟通，没想到不知被什么人枭首。坂本太君为此大为光火。

木川再三强调：绝不能走漏任何风声，否则……

木川给寇家宝做了个抹脖子的手势。

寇家宝给木川深鞠一躬，然后向他耳语：

经查，张沟一带活动着一支自卫队，指挥部就设在河口铺上面的河神庙。

木川向寇家宝高高竖起了右手拇指：

“你的，良心大大的好。”

第二十二章　突　围

腊月二十二，各家都在忙活儿着迎接小年的到来。

傍晚，刘孔成瞅空溜回了家。王春娥嗔怪道，这大过年的，你还在外面跑什么？日本人不过年？别去了。你看谁像咱家这样？面没磨，屋没扫，糊窗纸还没买上呢。她让孩子们把鞋脱掉站到炕上，“让爸爸看看”。

孩子们按个子高低整齐地站在炕头。灯光下，孩子们全都穿着簇新的新年衣裳：

两个女儿上身紫红灯芯绒棉袄，下身蓝底印花小布棉裤，那雪白的山菊花，宛若晶莹的夜空闪烁着灿烂光芒的星星。儿子一身蓝小布套装，上身蓝小布斜襟棉袄，下身蓝小布中式棉裤。炕下一排三双崭新的千层底暖鞋。

刘孔成不无疼爱地抚摸着老婆的后背：“不敢耽搁，我要走了。”

“吃了饭再走嘛！”王春娥向老公送去极欲挽留的一瞥。

“我在下面吃过了，就是回来看看。”说着，满含歉意地向老婆笑笑。

“哎，秋娥的事你不管？圪忍央求我去唤，已经来好几次了。”

“别理他，什么东西？没钱赌就算，还能把老婆押上去赌？活该！”

“可是……”

“秋娥是什么意思？这两口可真是难得的一对。”

“跟你说甚？就是人家秋娥不愿意回。”

“他张承富好意思把人家老婆留到家里过年？年轻人一冲动，把老婆押上输了，他张承富真敢赢啊。真不愧是张锡祚的真种。”

“要紧是咱秋娥好歹不回去。”

“唉，要么把她带到咱家，待在张家实在丢人。你明天去把她叫回来吧。我走了。晚上睡觉灵醒些，一有情况赶紧跟孩子们躲到洞里。”

“知道了。你也小心点。”

“嗯。我走了。”

呼啸的北风扯着低沉的吼声，贴着地面横扫。细碎的沙粒随风狂躁地打在河神庙的窗棂上，发出一阵紧过一阵的“沙沙”声，仿佛成千上万的鬼魅在窗外抓挠着当纸糊在窗户上的破布。

夹在两个人之间的胡家斌时而挤到左边，时而挤到右边，无论跟谁挤到一起，他都冻得瑟瑟发抖。抖了半天，他坐起来，把破被裹在身上，见地火有气没力地闪着火苗，便起身去捅火。胡家瑢听见有动静，也坐起来问：“到换班时间了？”“换什么班？今晚又不该我们队值班。”胡家瑢看看左右，瓮声瓮气地像是和众人商量：“大伙都起来吧。这么冷，都到火边烤烤，看把脚冻坏了。今晚按四班倒吧，一个时辰倒一班，换勤些，看把人冻坏了。石头，你们第二队走吧，把第一队换回来，说不定已经冻坏了。这天气。”

就着炉火微弱的红光，马石头托着别人的后背，卸下挂在墙上的枪，“第二队，走！”

天花板上，正中一个边缘在不断扯动的火球的红红的光影，周围是一团斑驳而凌乱的黑影。

卫五顺盘腿坐在炕上，他没往火炉边挤，而是用被子把自己紧紧裹了起来。他提议道：“咱现在合计合计，过年值班怎么安排。谁都想过个好年，可是，万一有情况怎么办？”

卫书记的提议立刻引发大伙的热议。有的建议自卫队过年期间别再集中，每天只派一个小队值班即可；有的说白天在家陪家人过年，每天晚上集中；有的甚至提出干脆暂时解散，小日本能不过年？

胡家斌冷笑道：“咱这叫什么自卫队？要枪没枪，要子弹没子弹。要我说，咱还不如摸出去，弄几支枪回来，再败兴也弄几发子弹，省得咱现在只能拿着枪干比画，练了不敢练，试了不敢试。”

卫五顺拍拍胡家斌的肩膀：“老弟，咱自卫队能把咱这块地盘守住就很不简单了，你还敢摸出去弄几支枪？哼！老弟，你的圪脑里总是能冒出这些花里胡哨的想法，我可真服了你了，给咱省省吧。弄不好，一下摸出去，枪没弄回来，把命给弄丢了。”

胡家斌没再搭茬，他撇撇嘴，挤出人堆，卸下墙上的枪，“第四队，走，上岗”，头也不回地走出正殿。

刚爬到荆秧圪梁，就看见张沟村里有一家火光冲天，他狠狠踢了三队队长马小拽一脚：“村里失火了，你们是死人？这站的是什么岗？”

马小拽还为自己辩解，“我们只顾看前面，谁知道后面失火了？”

“快，下去叫人救火！”胡家斌推了张周全一把，然后告诉马小拽，“你们队继续值班，第四队，跟我来！”

失火的是张家大院。风助火势，大火正随着风势从西北角向堂楼和西楼蔓延。

张老财急得直跺脚：“快上房，挑断屋脊！”

几个儿子、儿媳都在抢搬屋里的东西，任凭孩子们惊恐地哭喊。张承富抱着孙素萍不迭声地呼叫。邻居拿着各种各样但凡能舀水的器具在自家的水缸里舀水灭火……

就着人梯，胡家斌、刘孔成爬上堂屋的屋顶，挥舞锄头，刨开瓦片，刨断棚笆，拆掉小椽，拔掉檩条；几个人在西楼屋顶也同样扒开一段豁口。

小堂楼已是一片废墟。

孙素萍和王秋娥睡在小堂楼，半夜时分，她俩听得外面有响动，可是已经太晚了。有人把洋油顺着门缝灌进来并随即点燃了火。家里瞬间一片火海，炉台边的窗户成了她们唯一的逃生通道。王秋娥砸开窗户跳了出去，她的双腿折了；孙素萍在跳窗时衣服被窗上的茬口挂了一下，结果她背朝下落在地上。她没来得及和张承富道声别，就匆匆离开了人世。

卫五顺、胡家瑢等人都在极力安慰张家老小。

“一定是张圪忍这小子放的火！”刘孔成向胡家斌道出了隐情。

他们找遍了五龙沟，也未找到张圪忍。这小子八成是跑了。

拂晓，污首垢面的几个人回到河神庙，还未喘过气来，就听到外面传来一阵密集的枪声。所有人顿时本能地抄起墙上的枪涌出正殿。尹不见拉开大门，杨启囡、田小驴刚要冲出去，外面就是一阵排枪，二人应声倒地。

“快关门！”卧倒在地的卫五顺下令，尹不见随即推上大门，就在这时，大门上爆出“噔噔噔”几声，数发子弹穿透了门板，尹不见倒在血泊之中。

“我们被包围了。快拿手榴弹。”胡家瑢向后挥挥手。

胡家斌再次拉开大门，他向二哥建议，“扔上几颗手榴弹，咱们赶紧冲出去，否则就全完了。”不待队长下令，他给刘孔成一个眼神，二人分别向外面胡乱扔了两颗手榴弹。

“快跑！”胡家斌带头冲了出去。

冲上他们平时站岗的荆秧圪梁，马小拽他们已经逐渐冰凉。

朦胧的晨光中，一身黑制服和三十几身黄制服一边开枪射击一边号叫着向河神庙围上来。胡家斌朝敌人投去一颗手榴弹，敌人仿佛刀枪不入地照样号叫着围上来。

“我把你狗日！”胡家斌一连投出去四颗手榴弹，敌人才倒地射击，狂飞的子弹从他们头顶“嗖嗖嗖”地呼啸而过。

趁着烟雾，庙里能跑的全都撤了出来。负责殿后的卫五顺一到圪梁上就让众人快撤，在他的带领下，原先几个准备卧倒还击的队员也爬起来急忙撤退。

投光了携带的手榴弹，胡家斌他们也只得跟着队伍四散而逃。

由于缺少应有的掩护阻击，杨继成、刘家兴、张拴拴等人先后受伤倒地，被紧追上来的敌人凶残刺杀。

胡家斌一口气跑到了庄头和永安之间的山岭上，找了个干草丛躲起来，紧张地向张沟村方向张望。突然，他发现张承贵背着女儿，扶着潘小巧向这面坡上爬。

“天生憨种！这不是找死吗？”他着急地骂了一句，看看张沟村口便向这家人冲下来。他跑到他们近前，狠狠推了张承贵一把：“敢往这面坡上爬？小鬼子远远看见一枪就撂倒了。往下跑，你背上闺女快走。我扶她。快走！”

潘小巧一瘸一拐，披头散发，泪水涟涟。

“你这是怎么了？”

“半夜救火时把脚崴了。能跑的都跑了，丢下我们……呜——”她泣不成声。

胡家斌一弯腰把她扛起来，大步流星，直奔庄头沟深处。

山脚下一处丈把高的峭壁，峭壁上是一簇七歪八斜的柏树。柏树根部是一团团的新枝。扒开新枝，下面竟然是一道极为隐蔽的缝隙。他把她放下来，让她看看她的临时避难所。

“你怎么知道这里？”

“穷人的孩子，满世界跑，这一带，小时候早跑遍了。来，快，我把你吊下去。”

“吊下去怎么办？万一你不来，我一个人怎么出来？我不！”

“好好好，我先下。”

他下去后又把她接了下去。

“我要到外面看看。”缝隙很窄，她堵住了他的去路，“你踩着我的肩膀到后面。”

“万一……我怎么办？我不！”

“我是自卫队员，我不能躲到这里。我得观察观察外面的情况。”

“我不。”

他强行往外挤，然而石缝实在太窄，当二人挤得最紧时，她本能地“啊”了一声。他被人墙卡住了。

她先是红着脸把头歪过一旁，后来发现胡家斌窘得满脸淌汗，不禁赧然一笑，轻柔地拽起自己的衣袖，为他擦去脸上的汗水……

第二十三章　除夕恸声

小鬼子的袭击，给几个村子制造了莫大的悲痛。

自卫队牺牲了九个人，刘孔成一家四口被害，后洼一家老两口被捅死，如果算上跳楼摔死的孙素萍，紧邻几村在小年这天一下子就死去十六个人。

胡家斌死死守着刘孔成，他已经被悲痛压垮了。

小年那天上午，鬼子退走后，他拼命往家跑，然而，等待他的是一幅目不忍睹的惨象：

他家老坟地前面，四个钢盔零乱地散落在地洞口附近，三具女尸一字排开，王春娥的全身已被扒光，腹部一个大口，肠子淌了一滩，胸口一个刀口，大片鲜血从刀口处流出来，漫过胸膛向两侧流下去，俯看就像胸前过了一条血染的纱巾。她的两个闺女下身也全被扒光，肚上数个刀口。她的儿子被挂在地埌边的椿树上，削尖的椿树的茬口从他的后背直穿胸膛，血染的树桩尚有几丝娇嫩的皮肉。

刘孔成没有哭泣，没有眼泪，一双失神的眼睛一动不动，只有胸部的上下起伏能证明他仍是一个活物。任凭胡家斌怎么劝慰，他都不说话，不吃饭，不喝水，不睡觉……

除夕这天，帮助刘孔成草草掩埋了王春娥母子四人，卫五顺就在刘孔成家召集了部分自卫队员商讨自卫队的出路。

“我不干了。什么他妈自卫队！这叫自卫队？这叫自杀队！自杀倒也罢，你说你撤退往村里撤是什么意思？把敌人引到村里去奸杀老百姓？这样的队伍，我坚决不参加。你们谁想干谁干，反正我不干了。”胡家斌带头尥蹶子，胡家瑢一脸尴尬，但这次没有制止三弟发牢骚。

“今天不讨论干不干的问题,咱今天主要商量今后该怎么办？”卫五顺在极力纠正被胡家斌带歪了的议论方向。

“解散。这样的队伍，还想怎么样？解散！”胡家斌似乎在成心搅局。

“老三,自卫队是支部领导下的队伍,解不解散不是你说了算。”卫五顺不禁提高了调门。

“谁说了算？莫不是日本人说了算吧？”胡家斌简直在挑衅。

“我是支部书记，当然是我说了算！你要是再不遵守自卫队的纪律，咱新老旧账一起算。”

“算了吧。我不知道支部书记是个多大的官，但我知道，只要是个官，就必须要带领队伍打胜仗。打不了胜仗你还当什么官？人家张老财当大掌柜，那是因为人家干什么都赚，全家老小跟着人家享福；人家承富当掌柜，那是因为人家干什么都行，开油坊行，开酒坊行，赌博也行，前些日子不是把圪忍的新媳妇都赢走了吗？全家老小都服。你说你是支部书记，好像也算个官吧，你说说你打过一个胜仗吗？不说胜仗，你打死过一个日本人吗？你就是……”

就在胡家瑸慷慨陈词之时，郭小来突然大喊起来：“舅，舅……”

几天滴水未进的刘孔成昏了过去。众人手忙脚乱，掐人中、抚胸口、听心跳、试呼吸、摇双臂、喂水……

“孔成哥，孔成哥，你不能这么死！孔成哥，孔成哥，还能这么死？孔成哥——”胡家瑸抓着刘孔成的衣服前襟，发疯般地摇起来。

胡家瑢急忙紧紧按住他的手：“老三，看摇散了。好了好了。”

十几双眼睛都在盯着炕上这条奄奄一息的生命，十几张嘴都在呼唤着炕上这个可怜的生命，十几双手都在忙活儿着似乎都在用力攥着手中的井绳，而井绳的那一端拴着的是一条此时正晃悠在死亡井下的凄惨的生命。

不知过了多久，从那张俨然几天未曾喘息的嘴里吐出了一丝细若游丝的气息。

“孔成哥——”

“舅——”

“孔成——”

刘孔成硬是被众人唤回来了。

“呜——”声音尽管很细，很低，很弱，可是一个男人正宗的心碎而绝望的哭声……

众人走后，郭小来给哽咽不止又虚弱不堪的刘孔成一连灌了半碗米汤。突然，靠在郭小来怀里的刘孔成豁然瞪开双眼，木雕般盯着站在炕沿的胡家斌。

“孔成哥！”

“舅！”

二人几乎是同时叫出声来。

“孔成哥，别吓唬人。你怎么了？”胡家斌惊恐万分，拉着病人的手，同样瞪着大眼看着这位刚刚苏醒过来的人。

“老弟，哥要杀鬼子。”语气异常决绝，声音非常虚弱。

胡家斌兴奋得连带被子把刘孔成抱起来在地上转了几圈，又重重地放回炕上。“孔成哥，这就对了。真就这么死了，那可就太便宜小鬼子了。”

“舅，舅……”郭小来再次喊叫起来。

刚醒过来的刘孔成又被胡家斌折腾得失去了知觉。

除夕日下午，安葬了老婆，面对断垣残壁，失神落魄的张承富瘫坐在东屋门口的台阶上黯然神伤。大部分送葬的亲戚朋友相继告辞，应邀前来治丧的胡国昌和苏老财没走，二人一起来到东屋。

苏老财还是那几句深表歉意的话：“大侄子，你是见过世面的，那畜生自有官府处置，咱就别再太纠结了，毕竟身体是咱自个儿的。开了年，你出人，我出钱，咱把房子整修整修，还咱老张家一个体面。”

“苏叔，看您说的。唉，我没事。”

"没事就好，没事就好。想我大侄子也不是心胸狭窄之辈，大老爷们，谁还能没有个七灾八难的？牙一咬，腰一挺，天塌下来也过得去。你没事，叔我就放心了。正月里没事，上苏家岭转转，咱爷俩侃侃，别老是窝在家里。"苏老财一脸正色表露着满含微笑的意味。

坐在椅子上的胡国昌端起茶盅，用盅盖滗着茶叶呷了一口，盯着天花板长长叹了一口气。苏老财见状，赶紧起身告辞："父母官可能有什么要事，我先行一步。"说着打躬请辞。

胡国昌赶紧迈步上前一把扯住苏老财："你们有钱人就是心眼多，我能有什么要事？今天就请你听听我的要事。请坐。"

张承富也赶忙从炕沿上跳下来，给苏老财续茶："苏叔，您太见外了。尽管胡村长现在是维持会长，但咱们的私交还分薄厚吗？今天二老屈驾治丧，小侄感激不尽，只是家逢不幸，百乱杂陈，小侄没能……唉，日后补吧。还请二老见谅。"

"张掌柜，有件事……"胡国昌没抬头，眼睛盯着地面。然而，他刚开口就被张承富打断了。

"胡大叔，在您面前我是什么掌柜？叫我承富不行？"

"那好吧。承富，有件事本来前段时间就想跟你说，怎奈俗务缠身，没来得及跟你提。今天因为丧事登门，也不知当不当讲。"

"胡大叔，有话您就说，您的话还有什么当不当的？但讲无妨，但讲无妨。"

"那我就直说了。前段时间，城里的寇队长，也就是寇家宝，人家现在是驻阳日军洪部下设的特工队队长。寇队长就是城里人，早些年在城里就有几家大商铺，日本飞机轰炸县城时，其中两个商铺被炸，后来把商铺搬到了增村。日本人进驻县城后，便投靠了日本人，并很快被任命为特工队队长。今年，寇队长把自家的商铺又装修了一番，重新开张，由于要为日本人做事，他的商铺急需一个行家里手为其操持，我也是一时嘴快，就向寇队长推荐了你。没想到还没来得及跟你提，就发生了这事。城里那头又催得急，我也不知道你去不去。这事已经折磨了我好几天了。你看吧。”

“这不是去当汉奸吗？”苏老财有些警觉。

“别动不动就汉奸长汉奸短的。兵荒马乱的，年成也不好，谁不是混口饭？”胡国昌有些激动，他叹了口气，改用原先平和的语调，“给日本人做事，替日本人跑腿，这当然是汉奸，这事可万万做不得，这是做人的原则问题，老侄儿你自己当家。现在不是给日本人干事，而是给一个中国人当掌柜。这和汉奸毫不沾边。要是愿意，咱过几天就去看看，先接触接触再说。至于整修房子的事，有承祥照看就行，更何况，这等事，在令尊眼里，都是芝麻大的事。你也该换个地方住住，整天在自家院子里，睹物思人，难免伤怀。杨腰杨向华村长的遗孀不知……如果你能住到城里，这倒是……好说。你看。”

一提到白秀英，张承富脸上颓唐的秋霜霎时变成了凡士林，尽管胡国昌后半截吞吞吐吐，张承富还是很爽快地答应了。

第二十四章　元宵笙歌

民国三十一年的正月十四上午，胡国昌把张承富带到一处破败的院落里。院落原本是一个三进院，只不过眼前的三进院前两院都成了废墟，只有第三院的堂屋堂楼还算齐整。紧靠东楼的楼梯也随东楼一块坍塌，能看见楼梯是新做的。两根厚实的边栏中间似乎又镶了两根较窄的边栏，一根根的楼梯踏板均匀地榫在里边的边栏上。楼梯下搭一个低矮的草棚，显得与古朴的院落极不相称，格外地刺眼。楼梯两边各站一个身穿黑制服的哨兵，目光平视，面无表情。

胡国昌朝楼上喊了一声，“寇队长，他来了”，楼上的门帘应声掀起，一把油光可鉴的大辫子楚楚动人地从门帘里探出头来，“上来吧”。

一个隔断把三间楼房分为两间和一间。也和一般家庭的摆设一样，黑得发亮的大柜和木箱，紫红的几案，紫红的方桌椅，外加两张紫红的方凳。方桌的东座旁站着一个人，也是一身黑制服，但没戴帽，中分头，头发黑亮。他指指西座，“坐下说吧”，说着自己先坐下了。

“不了不了，寇队长，这就是张掌柜。”胡国昌摘掉头上的礼帽，站在寇队长面前，行个礼，指着身边的张承富介绍道。

寇家宝盯着张承富：“贵庚？”

“岂敢？在下三十三岁。”

“哦，我比你大四岁，那就只能算个哥了。”

“失敬失敬，高攀了。”

“做了几年生意了？”

“打小就跟着祖父在驻马店营生，七年前祖父故去，在下就开始独立经营。”

“都经营些什么？”

“油坊、酒坊、车马店什么的，后来又接手了一家酒楼。都是些小买卖，本小利微，无足挂齿。”

“那怎么回来了？”

“民国二十七年，黄河改道，灾民遍野，百业萧条。没法子，当年就收摊回来了。”

“正好，既然这样，我这一摊子就全都交给你了。听说家逢不幸，男人嘛，就得有心胸。有家室的尚且三妻四妾的，我这里，嗯，这不是你二嫂吗？来认识一下，她叫郑红。振作一下吧，从现在起，你就是我的总经理。”

“在下能拙力薄，怕是要耽搁队长的生意。”

“谦虚什么？就你了。走，我带你去看看。”

一下楼，张承富跟胡国昌嘀咕：“天庭饱满，地阁方圆，慈眉善目，和蔼文雅，这么整齐的人，怎么就当了汉奸？”

“从今往后不准再提这个字眼。”胡国昌对着他的耳朵警告。

二人跟着寇家宝先来到东关。他指着一处废墟介绍道，“这是我家博济药店的旧址，”说着走着，又指着一处门上挂着“博济药店”牌匾的店铺说，“我现在赁下这栋小楼，里面人手倒是不少，就是缺一个统管。这不？”他指着药店里的人，“一个坐堂开方的，两个司药的，还有两个跑外收药的。从现在开始，这个药店归你管了。”

离开博济药店，寇家宝边走边说，“我家老爷子当年还开了一家商号，我把商号改为了酒楼。生意倒还行，就是没人给我打理。现在这家酒楼也归你管了。”

来到开福寺附近的段家胡同口，他指着一个挂着一对大红灯笼的大街门给他看。大门门额上镶着一块大匾，匾上浮雕三个大字“藕香斋”，黑底金字，显得极是古朴典雅。

正要进门，一个黑制服跑来报告说岛田队长叫。“你们先进去看看，我过一会儿就回来。”寇家宝说完随黑制服匆匆离去。

寇家宝这一去再没露面，张承富跟着胡国昌熟悉酒店环境。“一楼是食客居，主要接待为填饱肚子的普通人；二楼是酒客居，主要接待喝酒的客人，其实楼上消费的都是日本人。”

“日本人？”张承富站在楼梯上，望着楼上愣了一下。

“那可不？全是日本人。县城已是日本人的天下，这你还……”

胡国昌说了半截。

“那就不上了。”张承富欲转身往下走。

“不不不不。你没理解寇队长的用意。药店需要你这个大掌柜去料理？真正需要料理的，就是这里。你想，他整天跟日本人混在一起，有些日本人在这里撒酒疯，他不好意思说啥。有你就不一样，你按酒店的要求经营，一旦有了什么，他好扮红脸。这样既赚了日本人的钱，又不至于得罪日本人。所以，这里才是你要用心经营的地方。”

“那不是拿我当枪使？”

“这就要看你的本事了。倘或不会见机行事，那就不如枪，连木头枪也不如；倘或玩得转，谁把谁当枪使那还不知道呢。”

“怪不得日本人要你当维持会长，看来你玩得很转啊。”

“和你这个大掌柜的相比差远了。走，上去看看。”

二楼一个酒堂，三间，明间后面一个低矮的木头台子，上面铺暗红地毯，次间各摆放两副方桌，方桌四周摆放着若干把方椅。其余的房间都是单间。

木头台上正中一张圆桌，圆桌上放着一盘笙、一把二胡和一支笛子。可是，没有人。

“人呢？”胡国昌朝屋外胡乱喊了一声。

喊声未落，就有几个衣着旗袍的年轻女人跑进来。

“吹笙的呢？”张承富把目光在这几位姑娘脸上扫了一遍。

一个姑娘从人群中站出来，给他行个万福。姑娘黑蓝棉裤，枣红棉衣，一个白发套把盘在头上的头发用一个发簪簪了起来，似乎极力想让自己显得老态。然而，娇嫩的皮肤和明亮的眸子还是暴露出动人的春色。

“小姐，能给我吹奏一个曲子吗？”张承富谦恭地询问。

“史小姐，这位是藕香斋新聘的张总经理。”胡国昌赶紧介绍。

史小姐没有搭话。她坐在圆桌边的凳子上吹起来。

没有欢快的节奏，没有舒畅的旋律，随着手中笙的飞动，史小姐蹙着眉头，仿佛要把满腔的悲愤通过笙管宣泄出来。

张承富闭着眼睛，不断地点头，他仿佛已随着笙声进入了另一个世界，眼泪顺着腮帮流下来……

擦干眼泪，他拉过一把椅子坐下，“史小姐，你是哪里人？怎么到这里吹笙？”

“张总，我是泽城人，原来在泽城万里红戏班吹笙，刚被寇队长抓到这里来。”

“抓？”

“哦，那可不？”

胡国昌拉着张承富离开了酒楼。他强烈警告总经理：

“日本人见了女人跟饿狼一样，寇队长也和日本人差不多，不同之处就是还分个档次。女人面前你最好跟太监一样，否则，死无葬身之地。知道吗？这是日本人的地盘，这是寇家宝的地盘！行了，你操心吧。”

“叔，你没听出来，那姑娘吹得多好。她手里拿的简直就是号角，让人激动，让人热血沸腾，让人奋不顾身去冲锋陷阵。太好了。”

“承富，叔把你带出来，你也老大不小了，别让叔给你操心，你要有个什么闪失，叔可没脸向你父母交代。”

“叔，你放心吧。”

二人又转到厨房。厨房设在另外一个小院。小院只有东西房，东西各六间，厨房、库房占西六间，寝房占东六间。厨房四间，两台风匣火，两个大厨，六个伙计。

掌勺叫靳满仓，三十来岁，西关人，祖上就在西关经营小吃，因遇战乱，小吃铺难以为继，不得不关门，应聘到藕香斋当大厨。

太阳下山了，寇家宝还未回来。张承富只得跟着胡国昌去警备队找到副队长崔永法，办了张良民证，晚上才到旅店住下。

第二天上午，张承富去向寇家宝辞行。寇家宝掏出腰间的手枪，“啪”地放到张承富面前，昨天那对闪烁着慈善光芒的卧蚕眉拧在一起，发出杀气腾腾的火光：“张掌柜，咱俩的交道不是生意，而是命令！后果还用我解释吗？”说到这里，眉间咄咄逼人的杀气倏然退去，柔媚的话语再次从棱角分明的嘴唇间蹦出来，“皇军有令，今天街道两边的商家或住户，必须挂灯。张总经理，上任吧，以后别再往我家跑了，有事我会去找你的。”

离开寇家，张承富揪着裤裆跑进临街的茅厕，牙齿尚在不住地打战，他好容易控制住自己的双手，解开裤带，等待尿意再次光临。他一边等一边自言自语：“胡国昌，你这个老狗，你把老子害苦了。哪里是找了份差使，分明是绑架！胡国昌，你这条老狗！”等了半天也没等来刚才突然降临的尿意，他系上裤带，来到街上。

街道两边的商家都听话地在大门上挂上了灯。

元宵夜，三三两两的日本人，陆续来到藕香斋的楼上。不久，楼上便传来男男女女嘻嘻哈哈、娇娇嗔嗔、吵吵闹闹等各种各样淫荡的笑声。

灯红酒绿，觥筹交错。藕香斋二楼的日本人俨然在过节，然而，这是中国人的元宵节。

张承富站在大门口，向每一位光临藕香斋的客人致以节日的祝福。

“八格！”他被人狠狠推了一把，三四个小鬼子簇拥着一个日本军官走进来，“支那猪！”推他的鬼子对他瞪了一眼。

这帮人刚上到楼口，楼上顿时响起热烈的掌声。很快，歌声、二胡独奏、笙笛合奏……

哀怨、悲愤、无助、呐喊……天地间一个柔弱的女子通过手中的笙所能表达的所有声响，全都从二楼酒宴的乐坛上淌下来。

张承富咬咬牙，掀起厚重的棉门帘来到大街上。

月亮似乎也在发抖，天空无云，但月光显得格外阴冷。突然，一阵揪心的惨叫声从开福寺方向传过来，他摸摸上衣口袋里的良民证，向传来惨叫声的地方靠过去。

开福寺眼下是驻阳日军洪部，是的，惨叫声正是从洪部里传出来的。伴随着惨叫声，还有令人毛骨悚然的荡笑。

“站住！”有人在远处喊。他腿没动，但脑袋在搜寻。

“哦，是张总经理。”是崔永法他们在巡逻。

“崔队长，这里……”他指指开福寺。

“寇队长昨晚带人去刘村抓捕崔佑，没抓着，抓了几个垫背的，正审讯呢。”

“啊——”又一声惨叫声传来，张承富不禁打了个寒战。

第二十五章　胡家斌落草

刘孔成来到藕香斋，找到张承富："我要进警备队。"

"那是让人划脊梁骨的汉奸。"

"汉奸我也干。"

"爬走，别在这里给我张沟人丢人败兴。"张承富大为光火。

"你要不帮这个忙，我就赖到这里不走。"

张承富带着刘孔成，把他送给了崔永法。

刘孔成毅然决然地当了"汉奸"，鹊巢鸠占，胡家斌理所当然地搬进了这个令人发怵的家，他在几桌正中的祖宗牌位旁边放了一尊小泥人，泥人后背刻上"刘孔成"三个字，每天早上起来，都要对着泥人默念"孔成哥，愿你大功告成"。

正月十九，张承祥按照阴阳先生的指点，按部就班地结束了礼拜仪式，张家整修小堂楼的工程正式动工。回绝了二哥的数次邀请，胡家斌彻底告别了自卫队，到张家工地做小工。

自从和潘小巧有了那层关系，他在工地干的是小工的活，享受的是东家的待遇，偶尔的几个晚上还能到小巧的床上与她亲热一番。

第一场春雨，淅淅沥沥一下就是两天。工地无法干活，直接与之关联的饭就成了问题，尤其是到了第二天，肚子里的抗议声一浪高过一浪，细心的王春娥在躲兵前就把家里的粮食藏了起来，以至刘孔成都没能找出来，更不用说他胡家斌了。“春娥嫂，把粮食藏起来，没饿死小日本，倒要把小弟饿死了。你到底把粮食藏在哪里，晚上托梦告诉小弟一声也行啊。”他嘴里叨叨着，猛灌几口冷水，再次钻进被窝，“你这老天爷，春天怎么敢三天两天地下？这不要人命吗？自卫队不干了，警备队不能干，你说让我去干甚？让我去当土匪？”这个念头给了他刺激，他“呼”地坐起来，“真不行，老子就去当土匪，当一个专打小日本的土匪！”

他惬意地倒在炕上，在饥饿的帮助下，很快地发出疲惫的鼾声。

一个滚烫的身躯贴到身上，他被幸福惊醒，“你怎么跑来了？”他扭头看看窗户，“天快黑了吧？”

“我要疯了，见不着你我心里没着没落的。怕你没饭吃，我带了几块发糕。快吃吧。”

哪有工夫吃，嘴被小巧火热的双唇堵得严严实实。亲热劲下去，他才开饭。

“饿坏了吧？”

“没有，不过快了。你没感到我刚才气都上不来了？”

“慢点吃。壶里是开水吗？”

“估计春娥嫂开过了，我不知道。我又不喝开水。”

“你少吃几块，看撑死了。”

“撑不死。真好吃。”

“你摸摸这里，”她拽着他的手摸下去，“能摸到吗？”

“没什么呀？软乎乎的。”

“这里有了。”

“有了？有什么了？”

“傻瓜，有娃了，我给你怀上了。”

“什么？怀上了？你怎么悄不透气气就怀上了？”

“傻瓜，你不是悄不透气气进来的吗？”

“这可就麻烦了。你说你给承贵当媳妇，反倒怀上我的娃。这……”

“我就是要怀上你的孩子。你再摸摸这儿。”她递给他一个小包袱。

“这是什么？钱？你带这么多钱干什么？”

“家斌，带我走吧。走得远远的，走到一个他们找不到咱们的地方，咱安安稳稳过日子。这些钱，足够咱们半辈子花的。”

“小巧，日本人都打到咱家门口了，哪里能过安稳日子啊？我要打鬼子。要么你等等，等把小鬼子赶走了，我再带你远走高飞。”

“我怀上了你的娃。这能等？”

“小巧，听话。我也舍不得离开你，可是，自卫队的九条人命，老庆伯老两口的性命，孔成哥家四条性命，这仇谁来报？”

“你说的这些人，都比我重要？……”被窝里很快传出哽咽声。

这声音似大堤上的管涌，越冒越大；如夏夜池塘里的蛙鸣，越叫越吵；若东边黎明的朝阳，越升越亮。

胡家斌又是亲又是抚又是哄又是劝又是搂又是抱又是拍又是摇，也没能止住潘小巧的抽噎。热汗顺着脸颊倾盆而下，热汗竟然奇迹般地浇停了哭声。

天色渐渐暗下来了，胡家斌盘着腿坐在炕上，潘小巧哭累了，萎萎地倒在他怀里。

“出去看看外面有人吗，我要回了。”她柔柔地说。

“自从孔成哥一家被杀后，谁还敢住这里？临近几家全都搬走了。况且这时候，外面哪能有人？”

“家斌，我想你时怎么办？”

“我天天就在你身边，哪儿也不去。”

“你又在哄我。”娇柔的声音简直要融化眼前的一切。

“我再哄你一次。好吗？”他亲亲她的耳垂。

“好。”

小巧沉醉的呻吟声很快充斥着这个狭小的世界……

把潘小巧送回家，胡家斌对着泥人大吐苦水：

“孔成哥，你成天说老婆怎么怎么好。老天爷呀，一件事不答应就能把人缠死，这还怎么过日子？我怕了。我要去紫砂腰找缑老六了。”

缑老六喜出望外，他大摆酒宴，为胡家斌接风。

“大王，他是自卫队的。”正当全场举杯祝贺时，角落里突然炸响一个声音。

胡家斌放下酒杯，寻声走去。他一把拽住张圪忍的手，拉到缑老六面前。张圪忍涨红了脸，言之凿凿地向首领表达忠心："大王，我认识他，他是张沟自卫队的……"

"啪！"一记响亮的耳光打断了张圪忍的真诚告白，胡家斌颤抖的食指，指着张圪忍的鼻尖："畜生！把新婚老婆做赌注输给了张承富，你以为张承富能看上你老婆？那是人家孙素萍想趁此机会教训教训你。有你这样赌博输老婆的吗？没想到你这个畜生竟然对自己的老婆下毒手，结果你老婆没死，孙素萍摔死了。"他环视一周，仍然非常激动，"这个畜生半夜溜进张家，从外面拴上小堂楼的门，把半桶洋油灌进屋里，一把火点燃后跑了。他老婆砸开窗户跳下来摔折了腿，孙素萍——摔死了。"

"吊起来！"缑老六一声令下，几员猛汉扑上去三下五除二就把身材精巧的张圪忍吊到了三年前曾吊过胡家斌的那根树枝上。

"我缑老六也杀人，但绝不杀好人。我黑旗会容不得你这种无情无义的东西。照规矩办！"

张圪忍被人从树上放下来，四肢像拴羊一般捆在一起，一根木棍从中间穿过去，两个人抬起来就走。胡家斌问："大哥，这是怎么处置？"

"放礌石。"

"怎么放？"

"放到山坡上，让他往下滚，滚到哪算哪，摔成甚算甚。"

“算吧，还是我处理吧。”

“悉听尊便。”

张圪忍被人从陡峭的山坡上抬了回来。

“圪忍哥，大敌当前，我不想杀中国人，甚至连汉奸都不想杀。今天就留你一条命吧。”

松了绑的张圪忍在缑老六和胡家斌面前连连磕头：“谢大王，谢老弟……”

返回酒场，缑老六当众宣布：“我不是大王了，从即刻起，胡家斌就是咱黑旗会的大首领。来，为我们的新首领干杯。请新大王训话，大家欢迎！”

“我先敬大家一杯。”胡家斌一饮而尽后，双手抱拳向众人一一致意，然后又深深给缑老六鞠了一躬：“先感谢大王的收留。弟兄们，缑大哥还是大王，还是咱黑旗会的掌门人，我投靠大王，仅仅是想借大王和众兄弟手中的枪，为死去的同胞报仇！”

胡家斌眼圈发红，他仰起脸，做个深呼吸，然后动情地说：

“自卫队成立以来，我们没消灭一个小日本，反倒被小日本打死了九个弟兄。最惨的就是孔成哥一家，老婆闺女不仅被小日本……而且全都被捅死，春娥嫂的肚肠流了一地，六岁的儿子活活被戳死在椿树上，那是孔成哥的命根子啊！”胡家斌终于没能控制住自己的眼泪，他拽起袖管擦了擦，接着说，“从现在开始，咱黑旗会的枪口就对准小日本，干！我把丑话说前头，怕死的，就回去吧。我保证，缑大哥不难为任何一个当逃兵的兄弟。不怕死的就留下来。

听说，小日本在端氏修了据点，咱就先从端氏这个据点下手，先弄几支枪再说。大哥，你说呢？”

“弟兄们，小鬼子在端氏修了炮楼，驻上了兵，并且经常到岭西、后沟、圪洞则一带袭扰。这一带本来是咱的地盘，现在生生被小鬼子夺走了。我早有干他一票的想法，可是怕风险太大，没敢提。现在，我不怕了。有胡老弟指挥，咱就放开干他一票。”缑老六也很激动。

“大哥，我先带几个人到那边看看。”

“行。听你的。”

其他人不认识，胡家珷只带着张圪忍来到沁河边。

几根木桩栽在河边，木桩上用藤条拴几根木梁，木梁上铺着十几块木板，这就是沁河渡口。一只小船犹如一只落单的野鸭，孤零零地停靠在木桩边。二人刚到渡口，立刻就有一个人戴着草帽从河岸边一个茅草棚里跑出来。

“二位过河？”

“哦。”

“有良民证吗？”

“没有。坐船还需要良民证？”

“坐船不要良民证，可是，你看，”艄公指指河对岸，“下船要检查。没有良民证就要被抓去盘问，已经死了好多人了。”

“怎么死的？”

“怎么死的，还不是没有良民证被打死的？”

“老哥，听口音，你就是本地人吧？”

“端氏人，祖祖辈辈靠摆渡过活。可是你看这河边，除了鬼魂，哪有人？”

“那怎么还要干这活？”

“不行啊，谁愿干？日本人拿枪逼着，不干不行啊。”

“小日本三天两头要过河巡逻，不是抢东西，就是糟蹋女人。唉，有啥法儿呢？”

“他们一般出动是多少人？”

“船小，每次我都要摆两个来回，十二三个人吧。”

“谢谢老哥。我们回去补办一张良民证吧。”

二人死死地守在河西岸。过了四天，果然看见一队日军朝河边走来。艄公摆了两个来回，才把十一个鬼子运过河。第二批下了船，这队日军才列队继续前行。

回到紫砂腰，胡家斌把他们侦察到的情况告诉了缑老六，并就地进行沙盘推演。他先划了一道沟，“这是沁河，”又在沟边放了一块石头，“这是炮楼，这是渡口，这是岭西，这是后沟，这是圪洞则。小鬼子每隔三四天就要过河巡逻一次，每次过河小船都要往返两次。咱一口吃不了十几个，但五六个不是什么问题。好了，有办法了。”

演戏的道具准备好之后，胡家斌带领全体人马埋伏在后沟村边的高坡上。第三天，一队日军开到河边，六个日军先上了船。

“行动！”胡家斌一声令下，队伍悄悄地从高坡后溜下来，排好了队。当鬼子快接近岸边时，一支迎亲队伍吹吹打打向渡口走来。乐队后面是几个花枝招展的迎亲女客，女客后面是牵着毛驴的新郎，骑着毛驴、身穿大红衣裳的张圪忍头顶大红盖头，一手扶鞍，一手拽着盖头的一角，警惕地注视着河边鬼子的一举一动。

小船一靠岸，音乐戛然而止，新娘“妈呀”一声，跳下毛驴，转身就跑。几个女客顿时惊慌失措，哭天喊娘地跟着新娘就跑。小鬼子嘴里喊着“花姑娘”一阵号叫就向花姑娘们扑上来。“花姑娘”们虽然一边哭喊一边跑，但跑得并不怎么快，小鬼子很快就把“花姑娘”扑倒在地。

转瞬之间，六个鬼子便直挺挺死在河岸边。迎亲队伍，卸下鬼子的枪和腰间的弹夹，迅速向山上撤退。这时，对岸传来枪声和“呜里哇啦”的咆哮声。炮楼里也响起“咯咯咯咯”的机枪声，穿着大红衣裳的张圪忍一头栽倒在地。“圪忍哥。”胡家珷一把把倒地的张圪忍扶起来，然而，什么反应也不可能有了——一颗子弹已经从张圪忍的后脑勺穿进去，从前额钻了出来，他的前半个脑袋已是一团狼藉。

“把身上的红衣服全部脱掉！”胡家珷扛着了无气息的张圪忍，边跑边提醒众人。翻过小山，几个首次参加战斗的会员两腿发软，坐在地上，手捂胸口，脸色煞白。

“不能久留。小日本非常凶残，他们一定会组织大部队追上来的。我们快撤！”

掩埋了张圪忍，他们消失在榼山茫茫松林中。

第二十六章　东山再起

阳北县委成立后，张沟自卫队的重建工作久无起色。徐毅电请上级部门让已在太谷县担任武委会主任的胡家琪回村担任蒿峪编村支部书记，重组自卫队。

四月末，天上的太阳日益辣毒，地里的小麦已渐渐发黄。路上的行人大多戴上了遮阳的草帽。巳时许，胡家琪站在河口铺的大门口，不时地向左右两边的大路的尽头张望，似乎在焦急地等待着什么，梁师傅坐在红炉旁边的条凳上慢条斯理地抽着旱烟，眼睛时不时地瞅一眼大门外的胡家琪，胡家瑢就着铁砧叮叮当当地敲打着快成型的马掌，徒弟郭晚来两手攥着风箱拉手，靠上身的前后摇晃来拉动风箱。正午时分，一个牵着毛驴的小商贩头戴草帽，笑容可掬地走进河口铺，直接来到铁匠铺的工棚下，紧跟在他后面的胡家琪给梁师傅一个眼色，梁师傅迅速笑吟吟地迎上前来："客官，给毛驴钉掌吧？来来来，先进里面喝碗水，外面热。"说着把客人搭在毛驴背上的钱搭卸下来，招呼客人进屋。胡家瑢放下手中的活儿，坐在条凳上，眯缝着双眼，警惕地注视着大院里来来回回的人。郭晚来则跑到河神庙的南墙下，注视着两头大路上的动静。

早在屋里等候的卫五顺从炕上跳下来，紧紧握住来人的手："徐毅同志，你可算来了。路上辛苦了吧？"

来人正是阳北县委书记徐毅，他和他们三个寒暄之后，马上切入正题：

"同志们，太平洋战争爆发后，日本法西斯不得不东西两面作战，战线过长，势必要投入更多的人力、物力和财力，这样就大大削弱了日本法西斯的战争实力。同时，美国的参战则大大加强了世界反法西斯阵营的力量。此消彼长，小鬼子的末日快要到来了。为了加速小鬼子的灭亡，我们更要充分发动群众，扩大人民的武装，早日把日本法西斯从我们的国土上赶出去。

"当前，咱张沟自卫队大部分队员还没有从失败的阴影中走出来，这既考验我们发动群众的智慧，又考验我们战胜敌人的决心和意志。上次会议上胡家琪同志的建议很好，县委同意了你们支部的方案。

"关于刘孔成背叛组织参加警备队一事，县委的意见是尽快查清楚他的动机，我们绝不冤枉一个好同志，但也绝不放过一个背叛组织的叛徒。

"胡家斌有消息了吗？"徐毅盯着胡家琪问。

"还没有。"胡家琪的脸上闪过几丝淡淡的愧疚。

"我坚持我的意见，不同意让胡家斌重新加入自卫队。"卫五顺看着胡家琪，有些激动。

“梁师傅，你的意见呢？”徐毅微笑着扭头看看老梁。

“我认为，如果我们要重组自卫队，最需要老三的加入。眼下的问题不是咱同不同意老三加入，而是人家愿不愿意加入。那条倔驴，唉——”老梁低下了头。

“老梁说得对。如果自卫队不能取得胜利，赢得人心，就不是咱同不同意人家加入的问题，而是人家愿不愿意加入的问题。而要想取得胜利，就不能把任何一个抗战积极分子拒之门外。”徐毅拍拍胡家琪的肩膀，“既然是条倔驴，那只能由你去牵了。”

散会后，胡家琪马不停蹄，来到张家大院。

“小巧大妹在家吗？”

“哦，胡先生，稀客稀客，快请进，快请进。”腆着肚子的潘小巧笑容满面，掀帘迎客。

“胡先生，快请坐。”她麻利地把原本就发着亮光的椅子又抹打一番，紧接着递上一杯茶。

“承贵呢？”胡家琪似乎没话找话。

“跟人去套种玉茭了。胡先生，有事吗？”见来人不放心地看着女儿，她赶紧把女儿支开，“去奶奶那里耍一会儿，妈有事。”

“小巧大妹，有些话实在不好意思跟你提，可是，情况很紧，我不得不得罪了，如有失敬之处，还请大妹原谅。”

“看胡先生说的。先生别问了，我知道先生要问什么。”刚刚还笑容可掬的潘小巧说话间泪如雨下，“大哥，他前几天刚回来过一次，我……我要他带我走，走得越远越好，可是，他说他要打小日本，怎么也不肯。”

胡家琪像被速冻般直愣愣地瞪着愕然的眼睛，大半天才回过神来，问：

“你们……是……真的？”

“嗯。”小巧还在抽搭。

“他没说在哪里打小日本？”

“沁河边，他说他们已经弄了十几支枪了。”

“十几支枪？”胡家琪不禁发出声来。

“哦。”

离开张家大院，胡家琪直奔沁河岸边，一边赶路一边自言自语“十几支枪，三弟，你真行”。

刚到渡口，一顶草帽迎上来：“客官可要过河？”

“哦，不，”胡家琪向四周看了看，“船家，干这个行当有些年头了吧？”

“可不？我家世代摆渡，如今到我这辈已经第八代了。”

“哦，不简单哪。今年生意怎么样？”

“今年是被日本人逼来的，不干不行啊。”

“听说这一带有扛枪打鬼子的？”

船家警惕地看看河对岸，压低嗓门：“有，有。这帮人真了不起。上个月在郑庄又干了一票，听说打死了四个日本人。日本人出动了二三百号人在这一带搜山，也没搜出个结果来。这帮人，神了。”

船家的钦佩之情溢于言表。

“到哪里能找到他们？”

船家眼里霎时放射出高强度的X光，仿佛要把眼前这个陌生人看透，他没好声气地嘟囔了一句：“找？哼！”然后径自钻进草棚，不再搭理胡家琪。

胡家琪苦笑着摇摇头，摸摸口袋里的钞票，茫然地望着滔滔河水发呆。正在这时，一队日军向岸边开过来，胡家琪紧赶几步，钻进山上的密林。

“必须找个熟人才能打听出他们的下落。熟人……看来还要找潘小巧了。”胡家琪一边大步流星，一边筹划。

半个月后，胡家琪总算打听到黑旗会的消息。然而，当他找到黑旗会驻扎的山洞时，缑老六告诉他，胡家珷过河去了，不过他转而安慰他说，估计一半天就会回来的。

再急有甚用？胡家琪耐着性子等了两天，胡家珷终于回来了。

兄弟二人三年没见，胡家珷高兴得又蹦又跳。他打开一罐窖藏的家酿，要让大哥尝尝，“正宗沁水米酒，味道纯正。”

“不了，三弟，我是专程来邀请你回去的。”

“回去？干什么？”

“我要重建自卫队。”

“人心已经散了，要重建就难了。大哥，要么你干脆跟我们一块儿干吧，你当头领。”

“三弟，这是上级的决定。走，马上跟我回去。”

“那不行，”缑老六一听，急了，“老三现在是我们黑旗会的大首领，他跟你走了，我们怎么办？”

“对，我们怎么办？大首领不能走。”众人异口同声地嚷嚷道。

看到这种情形,胡家琪的嘴角突然绽露出少许难以察觉的微笑,他大声安抚众人：

“弟兄们，我不会让你们的大首领与你们分开的。我今天找三弟是家里还有急事，他必须要随我回家走一趟，过几天他就会回来的。请大家放心。”

说完，他和胡家斌耳语了几句。

一路上，先是从潘小巧说起，继而说到“敌占区”，说到“阳北抗日根据地”，说到芦苇河一带的严峻形势，说到尽早取得一场胜利的重要性，“给这一带的群众积极参加抗日活动以鼓励和战胜敌人的信心”。

“干脆把黑旗会带过来,咱就在芦苇河一带干。”胡家斌提议道。

胡家琪激动得紧紧抓住他的手，久久不愿松开……

商定了方案，确定了营房，安排了部署，胡家斌悄悄与潘小巧见了个面，就匆匆返回礚山。送别了三弟，胡家琪又央求张老财和他一起进城找张承富。

坐在藕香斋经理室的张承富完全是一副浸泡在颓唐、沮丧和绝望液体中的标本，他靠着椅背，脑袋耷拉在一边，两眼暗淡无光，表情呆滞。

张老财提着长袍的前襟，颤巍巍地喊道：“承富——”

张承富仿佛瞬间被人从冷冻窖里提出来似的,尽管灰头土脸的,但还是赶紧站起来迎接:

“爸，哦，胡先生，你们怎么来了？坐坐坐。”

“承富,是不是病了？看你病萎萎的。”老人始终盯着儿子的脸。

“我没事。”

“没事就好。胡先生想见见你，日本人把着城门不好进，就把我攀来了。”

“哦，胡先生，有事请讲，咱都是自家人，不必绕弯了。”

“也没什么事，我想见见刘孔成。”

“见刘孔成？”张承富触电般地站起来，直勾勾地盯着胡家琪，眼睛里闪烁着惊愕、震撼、愧疚的火花，这样的火花闪过之后，他便像一副抽了筋的皮囊，重重地瘫坐到椅子上，摇着头，沉痛地告诉胡家琪：

“你们来迟了，刘孔成，已经死了。”

第二十七章　主动出击

缑老六死活不愿离开礚山，“哥就不随你回去了，哥把这块地方给你守住，哪天你想回来，这块地方还是你说了算。”胡家珷没法，只得给他留下八个手下，自己带着十几个人和十几支枪回到了张沟。

一下子多了十几张嘴，胡家琪在张沟及周边各村转了一圈，和各村的大户人家商定好了自卫队的口粮分配，暂且让自卫队扎营于苏家岭村后圪洞掌的山洞里。胡家珷建言道：

“不能住死洞，当时住在河神庙，差点儿让鬼子一窝端了。桃坪的躲兵洞就很不错。”

胡家珷的话反倒提醒了胡家琪，他马上改变了主意：“咱们索性还住河神庙。”说完，给三弟使个眼色。当晚，他带着几个人摸进庙门和西边围墙已经坍塌的河口铺上的河神庙，掀起地火盖的挡板，给一脸疑云的胡家珷解释说：“咱从这里打个地道进去，一直打到后面的土崖上，土崖上再挖几个瞭望口。这不就成活洞了？”

胡家斌及身边几个人情不自禁地点头赞许。

“老铁，”胡家斌看着自己从磕山带回来的一个中年男人说，“你带几个弟兄从今天晚上就干吧。白天睡觉，晚上干，越隐蔽越好，记住要把每天倒出来的新土盖好，不能让人看出来。”

一切安置妥当后，胡家斌带着两个弟兄回到刘孔成的家。他重新和泥捏了一尊一尺来高的泥人，边捏边像在安慰：“孔成哥，小弟捏不好，你只能将就了。”大功告成后，他庄严地把泥人放置在落满灰尘而又破败的方桌上，长跪于泥人前，三叩六拜，口中念念有词：“孔成哥，你是条好汉，尸首肯定找不回来了，所以小弟捏了一尊泥人，咱哥俩不再分开了。”

“大首领……”身材瘦长、年龄比他稍长的补全轻轻叫了一声，他便扭头打断了补全的话。

“回到这里，不许再叫大首领，我还是张沟自卫队第四小组组长。”

“组长，‘孔成哥’是谁？”身材较矮的加仁眨巴着眼睛。

“孔成哥是条好汉……

“他终于等到了机会。前段时间，小日本抓了大批当地百姓在狐邑坡修公路，他是伪军，也被抽调去监工，晚上也随小日本住在狐邑坡顶的炮楼里。一天晚上，六个小日本在炮楼的三楼喝酒作乐，他和十几个伪军住在二楼和底楼负责站岗放哨。半夜里，他趁站岗之机点燃了放在底楼的炸药，和小日本及十几个伪军同归于尽。

“他总算为家人报了仇。

“他是条好汉。”

“对，是条好汉。”补全和加仁异口同声，然后向胡家斌一样跪在泥人前三叩六拜。

正拜着，岭下传来牛角号的声音，三人抓起枪就往河神庙跑。

队伍集合完毕，胡家琪作简短的动员：“同志们，义城方面的哨兵报告，有三十多个日伪军从茹家庄后坡正向义城靠过来，敌人一定是来抢粮的。这一次，我们一定要粉碎敌人的企图，在争取保存自己的前提下力争尽量多地消灭敌人。第一小组埋伏到焦庄圪堆，第二小组埋伏到龙王头圪堆，第三小组埋伏到前岭，第四小组过河，埋伏到柏山。注意，不到万不得已，绝不暴露目标，绝不和敌人打消耗战，打一枪换一个地方，达到袭扰敌人、破坏敌人行动的目的就行。出发！”

满山黄灿灿的麦子随着阵阵燥热的微风送来一股股清纯的麦香。为了防止敌人抢粮，多处山头都布置了岗哨，因为敌人惯于到打麦场上去抢粮，所以百姓们都是夜里收割连夜打场，白天小打小闹，一有情况，马上转移。

日伪军在义城村边的麦场上一无所获，便掉头向五龙沟方向扑来。

“小日本究竟这是想往哪儿走？”刚爬到柏山东巅的胡家斌小声嘀咕，他回头命令，“快，咱下蘑菇滩。”

柏山东边的脚下是一块牛舌形的河滩，人称蘑菇滩。蘑菇滩上芦苇茂密，此时，洁白的芦花犹如一床巨大的鹅绒被软绵绵地铺在蘑菇滩上。

好容易找到一个合适的隐蔽处，他们透过浓密的芦苇，发现敌人已接近荆秧圪梁。

“准备射击，瞄准最后那个小日本。打！”

“砰，砰砰”几声枪响，最后一个鬼子扑倒在地。

“快撤！小日本肯定要咬过来。贴地爬，不要碰芦苇。”

敌人果然像被激怒的山猪，号叫着向蘑菇滩扑来，子弹在他们头上“嗖嗖”乱飞，要命的是，枪声离他们越来越近。

“就算何有命是头猪，三组他妈都是猪？小日本都踩住老子的屁股蛋了还不开枪？”胡家斌一边飞快地向前爬，一边骂。

就在这时，荆秧圪梁方面传来枪声，紧接着，义城方面也传来枪声。

“快撤快撤快撤，我们被包围了！”一个大嗓门扯着中国话高喊。这时，胡家斌他们已经到了柏山脚下，透过柏树林，他们看见四五个小日本在前，十几个伪军在后，朝柳沟方向逃去。

毙敌一个！河神庙内一片欢腾。

“同志们，今天这场战斗，我们不仅消灭了一个敌人，重要的是，我们粉碎了敌人的抢粮图谋。日寇，是一群绝灭人性的东西，对于今天的失败，他们一定会再来报复。因此，我们要做好一切准备。大家有什么想法，现在先议一议。”

大伙七嘴八舌，议论纷纷。老铁向胡家斌建议，大首领，哦，不，组长，咱为啥不主动出击？在沁河那会儿，咱哪次不是跑出去主动找鬼子干？别老窝在窑洞里等鬼子来。

一团心弦被拨动的快意迅速从胡家珷的眼睛中闪过，胡家琪马上拍拍手，让大家安静："同志们，咱听听家珷有什么想法。"

胡家珷站起来，脸上挂着淡淡的羞涩：

"我不会说，在礚山时就是想好了就干。今天咱也算是一个胜仗吧，但这个胜仗很被动，敌人来了，我们才仓促行动。我们为什么不拉出去，主动找敌人干，那样，主动权就在我们手里，咱能干就干，不能干拉倒。大伙说这样行不行？"

大部分是跟着胡家珷从紫砂腰来的，岂有不行之理？

晚上，岗哨布置停当，胡家琪赶到河神庙，查看地道挖掘进度，正巧胡家珷也在，他把老三拉到外面，做他的思想工作：

"三弟，咱自卫队是党领导下的队伍，党给咱的任务就是保卫这片根据地。咱暂且还不能走出去打到哪算哪。但是你的建议很有价值，咱可以把侦察员派出去，大范围地搜集敌人的情报，比如可以派侦察员到城里去，掌握更多更准确的情报。你说呢？"

"大哥，你的主意高。听你的。"

"那好，我想派你到城里跑一趟。"

"我保证完成任务。"

第二十八章　内　线

自卫队的胜利，给周边百姓很大鼓舞，他们夜以继日披星戴月抢收小麦。为了掩护百姓抢收小麦，芦苇河沿岸的大小山头，都有自卫队员站岗放哨。

正午，柳沟方向的山路上窜出一个人。

“有情况！”荆秧圪梁上的哨兵发出警报。

“就一个人？”胡家斌趴在一丛荆秧后面，警惕地注视着前方。

“骑着一匹马，八成是个汉奸。”老铁提出自己的判断。

“这汉奸也太胆大了，竟敢独闯芦苇河。”胡家斌坐起来，给队员一个手势。

枣红马，白礼帽，黑墨镜，白衬衫，灯笼裤，尖口鞋，越走越近，越看越像汉奸。

“汉奸”刚接近河口铺大门口，就被从门里扑出去的补全和加仁拉下马来。

“嗨嗨嗨嗨，自己人自己人。”“汉奸”不迭声地嚷嚷着，还是被带进了铁匠铺。

卸了礼帽，摘掉墨镜——原来是张承富。

胡家斌上下打量着派头十足的“汉奸”，俨然一个考古专家；补全、加仁手中乌黑的枪口精准地正对着“汉奸”；梁师傅不好意思地向张掌柜赔着不是：“也不能怪他们，你这身打扮实在太像了。”

“梁师傅，都知道你眼刁，我在你眼里是坏人？”张承富说着，又戴上了礼帽。

国字脸，高鼻梁，俏眉毛，薄嘴唇，一双眼睛透出诱人的光泽与精明，寻常飘动在张承富的眉宇间的自信荡然无存，反倒滋生了几分忧郁，他摘下礼帽，挂到墙上，用隐晦的目光扫了胡家斌他们一眼，梁师傅向家斌他们几个摆摆手：“你们去吧，这个‘坏人’就交给我了。”

张承富把头伸出门外看了看，推进来随手关上门，长长叹了一口气，“真是做鬼容易做人难哪”，掏出手帕垫到条凳上，然后重重地坐了下去。

“听掌柜的口气，好像遇到不顺心的事了。”

“岂止遇到不顺心的事，简直栽到不顺心沟底了。”

“你现在是总经理，不愁穿不愁吃不愁花，哪还能有不顺心的事？”

张承富“噌”地站起来，双目中喷射出仿佛要焚毁眼前一切的怒火，他双眉紧蹙，咬牙憋气，然后长吹一口气，似乎已把心头的阴霾吐了个一干二净，稍微平静后，他扯着衣角带着明显的嘲弄的口吻向梁万田倾诉：

“看看这身衣服，阔气吧？这是人家老板要求让穿的，说穿上这身衣服在日本人面前不掉价。我他妈在日本人跟前连条狗都不如，日本人跑到咱阳城县城里横行霸道、烧杀抢掠，你说我穿这身不掉价的衣服有他妈什么用？

“泽城戏班一个吹笙的姑娘，被抓到藕香斋给日本人吹笙，当几个日本人企图强暴她时，这姑娘奋起反抗，一口咬掉一个日本人的耳朵，没想到，这姑娘被日本人给活剐了，日本人把姑娘的肉煮熟了给我吃，看我多优越，连同胞的肉，一个如花似玉的姑娘的肉也吃得起。我不愁吃，可是，我愁的是吃不下啊！

“梁师傅你看看，我他妈算个什么中国人？我活得人不人鬼不鬼，但我不是汉奸。可是，前段时间央人去白秀英家提婚事，人家居然嫌我是汉奸，死活不答应。

“梁师傅，你说现在谁能替我说清楚，谁能为我证明，谁能还我清名？”

“听说，苏家岭的苏老财和白家交情甚厚，就没让苏老财去试试？”

“我央的大媒就是苏老财。唉！”

“掌柜这次回来莫非与这事有关？”

“可不？一则，好长时间没回来了，今天抽空回来看看，怕我耽搁，人家老板还专门借给我一匹马。二则嘛，家父几次催逼，要我续弦，可是，‘曾经沧海难为水，除却巫山不是云’，白秀英可真是一个难得的奇女子啊，也许这就是缘分吧。”

张承富走后，梁万田不敢怠慢，马上把这一情况告诉了胡家琪：

“咱不是想找内线吗？这可是最佳人选。眼下，白家庄的白秀英是个关键人物。”

“很好，咱今晚就召开支委会研究这事。”

支委会上，卫五顺提出了反对意见：“她可是国民党的老婆，咱还是慎重些的好。否则将给组织带来巨大的威胁。”

胡家琪立即把问题向徐毅反映，徐毅积极支持：

“国民党老婆怎么了？都是中国人，国难当头，我们要充分发动、团结和依靠任何一种抗日力量。别说国民党的遗孀，就是国民党人，能争取的，我们也一定要争取；能团结的，我们一定要团结。放手干吧，只要有利于抗日救国，县委都支持！”

得到县委的肯定后，胡家琪找到苏老财，了解情况。

“两家处得很好，杨向华和张承富是同学，那年承富家请客，他两口都去了。按说，承富留给秀英的印象也不是很坏，要命的是，张承富不该去当汉奸。”苏老财把自己了解到的情况和盘托出。

“苏叔，您愿意再跑一趟吗？”

“成人之美嘛，我再跑十趟八趟都没问题，问题是，秀英是个很有主见的女人，在大是大非问题上，人家做人的原则很强。你看一般的女人看人，有钱啦，有势啦，人家就一票把他否定了，他是汉奸。”

“要么咱们再跑一趟吧，给您添麻烦了。”

“家琪，你也是个有文化的人，怎么为承富的事这么上心？我姓苏的没他张家有钱，但我苏家有做人的底线。央我去说媒时，我也是脸面上驳不下来，只好硬着头皮去跑了一趟，总觉得人家秀英说得在理。国难当头，匹夫有责，任何一个中国人都应该在国家利益面前有所担当。你说你不三不四跑去城里当汉奸，这可就不是一般小问题了。有些人迫于生计，为了糊口，为了活命，才不得已而为之，你说你一个掌柜……哼！”

“苏叔，您带着这个情绪去给人说媒，能说成吗？”

“哦哦哦，人老了，话自然就多了。这些也就是跟你叨叨，到人家家里还能这样说？”

傍晚，二人才赶到白家庄。

“白先生，你好。好久没见到你了，今天特意来看看你。”胡家琪在白府门前打招呼。

“胡先生大驾光临，有失远迎。屋里请。”白秀英笑容可掬。

刚入座，苏老财就开门见山：“秀英，你苏叔算是面子小，今天给你请来一尊真佛。”

“胡先生也来给汉奸当说客？那可真是难为你了。”白秀英的脸色立现愠色。

胡家琪支开苏老财，重新入座。他呷口茶恭维道：

“白先生比以前更漂亮了。”

“别取笑了，漂亮一词已经与我绝缘了。”

“真的比以前更漂亮了。时局催人老啊，强敌入侵，国难当头，兵荒马乱，民不聊生，你躲在世外桃源里，逍遥自在，不更漂亮才怪呢。”

“胡先生，损我需要跑这么远？有什么话尽管说，你是大忙人。”

胡家琪从腰间掏出一支手枪，放在桌上，挠着头皮半开玩笑地说，“这是我的身份。”

“快装起，我知道，张沟自卫队队长。”

“哎？这就怪了。你躲在这深山老林，怎么知道这些？”

“胡队长，我一个妇道人家，扛枪打仗什么的轮不上，关心关心周边的情况总该是正常的吧？”

“人说你奇，果不其然，实在了不起。”胡家琪一脸坏笑地问，“今有一事想请教，腰间别支枪，你看我算汉奸吗？”

“你开什么玩笑？我不懂，别绕弯子，你直说。”

“好吧。鬼子时不时地出来袭扰，害得村里鸡犬不宁。我们想派一个自己人打入城里去，侦察敌情，及时通报，我们好早做准备，消灭敌人。”

“你说这些和我有关？”

“我们想请你去。”

“开什么玩笑？我怎么能去？我一个女人家。”

“那你凭什么说负责完成这项任务的男人是汉奸？——他是个好男人。”

沉默，霎时成为世界的主宰。胡家琪低下头，等待着白秀英的回应，良久，良久……当他抬起头时，坐在椅子上的白秀英痴痴地望着窗外绿茵茵的山野，腮边挂满泪花……

第二十九章　白岩寺整编

估计敌人要来报复，自卫队备战之弦始终绷得很紧。夏收接近尾声之际的一天傍晚，一阵急促的脚步声从远处传来，哨兵朝来人大喊，“什么人？口令！”

“镰刀！”

自己人。来人并未停下脚步，边跑边向哨兵传话，“快找胡队长，有急事。”

胡家琪闻讯跑出来，迎面拦住来人。

“胡队长，快，出事了，天仙妙道袭击了增村。快去救人！”

“紧急集合！”胡家琪大喊一声，队伍集合完毕，“跑步前进，目标增村！”

前岭、后岭、窑掌、苏家岭、曹沟、焦庄、增村，天越来越黑，脚下的路崎岖不平，然而，大伙儿没顾得上这些，大口喘着粗气，紧紧跟在前面的人的后面，半步也不曾落下。

刚到增村村东，前来接应的阳北县委组织部长王安珍马上并排和胡家琪一起跑，边跑边下达通知，三个同志已被敌人抓走，朝后庄上方向跑了。队伍马不停蹄一路追赶。翻过寺崖头，刚要接近峪坡时，跑在最前面的胡家琪突然做了个卧倒的手势，跟前的人马上朝路两边卧倒，后面不知就里的人也赶紧跟着“哗啦哗啦扑扑啦啦”卧倒。

前面有人。胡家琪匍匐前进靠了上去。

“自己人。”他朝自己的队员喊道。

峪坡村边已经有十几个人，胡家琪径直走过去：“徐书记，情况怎么样？”

徐毅没说话，他指指路边的树。

朦胧的月色里，大地像蒸锅箅上热腾腾的面食，全都罩着一层浑浊的面纱。路边稀稀落落几棵树，树冠枝叶茂盛，其中三棵树的树干上似乎有一段不正常的凸起。胡家琪走近一看，不禁倒吸一口凉气——树干上捆着一个人。

三棵树，三个人，脖子几乎被砍断，脖子后面只剩下一绺皮牵连着，整个脑袋耷拉在肩膀上，脸上全是鲜血。

他们解开绳子，找来几根树枝绑成担架，四个人抬一副，默无声息地跟着县委几个成员返回白岩寺。

白岩寺寺门外，一字排开，三具尸体。

胡家斌双手扶着一棵树，两脚交替疯狂地踢着树身……

不久又有一队人马来到白岩寺。

徐毅握住最前面的人的手：“栗顺兴同志，追上了吗？”

“徐书记，我们一直追到牛头上，敌人不知去向，但我们逮住了一个落单的俘虏。”

“很好，带同志们去休息休息。”

胡家琪把栗顺兴拉到一旁：

“顺兴同志，这究竟是怎么回事？”

“据俘虏交代，他们的大头领刘利接到一个密令，要他们今夜突袭增村，务必捉拿公安科长崔佑。”

“崔佑科长被害了？”胡家琪指指摆在地上的尸体。

“没有，他们一个是阳北抗日行政办事处主任程廷章，一个是五区区长李登赢，一个是阳北抗日工作队队长李景波。”

“天仙妙道有什么背景？”

“一个道教组织，本来也没什么影响，现在被鬼子收买，成为一个反共团伙。”

“有多少人？”

“据说有二三百，今晚出动了有小二百。”

入夜，掩映在浓荫下的白岩寺潜藏了自己曼妙的身影。山门外难得的一块促狭的空地边上，胡家珷背靠树干席地而坐，拿脑袋不住地撞击树干，发出沉闷的“嗵嗵嗵”的声音。远处的密林深处不时传出猫头鹰阴险的笑声，与之相呼应的还有几种叫不上名堂的飞鸟的无耻的和鸣，以及蝙蝠刺耳的叫声。胡家琪散了会，也坐到了树下。

“三弟，战争年代，死人是难免的。”

“大哥，咱中国人是怎么了？日本人还没赶走，咱自己人就杀开了。”

“三弟，这就是弱国的表现。当一个国家积贫积弱到一定程度时，她的子民就会背叛她，甚至充当对手的帮凶来屠杀她。《义勇军进行曲》中就有‘中华民族到了最危险的时候’，怎么说是最危险呢？我们对面的敌人，武器装备先进，又极其凶狠残暴，他们发动战争的目的，不是占领我们的国土，掠夺我们的资源，而且企图把中华民族从肉体上消灭；而少部分自己同胞，被敌人收买后，丧心病狂地从背后向我们开枪。

“听你二哥说，你还不待见朝汉奸开枪。是的，有些汉奸确实迫于生计，不得不委身于敌人阵营，求得一口饭吃，可是，其中的一些人把自己的灵魂全都卖给了日寇，有了他们的帮助，日寇的爪更利、牙更尖、吃人更多。

“寇家宝这个人你听说过吗？他就是个比日寇更可怕的恶魔。去年夏天，他带领一队日军就从咱五龙沟的东圪梁上经过张山，翻过方山，直扑国军98军背后，致使98军死伤惨重，几乎全军覆灭。从去年到今年，短短一年时间，寇家宝带领日军对县城周边几个抗日武装进行了多次突袭，杀害了数十位抗日干部，去年腊月袭击咱张沟自卫队时，寇家宝就是带路者。”

“什么？寇家宝？”

“是的，寇家宝。”

“他住在哪里？”

“还能住哪里？县城里。”

第二天上午，白岩寺西侧一埏麦地里，刚收过小麦的麦茬还耀动着闪闪亮光，三堆簇新的土坟格外显眼。

三排横队，第一排是阳北独立营；第二排是大宁自卫队；第三排是张沟自卫队。埌上几个人，为首的是徐毅。看得出，刚才追悼会上的泪光尚残留在徐毅的眼眶内。他用沙哑的声音讲话：

“同志们，谁能想到我们三位优秀的抗日干部能死在天仙妙道的屠刀之下？我们的战线不得不拉到我们的身后，因为我们的身后有着与我们面前同样凶残的敌人。

“要奋斗就会有牺牲，为了整个民族的胜利，为了整个民族的明天，为了整个民族的重生，同志们，我们不能畏惧牺牲，我们不能逃避牺牲，相反，我们必须担当牺牲，我们应当勇敢地直面牺牲。

“三位同志的鲜血不能白流，被日寇屠杀的同胞的鲜血不能白流，千千万万牺牲在抗日战场上的同胞的鲜血不能白流，我们要用我们的鲜血来孕育民族强大的种子！

“现实是残酷的，同志们，振作精神，鼓起勇气，化悲痛为力量，让任何在我们面前的敌人去死吧！

“从今天开始，大宁自卫队和张沟自卫队合二为一，统称芦河游击队，受阳北县委的直接领导……”

回到河神庙，胡家斌有些不解：“不给发枪，改个名称能厉害多少？”

胡家琪给他解释：“至少避免误伤。咱刘孔成拉响炸药包，炸死了几个鬼子，可也把大宁自卫队打入敌人内部的内线给炸死了。”

“怎么可能？”

“怎么不可能？这是第一。第二，天仙妙道这帮匪徒一次出动就一二百、二三百的，咱合二为一也好保存自己，否则，很容易被敌人一口一口吃掉。”

“哦，有道理。”

第三十章　失　手

从阳北县委开会回来，胡家琪脸色铁青，闷闷不乐，眉宇间跳动着愤怒的火花。

胡家珷把一同去开会的栗顺兴拉到一边,小声打探“挨训了？”

“不是。唉……”栗顺兴欲言又止。

“秘密？那我就不打听了。”胡家珷诡谲一笑。

“有火没处发。这狗汉奸……”

“又吃亏了？”

“岂止是吃亏？简直是失败，彻头彻尾的失败。”

“哦，怕丢人吧？”

“你说对了，真是太丢人了。自从峪坡惨案后，这寇家宝又在洪上和大峪制造了两起惨案，四十七位抗日指战员惨遭杀害。尤其是大峪惨案，不仅县大队三十多名战士被打死，而且把队长时新会捉去点了天灯。寇家宝，这个吃人不吐骨头的恶魔！”

“我想去会会这个寇家宝。”当晚，胡家珷向游击队长胡家琪提出自己的想法，“直到现在我连这家伙长什么样都不知道。”

县委很快批准了这一建议。为了稳妥起见，栗顺兴要亲自带队。胡家斌表示反对：

“栗队副，你不能去，太危险，我先去探个路。”

“家斌同志，正因为危险，我才要去，而且必须要去。”

“那好吧，最好让老铁也去。”

“为什么？”

“老铁有一手绝活，他投的镖精准精准的。在端氏那回，他一镖出去，准准打中鬼子哨兵的眼，我们扑上去，不仅干掉了哨兵，而且搞到了一支枪。带上他，有用。”

“好，明天下蒿峪弄张良民证。”

第三天上午，三人背着木匠工具顺利混进了阳城县城。

得知他们的来意后，张承富天灵盖都吓开了，他七孔洞开，半天说不上话来，直到栗顺兴反客为主让他喝口水，他才渐渐显出人形：

“太冒险了，”他推开吧台的柜台门，把头探出去，看看大街上的动静，返回来又灌几口水，“太冒险了。不是吓唬你们，这寇家宝简直就是人精，他比白蛇、青蛇、孙悟空、如来佛的道行都深。就此打住，在这里吃午饭，然后给我悄悄回去。千万别冒险，千万千万。”

“大哥，张经理，看他一眼，照个面识个相总行吧？”胡家斌尚不死心。

“不是我故弄玄虚，恐怕一照面，他就看出你衬衫上有几个虱子，肚子里有几瓣窝窝头。就此打住，行不行？弄不好照直就把我搭进去了。不是我怕事，而是这根本就是件掉脑袋的事。况且我跟你们说，这个人神出鬼没的，谁都不知道他在哪儿。每次当他露面的时候，都是他把敌手的脑袋提在手里向日本人献好的时候。”

“张经理，那我们就不走了。”栗顺兴坦然落座，一脸的轻松，“你给我们找些木匠活儿吧。”

“都会这一招。当初刘孔成进警备队时，用的就是这招。我没办法，只好把他送进去，结果不是把人家害了吗？”张承富的脸上洋溢着无奈的苦笑，“木匠活儿有的是，这几年整个县城让日本飞机轰炸了多次，哪家没有需要拾掇的东西？先吃饭吧，午饭后我带你们去。”

午饭时，张承富从厨房提过来一个食盒，食盒非常精美，红底金花，图案鲜艳，漆水莹润，极是奢华。他把食盒交给胡家斌，“走，跟我跑趟差”。

胡家斌提着食盒，跟着张承富，一路向东，来到一个药店前，张承富指指药店门上的匾额介绍道，“这是寇家的药店，博济药店”，说完又折回来往西，走到一个胡同口，“这是老槐树圪洞，寇家就在这条圪洞里”，顺着圪洞往里走，“看，三进院，只不过前两院被炸塌了”。一进院一片废墟，但门口有一个站岗的，二进院也是一片废墟，门口也有一个哨兵，三进院院门也坍塌了，但门口站两个哨兵。堂楼还算齐整，来到楼下，张承富朝楼上喊：“太太，给你炖了锅鸡汤。”

一个富态的少妇手撑门帘，站在楼道上，宛然一朵盛开的牡丹：“大哥，麻烦你了。送上来吧。”

寇家宝果然不在家。午饭后，三个冒牌木匠随张承富来到博济药店，他让伙计在楼上搬了一堆缺胳膊少腿的器物，“尽量修吧，将就能用就行”。

“就住到这楼上，晚上可不敢乱跑，让巡逻队抓去，没人能活着出来。”张承富再三交代。

第一天晚上，寇家宝家没见动静。

第二天晚上，还是不见动静，第一院一个岗哨，第二院一个岗哨。

第三天下午，五身黑制服簇拥着一个人，威风八面地闯进老槐树圪洞。

很快，一个蓬头垢面的叫花子提着一个破荆条篮来到老槐树圪洞附近乞讨。他茫然地左右看看，颓然坐在街道的南边，直勾勾地盯着老槐树圪洞口。

夜幕降临后，两个黑影摸过来，“怎么样？”

叫花子一骨碌站起来，“没见出来”。

胡家斌一把扯掉叫花子头上的乱发，“老铁，还真像。”

老铁把乱发小心地放到篮里，“我曾要过饭，是缑大哥把我招进紫砂腰的”。

“门口两道岗，咱从东边摸过去。”这是栗顺兴的声音。

顺着东边的小圪洞猫腰爬过去，才发现第三院的墙头也有岗哨。

“老铁，把他干下来，有把握吗？”胡家珷小声问。

“干下来容易，只怕他掉下来惊动了里面的人。”

“咱俩爬过去，如果他掉墙里，咱们赶紧跑；如果他掉外面，你接人，我接枪。行动。”栗顺兴下令。

二人贴着墙根爬过去，只听“噗”的一声，站在墙头的哨兵犹如一截木头，重重地栽了下来。栗顺兴就着昏暗的月光，当空一把接住了枪，胡家珷一把抱住了人，然而巨大的冲击力还是把他撞倒在地。

“怎么回事？”墙内有人问。

“哎呀，不小心掉下来了。”栗顺兴扯着嗓门回应。

“就不能小心点？真他妈笨。”墙内的人骂道。

“是是是。”栗顺兴答应着，三下五除二撇掉死人的上衣，套到自己身上，抓过胡家珷当人梯，就往上爬。

恰在这时，三楼楼道上一个人叼着烟，正在楼道上来回踱着步。栗顺兴又蹲下来，“把枪给我”。他的脑袋慢慢探出墙头，把枪轻轻搁到墙上，瞄准，扣动扳机，“噹”的一声，踱步人应声倒地。

栗顺兴从胡家珷肩上跳下来，“快跑！”

与此同时，墙内传出惊叫声：“有刺客！”

顿时，哨声大作，警报声鸣响。紧接着就是杂乱的脚步声和狂躁的喊叫声：

“全城搜查！”

“抓刺客！”

“别让八路跑了！”

张承富俨然一只拴在绳头的麻雀，绕着桌子飞，一边飞一边拿右拳砸左手掌：

“这下全完了，这下全完了，新郎官结婚前夜被斩首，这下可他妈名垂青史了。这下全完了。”

就在这时，大勺靳满仓跑进大厅给他一个眼色，他赶紧跟着来到厨房院。

厨房里，灰头土脸的三个人仿佛刚从前线败退下来的残兵。张承富扯住老铁的叫花服“哧哧哧”一阵猛扯，老铁顿时被脱了个精光，他两手拢在胸前，不解地望着发疯的总经理。

“快，把他吊到门框上。”见二人还在犹豫，他火了，“等什么？快！把他吊到大厅的门框上！”

赤身裸体的老铁双手绑在一起吊在门框上，脚尖似乎还能点到地。

“你两个跪在旁边！”栗顺兴和胡家斌这次极其配合，赶忙跪在离老铁不远的地上。

张承富抓起吧台上的鸡毛掸，没头没脑地敲打在老铁的背上。每打一下，老铁的后背就相应显现一道白色的痕迹，而老铁也本能的“噢”一声。十几下过后，老铁的后背已明显地肿起来，张承富把鸡毛掸交给栗顺兴，“你起来，给我狠狠地打”。

栗顺兴刚接过鸡毛掸，一队明晃晃的刺刀便冲进大厅。

“打，给我狠狠地打！”张承富双手叉腰，神气活现地站在一旁，又指着跪在地上的胡家斌，“你给我仔细着，再敢偷懒，跟他一样。”

几个刺刀楼上楼下严加搜查，甚至连楼上妓女的梳妆台也不放过。手握手枪的木川最后一个闯进来，他愣愣地看看门框上吊着的赤裸裸的男人，又看看旁边怒气冲天的张承富。面对吊在门框上的殷红的后背，他向木川解释：

“他，偷吃。”

“哼哼，”木川淡淡一笑，“支那猪。”然后转身向刺刀挥挥手，“开路。”

三个人被迅速锁在库房里，张承富刚赶到大厅，崔永法就带人进来了。

“木川队长刚带人搜过，不过你们还能再搜搜。今儿晚上也不知道是搞什么演习，一街上慌里慌张跑来跑去的。”张承富掀起门帘看看街上，做了个楼上请的手势。

“你不知道？”

“不知道。什么事？”

“寇队长被人……”崔永法做了个开枪射击的手势。

“真的？”

“真的。”

“他没事吧？”

“肩膀受伤了，没事。”

“谁干的？”

“那谁知道？这不是全城搜查吗？”

“老天爷，这人也太胆大了，这不是从虎口里掏虎胆吗？”

第二天，张承富央崔永法把三个木匠大摇大摆地送出了县城，其中一个龇牙咧嘴背着工具箱，一副痛苦不堪的表情。

第三十一章　即席演讲

寇家宝受伤后，张承富主动承揽了他家里的一切事物。为了安全起见，在日军洪部动完手术后，他提议让寇家宝就在洪部养几天伤。而寇家宝在洪部养伤期间，他雇人把寇家大院残缺的院墙又提高了一人高。当寇家宝搬离洪部返回寇家大院时，默默对自家大院环视了一周，然后在张承富的肩上“死死”地抓了一阵儿。至于照顾汉上大老婆的一家和跟前的二老婆母子的生活起居，那自然不在话下了，有时还在安全勤务方面提些建议，所有这一切，寇家宝全都看在眼里，只是什么都没说。

博济药店和藕香斋的业务寇家宝更没过问，但张承富比日常管理得更为精细。

这天傍晚，忙活儿了大半天的张承富偷空坐下来，刚呷了一口茶，就听到大厅外岛田狂傲的大笑声，他赶紧站到门边迎候。岛田旁若无人骄横跋扈地带着征服者的光芒，闯进大厅，径直走上楼梯。几个级别稍低的日军军官紧随其后。

岛田是驻阳日军大队长，总部设在开福寺，跟日军洪部是前后院。进洪部须先经过日军大队总部所在的大院。寇家宝在洪部治疗期间，张承富无意发现衣衫不整的郑红从岛田的房间里跑出来，猝不及防的碰面，惊得郑红羞愧难当脸颊绯红，半天说不上话来。他急忙把郑红拉到藕香斋，劝慰了一阵儿，并告诫她，“人命关天，绝对不能跟寇队长讲，绝对！这件事，我来摆平。”为了让郑红早日摆脱岛田的纠缠，寇家宝一拆线，他就安排寇家宝搬回寇家大院。

有身份登楼消费的日军军官陆续上楼去了。在门口不住地鞠躬迎候的张承富再次坐下来，茶水已经有些凉了。他索性“咕咚咕咚”灌了进去，紧紧攥着空茶杯，牙咬得咯咯作响。

“唉——这是中国人的地盘啊！”眼泪在眼眶里转啊转……

“大哥，闲了？”突然，门口有人和他打招呼。

是崔永法他们。一楼的伙计忙给他们上茶。“过来和弟兄们喝一盅？”崔永法邀请他入席。

“不了，谢谢，你们喝，你们喝。”

楼上不时传来日本人歇斯底里的狂笑声，以至崔永法他们不得不时不时地扭头看看传下笑声的楼梯口。酒至半酣，又一声淫荡的笑声从楼梯口冲下来，几个人不由自主地瞅过去，只见木川摇摇晃晃在两个妖冶女人的搀扶下走下来。女人嗲声嗲气故作媚态的行径很是刺眼，座中不知谁小声骂道“贱货”。岂料木川听懂了这句骂人的中国话，他甩开女人，号叫一声“八格”就冲过去，抡起巴掌在崔永法他们几个脸上轮番猛抽，一楼的大厅里像是狂风卷着巴掌雨铺天盖地倾泻而下。

木川打累了，他得意地回头看看身后的妓女，又指着以立正姿势挺立的中国男人用半生不熟的中国话骂道，“支那猪”。五个人，木川不厌其烦地骂了五遍。他又返回到两个女人中间，张开双臂搭在两个中国女人的肩上，惬意而去。

楼梯口仍旧不时滚下日本人忘形的号笑声，然而，一楼大厅静得像超低温冷冻盒，仿佛连声音也被冷冻起来。崔永法颓然落座，他朝张承富丢过匆匆一瞥，惨然自嘲：“让大哥看笑话了。”

张承富走过去，斟满一杯，“我敬弟兄们一杯”，然后一饮而尽，“哥也是中国人，刚才的耳光何曾不是抽在哥的脸上，不，抽在哥的心上。”

崔永法站起来，紧紧握住张承富的手，其余四个马上凑过来，十二只手牢牢叠在一起。

从此，崔永法有事没事总来藕香斋找张承富拉呱拉呱。

年关临近的一天，崔永法见张承富把大包小包装进一口木箱中，忙凑过来帮忙：

“大哥，准备过年呀？”

“现在这年头，谁还有心思过年？前段时间又找了一个，年前准备接过来，这把年纪，也不图什么热闹了，亲戚朋友赶过来吃顿饭，意思一下就行了。我平时置下些乱七八糟的东西，正愁着怎么往家送呢。”

“大哥，好歹也是个喜事嘛。就咱弟兄们的关系，这么大的事也瞒着老弟，大哥，你心里就过意得去？”

“老弟多心了，大哥怎么能想不到弟兄们呢？这不？”说着他从吧台下面搬出一小箱子，“给弟兄们准备的喜糖喜烟。等过了年，计划把你嫂子接到城里，到那时，再请弟兄们来喝喜酒。哥还能把弟兄们忘了吗？”

“大哥，你也应该区别对待嘛。我和他们不一样。成亲那天的酒，是新喜酒，等过了年，那就成老喜酒了。这样吧，老弟带几个人，直接把你的东西给你送回去，婚礼上，讨一杯新娘亲自给斟的喜酒，然后我们再回来。怎么样？算了，老弟等不及了，这事就这么定了。

“你说吧，哪天出发？”

“好吧，咱腊月二十四启程，哥二十六办事。只是……”

“知道知道，你们那里有游击队。放心，我们只是藕香斋的伙计，真要有什么差错，不是还有大哥你吗？”

“那好吧，也不要多少人，你一个就行。关键你要去跟木川请示。”

“他那里也好说，给小日本塞壶酒就请出来了。”

腊月二十四午饭后，二人启程，一人挑两口箱子，一路上诉不完人世间的悲情痛恨、说不尽天地间的凶恶残酷、讲不够兄弟间的情真意切。

申时左右，二人回到张沟。

潘小巧生了个儿子，张承富续娶白秀英，张家双喜临门。然而，此时的张家门庭冷落，大门口尽管打扫得干干净净，但没有对联，没有红禧字，没有招呼客人的理事。

一对儿女在张承富面前表示了一番对父亲的亲热和对客人应有的礼仪，就被奶奶叫到堂屋去了。东屋里一切照旧，连床帐都还是亡妻生前挂的。张承富用冷水抹了把脸，才焕发出即将新婚的光彩。

当晚，张承富打开一坛酒，“这是当年从河南带回来的，一直舍不得喝，今天老弟来了，这酒正好派上用场。待会儿，还有几个客人，把他们请来陪老弟喝几盅。”

“大哥高待大哥高待，倒让老弟惶恐了。”

“只要老弟不见外就行。”

刚吃过晚饭，张承祥就带着几个人进来。

“张经理，恭喜恭喜。”为首者双手抱拳向张承富行礼。

“来来来，请坐请坐。容我先介绍一下，”他指着来人一一介绍，“这位是芦河游击队队长胡家琪，胡队长；这位是芦河游击队队副栗顺兴，栗队副；这位是芦河游击队张沟小队队长胡家斌，胡队长。”他又指着崔永法，“这位是……”崔永法急忙打断他的介绍，“在下是藕香斋伙计，张经理大喜之日，前来打杂。欢迎各位。”

胡家琪看看张承祥，两人会心一笑。胡家琪斟满酒，举起一杯酒，“有缘千里来相会，既然能和张经理搭上关系，那一定不是一般的朋友，来，干杯。”

腊月二十六，张承富和崔永法起了个大早，他们给一头骡子喂好料，备好鞍，赶早上路了。

“连个音乐也没有，跟做贼似的。”崔永法似乎对这样办事不怎么满意。

“二婚，要什么音乐？况且都奔四十了。”

“不论多大，总是喜事嘛，响响音乐，图个吉利。你也太抠门了。嫂子允许你这样操办？”

“都是按人家的要求办的，我也不愿意这样偷偷摸摸的。”

白秀英的打扮也与新娘相差甚远：头发盘在发罩里，后面看很像老太太，白针织围巾，蓝洋布棉袄，黑洋布棉裤，仅在脚上穿了一双大红绣花鞋。

一路上，崔永法几次情不自禁地跑到前面，和牵骡的张承富并肩而行，闲聊中时不时地回头偷看几眼骡背上尽管是二婚却依然非常漂亮的新娘。

一到家，就见院子里很热闹，一个鼓书班正在搭架子准备说书。崔永法一个劲儿地夸张承富“口真紧，这点秘密一直保守到现在”。

原来，前来贺喜的苏老财发现张家办喜事如此蔼静，先是数落张老财小气得不近人情，后是打发人回苏家岭请来了鼓书班。

夜幕降临，男女老少陆续涌入张家大院。鼓书班的三弦、板胡、二胡已在演出台后“唧唧扭扭”地定弦。

布好岗哨后，胡家琪、栗顺兴及胡家珷几个也应邀前来参加张承富的婚礼。乘众人都在新房向二位新人道喜之际，胡家珷悄悄溜进南屋，看望潘小巧母子。

“门上系着红布，你怎么就进来了？”潘小巧拿白眼翻着不速之客，娇嗔道。

不明就里的张承贵赶忙给来人让座："天冷，坐火边吧。"

胡家斌凑到潘小巧跟前，在襁褓中的孩子红扑扑的脸蛋上弹了弹，潘小巧瞟了一眼火炉边闷头抽烟的张承贵，一把抓住那只图谋不轨的手："轻点。"那只手贼里贼气地在潘小巧胖嘟嘟的下巴上刮了一把，不舍地收了回去。

"听说你们离开张沟了？现在住哪儿？"很像无关痛痒的问询。

"没有离开，只不过两家合并成一家，改名叫游击队了。"

"面也见不着，我以为你们离开了。"

"见狼不好见，见狗还不容易？叫一声就来了。"

"我怕叫来的是狼……"

正说着，院子里一阵梆子响，鼓书要开说了。然而，开说的不是说书艺人，而是胡家琪。他站在鼓书艺人的演出台后面，用洪亮的声音讲道："乡亲们，大家静一静。今天，是张承富张经理的大喜之日。他的新婚妻子，就是当年在杨腰教书的白秀英先生。听说白先生学识超人，才华出众。现在，我提议，请白先生给我们大家讲话。"胡家琪说完，带头鼓掌。张家大院里顿时响起雷鸣般的掌声。

尽管百般推让，怎奈盛情难却。白秀英拉着张承富的手，大大方方地来到演出台后面，毕恭毕敬地向三面的观众鞠躬致意。掌声再度响起。

"乡亲们，胡队长过奖了，我仅是个普通的家庭妇女。

"我和大多数家庭妇女一样，先为人女，继为人妻，再为人母，忙乱于箕帚之事，劳碌于锅碗之间。可是，有一种身份，大家忘了；有一种角色，大家忘了；有一种责任，大家忘了：我们是中国人！

“说实话，咱们的国家还很穷，穷得无暇顾及她的子民；咱们的国家还很弱，弱得无力抗争外敌的入侵。但是，俗话说，子不嫌母丑，狗不嫌家贫。再穷，也是我们的家园，再弱，也是我们的国家！我们决不允许外敌在我们的国土上杀人放火，奸淫掳掠。正因为家穷，才需要大家都拾一把柴；正因为国弱，才需要大家都出一把力。

“乡亲们，别畏惧，别退缩，别犹豫，别逃避，拿起武器，采取一切可以采取的手段，把日本鬼子消灭干净，消灭干净！

“任何一处能够消灭鬼子的地方，都是我们的战场；任何一种能够消灭鬼子的器具，都是我们的武器；任何一个能够消灭鬼子的方法，都是我们的战术；任何一位有心消灭鬼子的人，都是我们的朋友。

“朋友们，让我们团结起来，看准日本鬼子的脑门，杀！杀！杀！”

“杀！杀！杀！”众人情不自禁地跟着高喊。

张家大院瞬间成为群情激奋的会场。

散场后，众人久久不愿离去。崔永法不待众人离开，就把胡家琪拉到东屋，结结巴巴，语无伦次：

“胡队长，我……我，其实，我……警备队……就是……我……”

“崔队长，阳城县警备队木川小队的副队长。我们认识你。”

“报告胡队长，那是以前的崔永法，我现在请求参加你们游击队。”崔永法行了个军礼。

“崔队长，这可不行。你属于特殊情况。”

“我不特殊，我没有杀过中国人。”正说着，张承富拉着白秀英的手，回到东屋，崔永法像是抓到了一根救命的稻草，他用热切的目光盯着张承富，“大哥，帮个忙，我要参加游击队。”

“崔队长，你还需要返回警备队……”胡家琪对崔永法面授机宜。

第三十二章　考　验

一冬无雪，朔风横吹，天空中弥漫着干旱的讯息。开年二月，滴水未降，地里返青的麦苗已渐渐泛黄。张锡祚低头看着龟裂的土地，焦急地仰望长天："老天爷，这不要人命吗？"然而，西北风鼓着漫天黄尘，了无怜悯地涤荡着人世间最后几丝水汽。

"旱坏了——唉——"回到家的张锡祚尚在长吁短叹。

"爸，"白秀英掀帘进来，"我进城里住段时间，家里有事就捎信给我。"

"行行行，到城里可要小心，到处都是日本人，畜生！"

"我知道，不行就回来。"

张承富终于把白秀英接到了城里。为了安全，白秀英每天窝在藕香斋的厨房院，有时还到厨房里帮衬帮衬，没事就在屋里做些针线活。当得知张太太来到城里后，崔永法他们来得更勤了。白秀英俨然成了他们的义务教员，教他们识字，给他们讲故事，诸如《岳母刺字》、《王佐断臂》、《文天祥就义》等故事，让他们听得嘘唏不已。

凌小称是新发展的交通员，他每天往藕香斋送醋，有时一桶，有时半桶。这天，他在清林沟折了一枝桃花，送给白秀英。白秀英高兴地接过桃花，正私下里找东西插花呢，张承富急匆匆跑进来："快，替我到吧台看一会儿，我去去就来。"

刚才特工队一个小便衣跑来说，寇队长要杀姨太太。张承富不敢怠慢，赶紧跑了过去。

郑红倒在地上，已哭成泪人。寇家宝坐在方椅上，眼睛里喷射着腾腾的杀气。

"你怎么不去死？"寇家宝还在火头上，他恶毒地质问泣不成声的郑红。

"我想死……就是……舍不得孩子……"

"你他妈——唉——岛田这王八蛋……"寇家宝再次从腰间掏出手枪，但枪口迷离地对着窗外。

"大哥，你先消消气。小弟有些话不知当讲不当讲。"

"你说吧。"

"大哥，你想没想到大妹子也是受害人？你感觉受了侮辱，可是大妹子也同样受了侮辱啊。日本人几时把咱当人看？去年在苏村，木川他们对着崔永法他们的面强暴女人。在他们眼里，我们连狗都不如。你今天逼死了大妹子，岛田他们会良心发现？会不好意思？会感觉羞愧？不会。"

"张经理，找人把她送回娘家吧。"

“也好。”

张承富雇了头驴，让郑红装扮成跟班，驴背上驮着两只大筐篮，一边是行装，一边是孩子。到了黄泉沟，又让郑红骑了驴，抱着孩子，一直把她母子俩送到官道她娘家。当他返回时，已日薄西山。

白秀英不在吧台，张承富叫了一声没人应，赶紧到厨房院。

他们的房间里，白秀英面无血色，衣衫破碎，浑身发抖，蜷缩在床头；木川赤裸着上身，裤子已脱到膝盖，倒在地上，一动不动；靳满仓尚在喘着粗气，火杵还握在手里。张承富弯腰试了试，木川已没有呼吸。

张承富没有迟疑，他和靳满仓把木川抬起来，扔进厨房院后的茅坑里，让靳满仓返回厨房“就当什么事都没发生”，随即又叫来崔永法，“拿一套你们的制服，让你嫂子混到你们的队列里，马上送她出城，一直要送到家。快，再迟了城门就关了。”

崔永法把白秀英送走后，张承富到厨房里盛来半碗剩饭，又取来一瓶酒，和剩饭和到一起，用手抓成糊状，再甩到茅坑口，做成喷吐的样子。一切安排就绪，他气喘吁吁地跑到寇家大院，向寇家宝报告：

“木川队长掉茅坑里淹死了。”

寇家宝急忙来到藕香斋，上上下下巡视了一番，没发现什么异常。他进到厨房，拿火杵在炉膛里捅了一阵儿，然后才向坂本报告。

木川的离奇溺亡，惊动了县城。日军洪部头子坂本和驻阳日军大队长岛田相继来到现场查看。

两个大厨六个伙计共八个人，在大厅里整齐地站成一排。坂本像一台大功率扫描仪，在八个人面前来回扫描，他的眼睛在每一次扫描过程中，仿佛能侦探到每一个心跳。他走到靳满仓面前，顿了一下，猛地攥住刀鞘，把军刀抽出了半截，逼近靳满仓的脖子："你的良心的大大的坏了的干活。"

冷汗犹如打开了阀门的喷头，顺着靳满仓的脑袋四溢而出。岛田也随即抽出军刀，压在靳满仓的脖子上号叫。张承富听不懂日本话，他求救似地拽拽寇家宝的衣角。寇家宝上前一步，以稍微平和的口吻劝告靳厨师："靳师傅，只要你说实话，皇军是不会为难你的。"

"我正在灶台边炒菜，看见一个人光着上身跌跌撞撞过后面去了，我没在意。后来才发现——他跌茅了。"

审问了一阵儿，没什么新发现。坂本责成张承富，把木川捞上来，洗洗，火化。

一场风波即将过去。张承富长出一口气，自己沏了一壶茶，惬意地呷一口，然后把右手放在胸口上轻轻抚摸着，似乎在感受大海退潮后的平静。

突然，上午曾来叫他的小便衣又来叫他，"我们队长有请"。

这次没上楼，而是直接进到一楼。

寇家宝指着一张一端固定在木柱上的条凳，让张承富坐下。后者一落座，马上上来几个便衣把他捆到柱子上，脚后跟下面也随即垫了一截木墩。一段绳子搭在他的膝盖上，绳子下面吊着一块木板。

寇家宝阴阳怪气地坐在一旁的椅子上，精心修剪着自己的手指甲。

“寇队长，这是什么意思？”被缚者似乎还蒙在鼓里。

“张经理，这条板凳，现在应该叫老虎凳。这是日军洪部里最仁慈的刑具。既然想和日本人要花招，那就必须经得起这些刑具的考验。否则，你身边的人都要跟着你送命。来呀，伺候张经理。”

膝盖下吊着的木板上有人很快加上了一层砖，张承富咬着牙，憋着气，脸涨得通红，仿佛就要背过气去。

“张经理，木川是怎么死的？”

“寇队长，刚才日本人不是审问过了吗？是他自己喝多了跌茅死的。”

“再加一层。”极其柔美的声音。

“哎哟——哎哟——”张承富大张着嘴，已无法说话。

“再加一层。”

“啊——”汗水迅速浸透了他的衬衫，他的呼吸已变得有些艰难。

“张经理，再加一层你就残废了。现在记得木川是怎么死的了吗？”

“他……自己……跌——哦——”激烈的疼痛打断了张承富的表达，他昏了过去。

当他醒过来时，他已坐在寇家的二楼。

寇家宝屏退了其他人，给他沏了一杯茶，让他坐在西边的方椅上。一盏马灯放在方桌的正中。寇家宝把头靠过来，在灯光的映照下，他脸色红润，充满慈善，而且语气也与表情非常吻合。他压低声音向张承富提出质疑：

“张经理，木川是一个军人。尽管驻在县城里的军人可以寻欢作乐，但在军营里，绝对不可。木川不可能赤裸着上身来藕香斋消费，可是，他赤裸着上身死在茅坑里。张经理，他的上衣呢？你的现场布置得很好，尤其是那堆酒和的饭，极像呕吐的污秽，这一手，蒙住了所有的日本人，可是，你们还是露出了破绽。”

寇家宝在自己的上衣口袋里掏出了几枚纽扣，“哗啦啦”地摊到桌上，“衣服能烧，但是军扣是铜的。如果坂本从木川的上衣查起，你我现在恐怕早已人头落地了。

“来人，把张经理扶回去。”

第三十三章　一剿天仙妙道

深夜，大宁村心一眼阴暗的窑洞里，四个脑袋围聚在昏暗的油灯下。徐毅指着一个陌生的面孔对另外两个说，这是新来的阳北县委书记陆达同志，又指着两个人对陆达介绍说，这位是芦河游击队队长胡家琪同志，这位是副队长栗顺兴同志。现在请陆达同志传达上级指示精神。

“同志们，徐毅同志另有重任，从现在开始，我就是中共阳北县委书记，现在，我先作人事任命，任命胡家琪同志为阳北一区区分委书记，任命栗顺兴同志为阳北县人民武装委员会军事部部长。芦河游击队队长一职，你们现在推荐一位。”

“那就只能是三弟了。”栗顺兴看看胡家琪，先举荐了一位。

“谁是三弟？”陆达没听懂。

“就是他三弟，胡家斌，那可真是一位有勇有谋的干将。”徐毅对胡家斌的赞美之情溢于言表。

“那好，就这么定了。”陆达表情凝重，“同志们，咱阳北根据地自成立以来，在同志们的共同努力下，势力日益壮大，地盘也越来越广。眼下最紧迫的任务是彻底肃清根据地内的天仙妙道。天仙妙道原来本是一个枪会组织，他们自称黄枪会。其实也不过是利用封建迷信来愚弄民众的小把戏，因为旱灾严重，大部分信众为了糊口而加入了枪会。后来投机分子披上道法的外衣，说什么练成道法后能够刀枪不入等，慢慢控制了枪会。日军占领阳城后，开始利诱各地的枪会组织。这帮匪徒投靠了日本强盗之后，为虎作伥，穷凶极恶，公开与人民为敌，屠杀我抗日干部，袭击我抗日武装。去年夏天杀害了程廷章等三位同志，去年冬天，又包围了下伏村，直接造成我县大队五位同志的牺牲。不消灭这帮匪徒，根据地的安全形势将异常严峻。

“所以，我们要迅速剿灭这帮匪徒。县委决定，这一任务由芦河游击队负责完成。你们有什么意见？”

“支持县委的决定。”胡栗二人异口同声。

“好。散会。”

初春的正午，太阳依旧喷吐着令人绝望的光芒。自去年秋天以来，玩忽职守的老天爷已经未降一滴雨了，田地里旱情直接反映在每一个人的脸上。蒿峪村的街道上，也和其他村一样，一个人影也没有。胡家斌带着老铁闯进胡国昌的大院，直奔堂屋。

胡国昌正在太师椅上犯迷糊，二人的到来吓了他一跳：“你们……”

“胡会长，不认识我了？”胡家斌闪身让带着孩子的老太太出去，但眼睛死死盯着脑满肠肥的日伪维持会会长。

“认识认识认识，胡氏三雄，大名鼎鼎，你是三爷，认识认识认识。请坐请坐请坐。”胡国昌恭谨得俨然酒店小二。

“前些日子，抗日政府镇压了芹池村的王鸿儒还有西沟村张里保、王兴财，胡会长要是活得不耐烦，我们就成全成全你。”

“天理良心，我是支持抗日政府的，全力支持的，全力支持的。”

“听说你和西岭枪会走得很近，大事小事沾了不少光，是吧？”

“道听途说道听途说道听途说，胡某身不由己，但也知道坚守底线。”

“底线？说来听听。”

“不做日本人的帮凶，实在不行虚与委蛇。”

“可是对天仙妙道怎么就如此卖命？”

“误会误会误会，三爷误会了。三爷有所不知，西岭枪会那帮人比日本人还凶残，日本人来蒿峪，就是逼要粮食，而西岭枪会来到我门上，那是什么都要。今年过年的时候，他们来到我家，除要粮食不说，还要八路的情报，说是定要三个月内捉拿司法科长崔佑。三爷你听听，我去哪里给他们找崔佑？”

“胡会长，这可是一条假情报。县委司法科的崔科长经常在这一带活动，昨天还在义城，今天说要到后刘腰。他们要找，早就找到了，架得住把任务下到你头上？哈哈哈哈，笑话。”

“那就好那就好那就好，我这不是为咱自己人担心嘛？”胡国昌的脸上绽放出难以掩盖的奸笑。

“胡会长，我今天的来意就是让你留意西岭枪会的消息。你看着办。”

“理当效命理当效命理当效命。”

“告辞。”

“三爷慢走三爷慢走三爷慢走，有空但来无妨。”

返回河口铺不久，凌小称就送来了张承富的情报：明天凌晨枪会袭击后刘腰。

“胡国昌，你这个老狐狸，以后再收拾你。”

胡家斌不敢怠慢，火速派人通知县大队并亲自把自己的行动计划向县委汇报。

这天傍晚，润城西岭土地庙的拜殿下传出一声高叫，“首领有令，这顿吃饱，明早没饭，捉住崔佑明儿晌午吃汆汤。”庙宇不大，除正殿外，其他厢房里厢房外都是人。这些人有的拄着矛，有的背后插着刀，有的则背着枪。枪有二十来支，刀有五十来把，其余的都是长矛。而此时的正殿里，两个人正就着油灯抽大烟。

烟瘾过后，其中一个像是在自言自语：“今儿这么大动静，也不知道这信准不准？”

“今儿这信八成准。老寇那头听说还调动了东进的老贾，再加上胡会长捎来的口信，这信八成准。”接腔的叫姬德锁，西岭枪会天仙妙道大头领。和他对话的是二头领蔡天成。

“这姓崔的到底跟老寇有什么过节，光咱就出动了四五次，冤死鬼也杀了二十多。”

“死多少人都白搭，必须抓住姓崔的老寇才给兑现。老天爷，五十条枪哪。这姓崔的简直太值钱了。”

“听说阳北县大队就在那一带活动，咱这一趟风险不小啊。”

“我已经派人和刘利联系了，让这小子打头阵。准了，咱跟上去活捉姓崔的；不准，咱赶紧撤。反正不能叫咱亏了本。”

“大哥高见。”

半夜里，这支三百多人的队伍悄无声息地靠近了王山。前去接头的在山坡上“啪啪啪”敲了几声石头，王山庄里迅速跑出来两个人。王山是个仅有六七户人家的小山庄，山庄下有股清泉终年汩汩淌水。王山人就靠这眼泉水繁衍生息。姬德锁让大队人马到山沟里隐蔽待命，自己带着蔡天成来到刘利的老巢。

“这里安全吧？”蔡天成进到刘利屋里的第一句话。

“这一片都没问题，家家户户都有咱的人。”刘利向来人保证，他端来酒菜，“从这里出发，翻过方山就到，少说也还有两个时辰。给大哥略备薄酒，打打牙祭。”

“也好。”姬德锁看看蔡天成，“咱们恭敬不如从命，强龙不压地头蛇嘛。”

刘利摆好碗筷，自觉在东边的椅子上落座；“大哥这话就生分了，在大哥面前，哪有地头蛇？小弟充其量是条油蚓虫。”

“不然不然。今儿我哥俩就是来为小弟抬轿的。你想，要是把这一带的共产党、土八路一扫而光，还不是老弟的地盘？称王称霸的还不是老弟你？哈哈哈哈。不是这个理？”

“来，为刘头领旗开得胜，干杯。”蔡天成举起酒杯先干为敬。

时辰到，刘利的一百多号人马在前，姬德锁的三百多人在后。一彪军马人衔枚马裹蹄浩浩荡荡向后刘腰杀去。

“再不来，老子就冻死了。”老王圪堆埋伏阵地上，老铁的牙齿咯咯作响。

“让你穿厚点儿，你还嫌麻烦。”胡家珷的眼睛眨也不眨地盯着前方。

“所有的家当全穿上了，今天要是打了胜仗，我先下手找件衣服。”

“来了——”前哨压着嗓门高喊。

“注意隐蔽！准备战斗！”胡家珷看看左右，继续盯着前方。

黑压压一片人从方山上冲下来，看那阵势，似乎是来抢媳妇的。

近了，更近了，敌人手中的兵器都能看清楚了。

“放过前面的长矛和大刀，瞄准后面端枪的！”胡家珷轻声下令。

“打！”胡家珷率先开枪射击。

突如其来的枪声把冲在最前面的长矛吓蒙了，他们竟然直挺挺地站在地上，既不向前，又不后退，也不卧倒，似乎在等待着死神的召唤。跟在他们后面的长枪队尽管已有十几个中弹倒地，但他们仍然在号叫着让前面的长矛大刀往前冲。

就在这时，崦山方面传来呐喊声，又有一股匪徒扯着嗓门，咆哮着向后刘腰村包围过来。从方山方面冲下来的匪徒见状，顿时似注射了鸡血般疯狂地向老王圪堆冲上来。

“先消灭敌人的长枪队。冲啊——”胡家斌端着枪，如猛虎般冲向敌人。游击队员一边冲锋一边瞄准射击。敌人又倒下一片。与此同时，县大队在猛烈的冲锋中把敌人拦腰斩断，西段的长矛大刀纷纷举手投降，东段的敌人见势不妙，撒腿就跑。

游击队马上改变方向，向从崦山方面冲来的敌人发起了反冲锋。在密集的枪弹的射击下，这股敌人调转方向逃跑了。

游击队和县大队迅速形成包围圈，把四十多个没来得及逃走的长矛大刀全部俘虏。

从设计到计划，从计划到埋伏，实指望全歼天仙妙道的游击队，差点被天仙妙道包了饺子。率队保护县委安全的栗顺兴听完参战队员的叙述后，惊得耳朵都冒烟了。他一口气从南树跑到后刘腰，把胡家斌紧紧抱在怀里：“老弟，你太神了！不到七十杆枪竟然打跑了五百多人，而且还活捉了四十多人，其中包括王山匪首刘利。你太神了。”

“神什么？让姬德锁跑了。”胡家斌很不开心。

不过，有开心的。老铁拿自己的破棉袄和一个俘虏换了一件新棉袄，他还振振有词地教训俘虏：“穿这么好的衣裳不打鬼子，把衣裳都亏了。”

第三十四章　胡家珷的算盘

老王圪堆的胜利，反而给胡家珷带了一顶愁帽。缴获的二十来支枪全归县大队，大队长任开宪的解释让胡家珷哑口无言，县大队担负着县委一班人的安全，现在必须保证县大队的充足装备。不过任队长也算大度，四十几个俘虏，需要回家的已打发回家，愿留下来的二十几个人统统归游击队。

“一支枪没给，反倒一下子给了我二十多双需要枪的手。”

他和副队长张旭东商量后决定近期的主要任务：弄枪。

对胡家珷的造访张承富很是担心：

“别往城里跑了，咱不是有凌小称吗？有事捎个信，你别动不动就往城里跑。城里的密探、暗探、特工、便衣多得都能把人挤死，你来趁什么热闹？快说，有什么事？”

“我想和崔队长商量点事。”

胡家珷的轻描淡写更是引得总经理肝火上升：

“你以为他是你的店小二啊！人家是日本人手下的警备队一中

队队长，时刻得听从日本人的调遣。白天不行，这不是天旱嘛，前来应征参加警备队的天天有，城里的粮食也不够支撑了，这几天连续出动抢粮，要回来也不知到什么时候了。你回吧，快走快走，有什么事我和他商量。”

“你能办成？”胡家斌笑眯眯地看着张经理。

“只要你能办成的事，我肯定能办成。你说吧，说完快走。”

“给我弄几十支枪。”这句话，音量估计不到一分贝，却惊得张经理跌坐到椅子上。

“老天爷，你的胃口也太大了，你以为日本人是你孙子啊。他不是悄悄给你弄了五百发子弹吗？就这还是他们几个今天弄五发、明天弄三发，一天天地凑来的。”

“张经理，你是真不明白还是装糊涂？打仗时，一个人带枪，其余的人怀里揣着子弹到一旁看？有用？我现在急需枪。”

“三弟，哥明白了，保证完成任务。你知道自己的身份吗？你是芦河游击队队长，不是穿没裆裤的小娃！在日本人眼里，你就是一盘唐僧肉。行了，快走！”

送走了胡家斌，张承富解开衣襟，在腋下、脖子后、耳朵后、脑门上好一阵擦拭，边擦边自顾自地叨叨：“一般人胆大是吃了豹子胆，这小祖宗八成是吃了东海龙王的胆。”

三天后，前哨报告，一队日伪军从茹家庄北坡下来。

“多少人？”胡家斌跑到哨位，急切地问。

“还看不清，大概有二百多吧？”

“敌人多半是来抢粮的。多点袭扰，不能让敌人的行动得逞；瞄准射击，夺取武器。”胡家斌告诫队员。

一百多个伪军在三十来个鬼子的督率下，直扑义城村。

“往下压，尽量不让百姓遭殃。”埋伏在义城北圪梁的游击队得令后，渐渐从圪梁上压下来，靠近了义城。

不料敌人在义城村无甚收获，从义城村转出来，继续向花沟方向进犯。跑得快的游击队员顿时暴露在敌人面前。

战斗被迫提前打响。花沟两侧顿时响起“砰砰啪啪”的枪声。敌人队伍前面的伪军毫无抵抗，在丢下两三具尸体后慌忙后撤。伪军的溃退影响了敌人的士气，后面的日军也跟着伪军逃跑。游击队一路追击，直到把敌人赶过芦苇河。

“这群狗日，就是来比赛跑路的。”缴获了三支枪，胡家斌很不满意。他让附近山头的哨兵加强监视，防止敌人的报复行动。

中午，胡家斌闷闷不乐地躺在河神庙的大炕上，副队长张旭东问道：

“胡队长，咱打了胜仗怎么不高兴？”

“这叫什么胜仗？弄了三支枪。”

“三支枪固然不算什么？可是咱们打跑了敌人。”

“旭东，打跑了小日本能算什么胜仗？我们必须把小日本打死，打光，把所有对咱有侵略野心的小日本全部消灭。可是，咱们没有枪。没有枪，就是没牙的老虎，送到口边的肉都吃不了。眼睁睁看着小鬼子跑了，这能叫胜仗？”

“队长，你看谁来了？”老铁兴高采烈地跑进来。

是缑老六。

“缑大哥！”胡家斌扑在来人怀里，眼泪扑簌簌地滴落在来人的衣袖上。

所有在场的游击队员都惊诧于自己队长的表现，这位日常雷厉风行的钢铁汉子，今天突然像小孩似的。缑老六急忙给怀里的队长打圆场：“我老弟在紫砂腰时，我待他总是有酒有肉，今天我来找他，他别说酒肉，恐怕连一口饭都没有，所以，只能用眼泪招待了。大伙别见笑，别见笑。”

“哈哈哈哈……”大伙全乐了。

眼里噙满泪水的胡家斌，右手拉着缑老六的手，举起左手让众人静一静：

“同志们，弟兄们，去年离开缑大哥后，总对大哥不放心，越是不放心，就越揪心，老想着有机会去看看大哥，可是，总也没机会，今天突然见到大哥，确实有点控制不住。”

“这感情，木头人都控制不住。”老铁搭话道。

“对，弟兄们的感情哪能控制住？”大受感染的张旭东情不自禁地鼓起掌来。

见胡家斌稍微平静了下来，缑老六转身把他身后的陌生人介绍给他：

“这位可比你哥强多了。张明科张连长，98 军 227 团工兵连连长……”

“国民党？”有人插嘴问道。

“哎？国民党怎么了？国家灭亡了，是共产党脸上有光气，还是国民党脸上有光气？告诉你，国家灭亡了，只要是中国人，脸上都没光气，就连我这土匪，也觉得没光气！弟兄们，你们说对不对？”

“对！”缑老六不愧为土匪头子，说话还挺有鼓动性。三句话就把众人给镇住了。

“张连长说得好，咱们各自为政，很容易被鬼子一口一口吃掉，必须联合起来，形成集团力量，这样才能打败小鬼子。弟子们，你们说对不对？”

“对！”

“所以，我就把张连长给带来了，而且把我的人马也带来了。弟兄们欢迎吗？”

“欢迎！”

胡家斌紧紧握着张连长的手：“张连长，欢迎你们哪！你的部队呢？”

“老弟，你也太心急了。我和张连长走这么远的路，你不该先给倒碗水？”

“哦，不好意思。走，咱走着说。”

胡家斌对张旭东吩咐了几句，把缑张二人带到了潘小巧家里。

“快给客人倒水。”一进门，胡家斌赶紧跟主妇打招呼。

潘小巧把水杯放在二人面前的桌上，提着水壶刚要倒，突然愣住了。她饱饱地盯了缑老六一眼，倒吸一口气：“你是……”

“哦，张家少奶奶好，我就是当年那个土匪。”

“哼！”潘小巧只给张连长倒了一杯，把缑老六和空杯晾在一边，气嘟嘟地坐到了床边。

缑老六知趣地自己提起水壶给自己倒了一杯，走到潘小巧跟前打趣道：

“少奶奶，你忘了？有些事你是承当过的。所以我今天算是来到自己人家里了。”

“土匪，还不都是因为你？”

“少奶奶，话不能这么说，有些事，可和我这土匪一点儿关系没有啊。”他用目光扫了扫床上熟睡的孩子。

潘小巧顿时羞得脸色绯红：“去你的。土匪。”她瞥了一眼身边的胡家斌，“你们许是要说正事了，我到大嫂家坐坐，你们说吧。”

“不，赶紧做饭吧。”

“少奶奶，我说到自己人家了吧？”缑老六冲主妇扮了个鬼脸。

“土匪，没你的饭。”

“少奶奶，喝你一口汤总行吧？我这土匪落难了，到你家门上讨口汤喝。”

“张连长，你现在有多少人马？”

张明科“啪”地站起来，挺胸抬头：“报告胡队长，我连现有两个普通排、一个加强排，再加一个炊事班，共计一百八十八人。”

“哦，哦。”胡家斌惊得半天反应不上来。

缑老六赶紧搭话说：“老弟，你不知道，人家张连长可是个工兵连，工兵连你知道吗？哦，反正会造炸药，会造地雷，会架桥……会造乱七八糟打仗用的东西。他那个加强排也是七拼八凑凑起来的，里面有军医，有卫生兵，有通讯兵，这么说吧，你小子发财了。我们今天来，就是来打前站的，人马未动，粮草先行嘛。这里安排好了，我们回去就动身。”

“好，张连长，大哥，你们回去搬兵吧。先驻五里庙。我现在就去给你们准备给养。”

“那好，我们就告辞了。”缑老六起身要走。

“土匪，吃了饭再走。马上就成了。”

缑老六和胡家斌相视而笑，三人重新入座。

送走了客人，胡家斌又进到堂屋，他开门见山，说明了来意。不料张老财毫不买账，对胡家斌的要求火冒三丈：

“没有！没有！没有！你们干脆派日本人来把我一家杀了算了。不知杀日本人的本事怎么样，吃饭的本事一点没说的，三天两头来要粮。给了你们，我这一大家喝西北风？没有！”

张老财的咆哮声，惊动了东南西屋的三个儿媳，她们先后进来察看究竟。潘小巧怀里抱着儿子，理直气壮地要求公公，“爸，你慢点说，看把娃都惊醒了。”

嘴上跟公公说话，眼睛却盯着胡家斌，他的眼里已经冒出冲天火光，然而潘小巧怀里的儿子正试图睁开惺忪的睡眼，打量眼前这位陌生人。潘小巧这招简直是最有效的消防手段，胡家斌无奈地坐在椅子上不时地挠着头皮，任凭张老财不留情面地斥责：

“胡老三，听说你们是共产党游击队，你们共产党游击队就是只顾自己有饭吃，不管百姓死活？今年旱成这样，你们就没先问问我家有没有粮吃，有没有饭吃？”

胡家斌抬头看看潘小巧怀里的孩子，接着低头挠着头皮……

“爸，你别说了。”白秀英说着，到炕边扶起婆婆，“妈，你别听这些闲淡事，你去老二家坐会儿。”她让二弟媳妇把婆婆搀扶走，又把胡家斌从椅子上拉起来，“你去老三家坐坐，小巧，你回，我和爸说说。”

支走了家人，白秀英又扶着张老财坐下，给公公沏了一杯茶，恭恭敬敬递过去：

“爸，打不打日本人，和咱家有什么关系？”

“说的是啊。”

“他们有没有饭吃，和咱家有什么关系？”

“说的是啊。”

“咱家大的大、小的小，已经够你操心的了。”

“说的是啊。”张锡祚对儿媳这番话似乎很是受用，他不住地点头赞许。

“爸，你怎么就不管承富死活？”

“说的——嗯？”张锡祚被这句问话卡住了，他的喝茶动作定格在茶杯离嘴一寸远的地方。愣了一阵儿，他回过神来，向儿媳投去不解的一瞥。这一瞥更令他惊愕不已：白秀英泥塑蜡雕般坐在椅子上一动不动，但泪水宛然两股峭壁上的清泉汩汩垂落。

张锡祚一下子慌了，他忙站起来，走到白秀英面前，弯下腰，茫然无措地问：

“承富不是在城里给老寇当经理吗？他……他……怎么了？”

“爸，承富表面上是给人当经理，暗地里在给游击队搜集情报。”

“啊？”张锡祚的脸霎时变得蜡黄蜡黄，豆大的汗珠硬生生从皱巴巴的脑门上冒出来，“那还不赶紧让他回来？”

“爸，他被寇家宝扣押了，咱全家人就是寇家宝要挟承富的人质。为了咱全家人的安全，他不得不硬着头皮给寇家宝当经理。如果日本人在阳城盘踞一天，寇家宝就要在阳城作威作福横行霸道一天，而咱承富也就必须冒一天的生命危险。只有早点把日本人赶出去，咱承富才能早一天脱离危险。

“爸，你怎么忍心让承富提着脑袋在城里给人当经理？我不想失去我的第二个男人。”

“这孩子……哎，胡老三！”张锡祚撑起门帘，急不可耐地叫胡家珷进来。

胡家珷把张明科投靠之事汇报了县委，栗顺兴下午便急匆匆赶来：

“应该让他们投奔县大队，人家毕竟是正规军，到了县大队更有用武之地。”

“栗部长，我知道。人家带着一二百号人来投靠咱，这究竟是谁投靠谁，我心里清楚。不过，人还没来。请放心，我会把人送到县大队的。”

“你小子，又要什么花招吧？”栗顺兴用食指点点胡家斌的头。

“部长，再见。”胡家斌转身跑了。

天下大旱，小麦绝收。县城的鬼子疯狂地外出抢粮。张明科的人马没等几天就等来了机会：一对日伪军押着二百多个民夫，稀稀拉拉扯出近一里长的队伍，穿过柳沟，向五龙沟方向而来。

一百多伪军在前，二百多民夫在中间，三十多个日军殿后。

“怎么办？咱们吃不了这么多。”张明科征求胡家斌的意见。

“大哥，最好全部吃下。小弟需要这些枪。”

“胡队长，这么长的队伍，要想全部吃下，至少也得一千人。”

“那怎么办？放过去？”

“延长警戒线，沿途跟进，寻机歼敌。”

“好。”

敌人从五龙沟、张沟、永安一路抢掠，中午上到张山，午饭后，似乎要从曹沟方向返回。

游击队同时在三道山梁上埋下伏兵。

未时许，敌人前队进入伏击区。

中间的民夫有的牵着抢来的牛，有的牵着抢来的驴，有的扛着抢来的粮，单单这部分人马就拉够一里多，更别说前面的伪军和后面的日军了。

前面的伪军一百多支枪，可是，尽是些中国人；后面是小日本，可仅有三十支枪。

“消灭小日本！”胡家斌终于做出决定。

“打”当鬼子进入伏击区时，胡家斌大喊一声。二百多支枪同时开火，鬼子没反应过来，战斗就结束了。战斗打响时，前面的伪军已经下到了焦庄，他们听到枪声，哪里顾得上往后看，一个个狼奔豕突，撒腿就往茹家庄方面跑。而临时抓来的民夫被突如其来的枪声吓得魂飞魄散，扔掉东西夺路而逃。

三十七支枪，其中有一支是手枪。张明科把战利品全部交给胡家斌：“胡队长，手枪你也留着吧，这是一把勃朗宁手枪，还不错，只是仅有四发子弹，先留着吧，等将来有子弹了再用。”

“张大哥，谢谢你们的帮助。县委决定让你们加入我们的县大队。咱们现在就走。”

“胡队长，咱们这次交道很不简单，你是个很了不起的指挥员。这样吧，来的时候，我们还带了两箱地雷，我再给你留下一个班的工兵，让他们教你们自制炸药和使用地雷。”

“那可太好了。谢谢，谢谢。”

“胡队长，咱们已是一家人，谢什么？席文龙！”

“到！”随着应答声，一个非常精干的小伙子跑过来。

张明科拍着小伙子的肩膀，难舍地叮嘱道：“以后你们班就跟着胡队长，先教他们使用地雷，再教他们制造炸药。这些东西，现在正需要。”

“是！连长。”

“缑大哥，再见。”张明科挥手告别。

“连长老弟再见，希望你早日升到军长。”

第三十五章　白沟大追击

芦河游击队再度扩编，由原来的两个小队分为三个小队，第一小队由马国瑞任队长，第二小队由老铁任队长，第三小队由缑老六任队长。随着人员的增加，游击队士气大涨，美中不足的是枪支还不够人手一支，子弹也是人均数发。为了提高杀敌本领，队伍掀起了练兵热潮。三个小队长各想各的招，各生各的法。席文龙等人很是吃香，三个小队里轮番指导，既教射击，又交埋地雷；既教刺杀，又教爆破。

这天上午，席文龙一行又来到老铁小队指导。补全和加仁卧在地上，他们前面的地上支着一支枪，二人轮流校正瞄准的精度。

“不是说三点一线吗？你看你瞄的第三点是什么？”补全似乎对加仁的瞄准点不满意。

“我瞄的是靶心，你看不见？正正的正对靶心。”加仁不服气，对补全的批评进行反驳。

“正对个屁？照着你瞄的方向冲过去，就到了靶边了。”

"哪里是靶边？冲过去不是靶心？"

二人互不服输，你滚过来瞄瞄，我滚过去瞄瞄，互不相让，争得面红耳赤。就在这时，席文龙来到二人的瞄准点："来我看看。"

二人向两边翻个身，席文龙爬下去瞄了瞄，问："这是谁瞄的？"

"他瞄的。"补全指指加仁。

"哦，是我瞄的。"加仁充满自信。

"打一枪试试，确定一下。"席文龙站起来，把位置让给加仁。

"哪敢开枪？随便开枪，老铁敢剥了我的皮。"

"没事，开吧。"席文龙给加仁壮胆，"就说是我让开的枪。"

"那太好了，一直想干一枪，队长不允许。"加仁说着，瞄准，射击。

"走，咱都到靶跟前验证一下。"席文龙说着朝靶跑过去，等到二人也跑到靶跟前，他指着靶说，"你们看，这是靶心，"他盯着加仁，"你还记得你瞄的那个点吗？把你刚才瞄的那个点往下移一点，就打准了。走返回去，再来一枪。"

"老天爷，还敢开啊？我总共就六发子弹，还敢开啊？"加仁惊叫起来。

"敢开。走。"

三人来回跑了三趟，加仁开了两枪，补全开了一枪。当补全正要开第二枪时，老铁气喘吁吁地跑过来，一把夺走补全手里的枪，厉声质问："谁叫你开枪的？你有多少子弹？"

"铁队长，是我让他们开的枪。"席文龙赶紧为二人开脱。

“你让开的枪？你算老几？你有什么权力在我的人马跟前发号施令？”

“铁队长，这是作战需要。”席文龙面对咆哮的老铁，涨红了脸。

“这哪里是作战？面对一个假人去浪费子弹，小日本真要来了，打什么？你别在我这里指手画脚。”

“铁队长，请你冷静些。这正是作战需要。”

“你爬得远远的。就凭你们中央军的节节败退，有资格在老子跟前指手画脚？”

“铁队长，你不能侮辱人。”席文龙也火了，他上前一步，鼻尖几乎触到了老铁的脸。

“你爬过。”老铁狠狠推了席文龙一把。不料席文龙在趔趄着后退时，给了老铁一个扫堂腿，把老铁踢翻在地。

二人顿时厮打成一团……

当晚，龙王头庙里，游击队员席地而坐。正殿的外墙上挂着一盏马灯，头上包着绷带的席文龙格外显眼。张明科和胡家斌站在马灯下，张明科正在给队员讲话：

“……

“中央军里也不乏铮铮铁骨的中国军人，像张灵甫将军、陈长捷将军、郝梦龄、赵登禹、张自忠、戴安谰将军，当然，还有我们的武士敏将军，这些人，个个都是中国男人的骄傲！面对日寇，他们个个身先士卒，英勇顽强，视国土如自己的生命，他们没有为中国军人丢脸！为了抗击日寇，短短四年间，国军就有三百多万将士为国捐躯。可是，尽管如此，国军还是节节败退。为什么？这是为什么？其中一个原因就是队伍不够团结，步调不够统一。今天，我们成了一家人，弟兄们，难道让我们也因为不团结而丧失战斗力？

“战场上，在敌我双方间相互穿飞的，是要命的子弹。决定战争胜负的，就是这些子弹的精准度。作战固然需要士气，但射击的精准度同样重要。如果我们人人都有一枪毙命的把握，最后取得胜利的，肯定是我们。为了增加一枪毙命的把握，我们平时就必须真枪实弹地训练而不能简单地摆摆样子。假如我们每人有十颗子弹，为了提高射击精度而浪费了九颗子弹，剩下那一颗到战场上一枪撂倒一个鬼子，咱们九十个人每人一枪就能放倒一个小队的鬼子。弟兄们，这要比我们每人开十枪也没有打死一个鬼子强得多！

“弟兄们，只有平时像打仗一样训练，才能减小我们取得胜利的成本。

“下面请胡队长讲话。”

“同志们，弟兄们，我今天特意把张连长请来给大家讲道理，就是为了让大家明白训练的目的。今天上午犯错误的同志现在上来给大家表个态。”

满含愧色的老铁站起来，走到席文龙跟前，深深鞠了个躬，然后拉着后者的手，不好意思地说：“老弟，哥对不起你。哥给你赔不是了。”

“老铁哥，弟兄们之间打个架有甚？不打不相识嘛。”席文龙顺势握住老铁伸出来的手。庙院里顿时响起热烈的掌声……

六月里，天气炎热，气候干燥。去年秋天天旱歉收，今年夏天天旱绝收，春天因旱无法种，夏天因旱不能种，看样子，老天爷决计要旱到底了。连年的大旱，早已烤干芦苇河沿岸的所有生气，连芦苇河的河床都龟裂了，一些尚有些潮气的地方，尽管还能看见微薄的绿色，然而，但凡用手可抓住的小草，全都被饿极了的饥民掠去充饥了。

各家各户都在苦苦打熬，竭力维持。游击队的弹药存量由于真枪实弹的练习，也早已库中羞涩，一发不名了。就在这艰困之际，凌小称送来紧急情报：

“明天拂晓，我中队往牛头山据点押送弹药给养。拟走汉上、町店、中峪一线。切切。”

“老天爷，太及时了。”胡家琙兴奋得几乎要飞起来。

半夜里，游击队潜伏于白沟沟口一带，“不许朝人开枪！”胡家琙再三强调。

天色渐渐亮起来，东方的天际间一成不变地泛出令人绝望的干旱红。

“队长，下来了。”警戒哨传来消息。

曲里拐弯崎岖不平的白沟沟里，隐隐约约出现了三条模糊的线条。中间是一溜牲口，牲口的背上似乎驮着大大小小的箱子，两边是两列黑制服，犹如白沟沟谷两边生长了两列随风摇荡的黑草。

近了，更近了。总共十一头牲口。走在队伍最后面的崔永法，顾不上脚下的大小石块，皱着眉头巡视着沟谷两边的山坡。当队伍接近南塘口时，白沟沟口的东坡突然传出一声炸雷般的喊声：“缴枪不杀。冲啊！”

沟心里被包围的黑制服大多匆忙转身逃命，还有几个边跑边朝天开枪。走在最前面的黑制服以及牲口队被包围了个严严实实，牲口们乖乖地停下了脚步，原地不动，黑制服乖乖地跪在地上，双手举着枪，浑身颤抖，口中不住地求饶。

游击队员冲下去，下了他们的枪，然后让他们“快滚”。

“第一、第二小队随我追击，第三小队打扫战场，马上撤退。快！”胡家斌命令。

“冲啊！”随着呐喊声，六十多个游击队员尾随伪军爬上汉上圪梁。

黑制服在前面没命地逃窜，游击队在后面紧紧追赶。队伍一路追到卧庄，卧庄据点的炮楼里马上响起接应的枪声。胡家斌又命令追击的游击队朝炮楼开枪，炮楼里很快传出“咯咯咯咯”的机枪声。

“这下崔老弟就没事了。”见敌人开枪“接应”，胡家斌迅速下令“撤退”。

当太阳升出地平线一杆高时，游击队已经返回龙王头庙，二十二口木箱全部被打开：

有手榴弹、有机枪子弹、有步枪子弹，啊，还有手枪子弹。胡家斌往手枪里填装了一发，瞄准庙门外的树干，“啪”的一枪，“这是永法老弟特意给我送来的。”

“队长，还有罐头。”席文龙高兴得叫起来。

“罐头？什么是罐头？”胡家斌接过席文龙递过来的铁盒子，翻转着审量，“打开看看，让弟兄们开开眼。”

席文龙抽出刺刀，沿罐头周边“噗噗噗噗”刺了一圈，用刀尖把中间的铁皮一挑，“队长，啊呀，难闻死了，这是鱼罐头。”

“是不是让人吃的？”胡家斌咧着嘴角，显然，他是第一次闻到这种味道。

席文龙从罐头里捏出一条鱼，高高举起，仰起头，胳膊像起重机的吊臂似的，把鱼吊进自己嘴里，大口咀嚼起来，“队长，给大伙都尝尝。”

“弟兄们，咱们每人尝一条，其余的咱统统上交，让县委和县大队的同志们都尝尝。”胡家斌端着罐头，递到每位队员面前。

第三十六章　二剿天仙妙道

干旱持续，人们已经开始诅咒上苍，炎热的阳光洒向大地的热浪里已充满死亡的气息。“什么什么地方又有一个饿死的人”之类的传闻已不新鲜，卖儿卖女、举家外出逃荒等令人恐慌的现象已向趋势化发展。

为了帮助灾民度过饥荒，阳北县委成立了“减租减息”工作组，在阳北根据地各村展开活动。然而，前几天工作组突然与流窜抢粮的天仙妙道匪徒发生了一场遭遇战，虽然匪徒最后被击溃，但这样的遭遇战，给工作组的安全带来了极大的威胁。

夏日里，昼长夜短，酉时许，招人嫌的毒日尚赖在西山不肯落下。好容易等到黄昏，胡家珷带着席文龙和老铁小队下到蒿峪。老铁迅速布置了警戒。胡家珷带着老铁和席文龙进到胡国昌家。

“说是去城里救人了，杨腰几个人被日本人抓走了，被杨腰的杨会长请上去城里救人了。”胡国昌的老婆颤巍巍地说。

“别害怕，我们找胡会长商量一件事。”胡家珷率先落座，“咱只好等等了，坐下吧。”他示意跟随的二人也坐下。不一会儿，胡国昌回来了，随他回来的还有杨腰的维持会长杨廷杰。

“胡会长，听说你救人去了。救下了吧？”胡家斌反客为主，坐在椅子上跟主人打招呼。

见到胡家斌，胡国昌的脸上顿时呈现出酸甜苦辣淡咸麻等复杂色彩，他的穴位像是被胡家斌的问话给锁上了，除了淌汗，似乎连呼吸都没有了。老婆拿着毛巾在他的脑门上不住地擦，然而汗水还是欢快地往外冒。好在杨廷杰是自己人，让他担任杨腰村维持会长是组织上特意安排的。他忙给胡国昌打圆场：“胡会长今天真是立下大功了。”这句话仿佛点开了胡国昌的穴位，他好像恍然确定了自己脸谱的着色方案，满脸堆笑地冲游击队长点点头，又回头感激地看看杨会长：“些许小事，不可言功。应该的应该的应该的。”

“杨会长，怎么回事啊？”胡家斌情不自禁地跷起二郎腿，灯光下，他脚上的布鞋鞋头已经开裂，右脚拇指不知羞耻地从鞋头窟窿里冒出头来，他又赶紧把腿放下。

“胡队长，我村马岩沟老早就有露头臭煤，只是没人去挖。今年恰逢天灾年，实在穷得没法了，有几个就想挖些臭炭去有粮人家换饭吃。没想到今天晌午他们下河洗澡，被日本哨兵发现，不由分说，就把他们当八路送往县城。村人赶紧通知了我，我赶紧下到蒿峪找到胡会长，央他跟我一起进城救人。说来凑巧，走到东门口，正好碰见要去犒赏姬道长他们的寇队长，我们又央寇队长和我们一同去洪部救人。寇队长进到洪部，三言两语就把人救下了。多亏了胡会长，多亏了寇队长。”

“寇队长真是好心人，”胡家斌眯缝着眼，“他要去哪儿犒赏姬道长？”

“当时人心急的，也没听清楚，好像是去岭头起，也没听清楚。”杨会长心不在焉，他仍在夸赞胡国昌，“今天在城里就显示出胡会长的面子有多值钱了。进了洪部哪有可能活着出来？胡会长刀下救人，可敬，可敬。”

“胡会长，”胡家斌站起来，“今天找你是想听听上次后刘腰遇袭一事的解释，既然今天救人有功，我们就下次来请教吧。告辞。”

一行人急匆匆离开胡家。

队伍乘着夜色悄悄包围了岭头起。岭头起西边的一口大杂院里隐隐约约传出嘈杂的吵闹声。离大杂院三百多米远时，一棵大树上，两个人在小声发牢骚：

“这半天了不出来，这狗日见了酒就没命了。”

“今晚的汆汤有些咸了，我也感到口渴了。”

“烂球五斤肉，这么多人，不多放点盐，够吃？”

“问题是，放那么多盐，能吃？”

“不能吃，你没吃？还饿穷十四吃三碗。”

“谁不是三碗？有的还吃五碗呢。”

正说着，从村里出来两个人。树上的两人急不可耐地跳下来，嘴里骂骂咧咧，看也不看就往村里走。

“不许动！”随着一声断喝，两个黑影同时扑上去，把二人扑倒在地。

俘虏被押到胡家斌跟前，“你们有多少人？”

“有小二百吧。”

“不够，长官，晚上有乱跑的，院里头有一百多。”

这边正审着，从村里又出来两个，其中一个发现不妙转身就跑：“不好啦，我们被包围啦——”

大杂院门口立刻传来枪声。

战斗瞬间打响。

大杂院周围对外的窗户里很快传出“噼里啪啦”的射击声，队伍一时无法缩小包围圈。更为糟糕的是，屋顶上也传出枪声，几个队员受伤。情况越来越向被包围的匪徒有利的方面发展。

“手榴弹，给我掀开屋顶！”席文龙高喊。

几个游击队员，在几棵大树树身的掩护下，辗转腾挪接近了大杂院。随着几声手榴弹的爆炸声，整个大杂院顿时被一团黑烟所笼罩。

“冲啊！”胡家斌高喊一声冲了上去。

守在大门口的匪徒被击毙，数十个企图冲出大门的匪徒也被密集的子弹撂倒在地。可是，从院子的几个角落里不时传来枪声，队伍还无法冲进院子里。

“撤！”胡家斌做了个后撤手势，“封锁大门，不能让半个敌人逃掉！”

“手榴弹，把院子给我填满！”席文龙又一声高喊。

随着命令，院子里很快传来一阵轰隆轰隆的爆炸声。几个队员甚至滚到对外的窗口下，把手榴弹扔进屋子里。“轰——哗啦——”，夹杂在爆炸声里的轰响，是房屋的倒塌声。

爆炸声停止后，战场上死一般的静寂。一股股浓重的黑烟从废墟里冒出来，给死寂的世界涂抹了一层恐怖的色彩。

东方出现鱼肚白，队伍开始打扫战场。

老铁押着俘虏在凌乱的死尸中辨认他们道长的尸体。

“给我仔细看。”

“没有，长官。姬道长和蔡道长平时都穿白衬衫，很好认的。没有，长官。”

“没有？”胡家斌对这样的结果似乎很难接受。

“没有，长官。其实他们晚上从来不跟我们在一起。”

“行了，你们走吧。要是能见到你们的道长，就说胡家斌很想会会他们。”胡家斌双手叉腰，腰带上别着那把油光发亮的勃朗宁。

“不敢不敢。”

“必须这样说！”

“是，是，长官。”

“滚吧。”

“谢长官饶命，谢长官饶命。”

“真他妈扫兴。”看着俘虏远去，胡家斌恨恨地抓起一块石头，砸到地上，“又让这几个狗日跑了。”他来到队伍的末尾，查看了几个伤员的伤情，然后交代老铁，“你们小队把伤员送到白岩寺，席文龙，你随老铁他们一块儿去，让司军医开个单，看需要些什么药。”

缑老六和席文龙开玩笑：“文龙兄弟，顺便和你们那个司军医商量商量，让他改个姓，那‘死军医’‘死军医’太难听了。”

“缑队长，其他人提出这个要求都没问题，唯独你不能提这个要求，你说你怎么能姓‘狗’呢？”

“哎？哎？哎？这小子还有这么一手啊。”缑老六被席文龙回敬得无言以对，众人哈哈大笑起来。

路上，胡家珷发现席文龙胸前的手榴弹袋瘪瘪的，禁不住心疼地说：“老弟，让你当工兵班长，你可不敢当上三天就把哥的家当给折腾空了。今天报销了多少手榴弹？”

“队长，打仗千万得舍得，你舍不得弹药，那敌人就舍不得死。咱把弹药打出去的越多，敌人死的就越多，你想，咱们最后收拾回来的不就越多吗？”

“哦，对对对。有道理有道理。”胡家珷对这样的说法很是赞赏。

第三十七章　小张山麻雀战

白岩寺一带的山形犹如一个巨大的“卅”字，中间那一横，原本是巍巍崦山西向的一条支脉，高耸陡峭绵延数里。两边那些南北走向的小山梁低矮纤细，两者之间的相对落差高达四十余米。独特的地形地貌不仅给白岩寺赢得了周边百姓的尊敬，而且赢得了造化的垂青。岩下一眼清泉终年汩汩流淌，似乎与大旱毫无关联。白岩寺就坐落在崦山支脉南边中间一道小山梁上。

白岩寺建筑群共由四个坐北朝南的院落组成，主要院落就是白岩寺。白岩寺的建筑布局及建筑风格与崦山庙如出一辙。一进山门便是拜殿，拜殿后面是正殿，正殿后面是两个配殿。拜殿、正殿及配殿两边是两层厢楼。厢楼一层中段各开一个小门。东边的小门通向寺庙东侧的知客寮、斋房和香积厨。西边小门通向寺庙背后西北角上的掩翠庵。东北配殿的东北角上还有一扇角门，通往寺庙东北角上的白兔听经殿。香积厨的正南面也有一座门，门面也不甚大。通过这道门，也能进入寺内。

这天，胡家斌就是通过这道门进入了香积厨。香积厨内，能忍和尚瞥了一眼胡家斌的馋相，掀起笼盖在笼箅上抓出一个热气腾腾的窝窝头塞到他的手里：“估计熟了，吃吧。”

“谢谢师傅，咱这里还有窝窝头吃。”

“吹开热气看看，那是野菜加糠，你以为什么好东西啊？天旱成这样，能有一把糠就很不错了。快吃吧。”

“谢谢师傅。”胡家斌趁能忍和尚不注意，掰了一小块塞到嘴里，其余大半个装进了口袋。“哎哟。”窝窝头马上在他的腰间烫了一下，他不得不拽起衣襟，起身跑向后面的白兔听经殿。

白兔听经殿南向是院门，东西厢房各三间，正殿是座四层阁楼。胡家斌“报告”了一声，得到允许后，跨进东厢房。阳北县委书记陆达、县长魏维良、阳北独立营营长李三平、营教导员叶桂生和武委会主任栗顺兴已在座。石供桌上业已摊开一张地图。六个人围着石供桌，陆达手中拿一根小木棍指着地图说：

“同志们，”陆达指着地图上一个黑点，“鬼子在潘庄建立了据点后，不断地蚕食周边地区，流动哨已达豆山、吉山、南凹、小张山一带，”小木棍沿地图上的四个点划了一道，“已有向西窥探的动向。如果敌人占领了方山，南下与蒿峪、杨腰形成联系带，我阳北抗日根据地将不复存在。

“我们必须彻底粉碎敌人的图谋，保住阳北根据地。

“胡队长。”

“到！”

“这个任务就交给你们了。”

“保证完成任务！”

趁着夜色，游击队来到大南坡，翻过前面的山梁就是沁河西岸。胡家斌作战前动员：

“同志们，我们不是来和小日本硬拼的，我们的目的就是不断地袭扰，让小鬼子在这一带吃不下饭睡不着觉，最终把小日本赶过沁河，保卫咱阳北抗日根据地。

“不放空枪，争取每一枪都有撂倒的。开枪前先确定好自己的撤退路线，绝不能盲目乱跑，只要能引诱小日本追就行。他追咱就跑，其他人听到枪声后，先观察周围情况，然后选择撤退路线，把握时机，能开枪就开枪，不能开枪不要冒险。咱不能一个小日本没撂倒，反让小日本给抓去当俘虏。听说小日本对待俘虏非常残忍，他们常常拿俘虏进行活体实验。

“原地待命，听到命令后再行动。

“席文龙。”

“到！”

“补全。”

“到！”

“加仁。”

“到！”

“走，咱到前面看看。”

四人出了南凹沟，远远看见沁河西岸燃放着三堆篝火，每堆篝火旁都围着几个鬼子。篝火上架一副三脚架，三脚架上吊一条牛腿，鬼子们各自拿把军刀削吃烤肉呢。

“老子一年没吃肉了。”加仁咽了口馋水，恨恨地看着大快朵颐的鬼子。

“队长，动手，迟了鬼子就把肉吃光了。”席文龙的眼睛里也冒出贪婪的绿光。

“一旦受到攻击，咱就往小张山方向撤。咱们看情况，能打则打，不能打就跑。一人瞄准一个，撂不倒小日本的不能吃肉。”

“好嘞。”席文龙他们愉快地答应。

就着火光，离河岸二百多米远的山岗脚底，站着一排背向沁河的哨兵。“瞄准哨兵，打！”

“砰，砰砰。”四个哨兵应声倒地。

就在四人准备往河边冲锋时，鬼子的机枪向他们这边喷射出恶毒的火舌。他们急忙打滚后撤。当他们爬到南凹后边的高坡上时，鬼子已经扑到了他们刚才藏身的地方，并仍在漫无目的地向四周扫射。

过了一会儿，枪声停了，天空上还能看见篝火的红光。山坡下听不见任何响动。

“走，下去看看。”

四人又摸到南凹沟，篝火未息，但没见一个鬼子的身影。

补全欲起身上前，胡家斌把他拉回来：“如果小日本设了个埋伏圈呢？”

四人又返回来，顺着南凹后面的山沟翻上吉山，小心地爬到河边，慢慢向下游搜索前进。

没人，鬼子撤了。

篝火只剩下尚在冒烟的灰烬，架在篝火上的牛腿也不见了踪影。

河边一堆黑乎乎的东西引起了他们的注意，补全匍匐着靠上去。肮脏凌乱的牛皮摊在河边，挑开牛皮，还有一条腿。

加仁把牛腿挑在枪上，返回大南坡。

天亮了。

"同志们，我们面临的困难非常艰巨，我们离小日本的潘庄据点仅有一河之隔，小日本既可以退到河东岸，隔河向我们射击，又可以快速从据点里抽调增援对我们发动反攻。所以，我们必须前后长八只眼睛，注意周围的一切情况。"

"来，同志们尝尝。"说着胡家斌从口袋里掏出大半块窝窝头，递给副队长张旭东，"一人掰一块。"

"啊呀，这么难吃！"

"糠疙瘩？"

"刺菜，哦，这是刺菜糠疙瘩。"

……

七嘴八舌的议论。

"同志们，这糠疙瘩是县委同志们的主要伙食。我提议，把这条牛腿给县委送去，也让他们改善改善生活。怎么样？"

"好！"

“张仲芳。”

“到！”

“你们小队埋伏到小张山一带。”

“是！”

“老铁。”

“到！”

“你们小队埋伏到南凹沟一带。”

“是！”

“缑老六。”

“到！”

“你们小队埋伏到豆山、吉山一带。”

“是！”

“工兵班跟我来。出发！”

胡家斌他们刚爬到南凹的山包顶，从吉山方向就传来枪声。

“缑队长也太心急了。”席文龙竖着耳朵听了听，“这到底见没见到鬼子就开枪了。”

“队长你看。”席文龙指着沁河对岸，一队日军正在登船。

“准备战斗。”

日军下了船，列队向吉山方向跑步前进。

“打！”他们朝着鬼子的背后就是几枪。

鬼子马上调转方向，狂叫着向他们包抄上来。

“撤！小张山。”

鬼子扑上南凹两边的山包，四下里搜寻目标。当鬼子搜到小张山山脚下时，山上又是一排枪声。

敌人顿时疯狗般向小张山的山上扑来。山上空无一人，他们顺着山坡向北搜索。突然，南凹方面的山坡上向他们射来一排子弹。留着仁丹胡子的军刀号叫着指向南凹。

鬼子的搜索范围越扩越大，始终见不到人，不断能听到枪声。最后，鬼子调动了据点里的所有兵力，整整一个中队的日军从北路、中路、南路三个方向，篦梳式搜索前进，以图发现和全歼游击队。

下午，西山的阴影已越过沁河，一点点向东移去。

四下里还不时传来零星或密集的枪声。胡家珷他们隐蔽在豆山山头，严密注视着敌人的动向。

席文龙攥着手榴弹，悻悻地骂道："一天了，没能让老子甩一颗。"

"那你就瞎放吧。能炸翻一个也行。"缑老六搭茬说。

"那可不行，这一颗出去不放倒一片，就亏了。"席文龙得意地举了举手中的手榴弹。

"缑大哥，我就忘了。咱这一天在山上跑来跑去，张队长他们肯定渴坏了。"

"来到这一片，我是当然的地主，还能亏待了弟兄们？我早已给他们送去了。"

"大哥……"胡家珷握住缑老六的手。

"咱弟兄们谁跟谁？多余的话就别说了。"缑老六打断了他的话。

太阳落山后，鬼子渐渐向渡口收缩撤退。

“机会来了，集合队伍，在小日本坐上船后干掉他们。”胡家斌一时兴奋地搓着双手。

不料，他们很难接近河岸，外围的敌人还在有组织地进行小规模的反击。在这种反击的掩护下，敌人逐渐乘船渡过了对岸。

“不要急，他狗日总有最后。”胡家斌带领游击队在南凹沟的高坡上等待时机。

待敌人还有四五十个时，胡家斌命令大伙瞄准射击。就在这时，一发发炮弹长着眼睛似的在他们身边爆炸。

“快撤！快撤！”胡家斌赶紧下令撤退。

撤出炮击范围，胡家斌问身边也在喘粗气的席文龙：“那是什么东西？这么厉害？”

“队长，那是六〇炮。”席文龙突然来了兴致，“哎？队长，咱为什么……”他和胡家斌耳语了几句。

“好，连夜干。”胡家斌显然采纳了席文龙的建议。

第二天，敌人先行向河对岸的高地上猛烈开炮。在炮火的掩护下，日军乘船渡过了河。第一批下船的敌人刚下码头就踩响了地雷。几声巨响，码头附近的敌人血肉横飞，小船也被掀起老高，没被炸死的一头扎进水里泅渡返回东岸。

敌人没再敢觊觎沁河西岸。

第三十八章 意外收获

夏粮绝收，秋粮相继绝收，民不聊生，饿殍遍地。就连晚秋时节的风也带有明显的疲态，树上早已没多少树叶需要它的清扫了。空荡荡的田野里一片焦枯，任何可能用来充饥的野草乃至树皮，都被刮尽了。

骑马回村的张承富进河口铺转了一圈，递给老梁一个眼神，然后策马离去。

河口铺的铁匠铺，是游击队的前哨。老梁赶紧让胡家璐通知老三。

午后，胡家斌来到张家大院，直奔东屋。

“真把人担心死了。前几天，可能是西府的人，混进城里计划干掉老寇。没想到，连我都没想到，人家的楼梯上有机关。机关插上，上上下下没问题；机关打开，尤其是晚上，人一上去就掉下去了。楼梯下面的茅草棚是提前挖好的陷阱，只要掉下去，绝不可能活着上来，因为下面埋的是竹签。他们去了四个人，结果走在前面的两个掉了下去，楼上的岗哨听到动静，朝楼梯处一阵射击，下面的两个人被乱枪打死。现在，这四个人的脑袋还吊在东门口的城墙上。白天里，老寇在人家的楼上招待客人，一到晚上就下到楼底的地下室去了。外面机关重重，很难进去。在城里干掉老寇的想法就此打住，要想干掉他，就想城外的法。

“由于天旱，城里的粮食也非常紧张，小鬼子出城抢粮时，不再是十几个几十个，而是一两个中队、三四百、四五百的人，没有把握，不要轻易招惹。听说小鬼子所到之处，连一只老鼠都不放过，能杀的统统杀，能烧的统统烧，能抢的统统抢。你们面临的危险更大。

“西药我又带回来一部分，前段时间让凌小称也带回来了些，你们将就着，我尽量想办法。

“小鬼子抢来的战略物资，这几天准备运往泽州，得想办法截下来，哪怕撂到河里也不能让小鬼子运回日本。

“行了，我要说的就这些。”张承富握住胡家珷的手，示意送客。

胡家珷没急着走，尽管已和张承富握别，但还看着白秀英，向她表达谢意：

“大嫂，很早就想来向你表示感谢，总找不到合适的机会。”胡家珷把手从张承富的手里抽出来，伸向主妇。

白秀英不好意思地瞥了老公一眼，羞涩而短暂地和他握了握：

“你是个大忙人，听说游击队在你的带领下，一连打了几个胜仗。我还想找个机会祝贺你们呢。”

“谢谢大嫂，有你这么几句话，我们死也值了。”胡家珷贪婪地盯着主妇秀美的眼睛，直看得白秀英红着脸避开他的目光，“当着哥的面，看嫂几眼有甚？听说你办起了抗日学校，为了推动减租减息运动，你不仅做家里人的思想工作，还做其他几个大户的思想工作。同志们都说，待赶走了小日本，一定要来看看你。”

“行了行了，越说越离谱了。去南屋打声招呼，快走吧。你是个大忙人。”白秀英笑吟吟地把胡家斌“逐”出家门。

清水磨，芦苇河汇入沁河的最末一段河道，北边是下孔村的高岩头，南边是云拱寺圪堆的北坡，两岸山势陡峭，河谷狭窄。如果芦苇河具有长江的水量，这段河道很可能会叫作狼跳峡或狗跳峡；如果芦苇河拥有黄河的水势，这段河道很可能会叫作红铜峡或黑铜峡，遗憾的是，这段河道，尤其是民国三十二年的晚秋，一滴水也没有，干涸的河道上，除了凌乱而灰暗的卵石，就是灰暗而凹凸不平的河床。

趁着夜色，游击队爬到了云拱寺圪堆，胡家斌“现场办公”：

“同志们，看见没有？那里就是小日本的河头据点，咱们背后那个圪堆上，有小日本的岭后据点。稍有耽搁，我们就有被敌人包围的可能。这次行动的任务很简单，把小日本的所有车辆炸散，不能让他们把物资运回日本。”

稍有意外的是，这一等就让他们等了两天。第二天下午，张旭东小声问：“队长，是不是情报有误？”

“不可能啊？咱再等等吧，今晚还没有，咱就撤。这小日本要什么花招？老子只带了一天的干粮，你他妈两天都没到。”胡家斌焦急地盯着河道。

傍晚，雪亮的车灯从小庄坡上照下来。鬼子的车队终于出现了。

四辆汽车一辆跟着一辆，顺着干涸的河道，轰鸣着缓缓从八甲口向清水磨方向驶来。

“手榴弹准备。”胡家珷小声命令。

近了，更近了。“打！”在队长发出命令的同一瞬间，几十颗手榴弹拖着黑烟，居高临下，向鬼子的车队飞去。

“轰，轰轰，轰轰轰……”爆炸引起的火光照亮了清水磨，熊熊的火光中，押车的鬼子血肉横飞，鬼哭狼嚎。

“队长，你看！”席文龙兴奋地指着最后一辆发着蓝光的汽车。

“那是什么？”

“那是硫黄，制炸药必须要用的硫黄！”趴在地上的席文龙情不自禁地弹动着双腿。

“快！抢硫黄！”

队员们似下山猛虎，扑向已在燃烧的汽车。河头据点上的机枪也在漫无目的地朝这边扫射。鬼子死伤大半，剩余的已逃往河头方向的沁河岸边。

车上的硫黄已烧成一片，泛着蓝光的硫黄宛然一条邪恶的火龙从车上淌下来。席文龙率领的工兵班在大火中用刺刀挑开一个缺口，冲上车去，把尚未燃烧的硫黄一袋袋地扔下来。刺鼻的气味呛得所有人涕泗横流，不是打嚏喷，就是咳嗽，有的队员的身上粘上燃烧的硫黄，席文龙赶紧帮助这些队员脱掉衣裤，“快脱快脱，这东西一旦粘上就打不下来了”。

“队长，对岸的敌人要过来了。”负责警戒的队员高喊。

“一队二队背上硫黄，快撤，三队断后，快！”

一艘汽艇把敌人运过河来，冲在最前面的鬼子端着机枪，朝着河谷疯狂扫射，炮楼上的机枪还在吐着火舌。

“上山！”胡家琙指挥第三小队的队员爬上王家庄后面的小山包。

鬼子扑到冒烟的汽车残骸边，先是向周围一阵狂怒的扫射，然后抢救受伤的日军。

这时，又一队鬼子跟上来，就着火光，能看见鬼子准备向上游发起追击。

“打！”鬼子的头上又是一阵手榴弹阵雨，正在整队的鬼子一边向山上还击，一边向河边撤退。

“撤！”胡家琙带领游击队迅速撤出战斗。

第三十九章　村里村外一出戏

冬天里，旱了一年多的空气里漂浮着被北风鼓起来的滚滚尘土。原本鸡鸣犬吠的山村今年冬天蔼静得俨然千年古墓，鸡笼犬舍里那些点缀富饶繁荣的禽兽早被自己的主人吃光了。晨光里，大街小巷上跑动的全是枯茎烂叶和糁牙的黄尘，没有人起早，甚至起早到水井上挑水的人也没有——仍在蔓延的旱情吞噬着任何一个想活下去的百姓的希望。

太阳一杆高，杨腰村尚沉浸在一片死寂之中。然而，村维持会会长杨廷杰家院子的大门外突然响起一阵震耳的敲门声：

“杨会长，开门！”

透过门缝，门外黑压压一大片伪军。杨廷杰不敢怠慢，赶紧打开院门，恭请为首者：

“苗队长，大驾光临，有失远迎。请，请。”

苗云章，警备队二中队队长，日军占领阳城县城后，杨腰属于敌占区，由于时常光顾收取维持粮食，所以和杨廷杰已成老熟人了。

苗云章拍拍杨廷杰的胳膊，小声提示他，“快请宋队长。”

顺着苗云章手指的方向，一张不可一世的脸正派头十足地仰在半空。

“哦，宋大队长，您屈驾寒舍，山人蓬荜生辉。里面请，里面请。”

掀帘，让座，敬茶。杨廷杰赔着小心问：“苗队长，来前怎么也打声招呼？你们这是到哪去，还是返回城里？”

“哈哈哈哈，杨会长，你们村的维持粮……”

“不是说好明天……”

“情况有变，皇军要求今天这一片各村都要收齐。要不，这等小事，还能让宋队长亲自上阵？”

“哦——哦，哦。提前了……”

杨廷杰的额头犹如一块焙在火口上的冰砖，汗珠不由自主地涌出来。

宋福来是警备队副大队长，和驻阳日军洪部头子坂本关系很是瓷实。仗着这个靠山，宋福来在县城内吆三喝四，威风八面。杨廷杰与他不是很熟，仅仅算认识。杨廷杰一边给宋福来续水，一边向宋福来请示：“宋大队长，说好你们明天来，所以那些纳粮人家还没把粮送来。不过都准备好了。请稍等，我这就去通知他们。”

杨廷杰离开自家大院，直接找到正在家里给妻儿老小一家煮树皮的杨官成：

“快，河口铺，告诉梁师傅，原定计划提前一天，一百多伪军牵着十几头牲口已经来驮粮了。快走快走。”

杨官成勒了勒裤腰带，二话不说，就往河口铺跑。

派走了杨官成，杨廷杰又找到杨新计：“给我送几套戏装，我要用。”

杨新计不明就里：“时不时节不节的，你唱戏？”

“再多问，拔了你的舌头。快去！”杨廷杰是杨腰秧歌的大腕，而杨新计仅是秧歌剧团负责保管戏服的剧务。

村里几个大户人家跑个遍，家家都哭穷，个个都说只剩下种子了。杨廷杰把各户的苦衷汇报了一通，宋福来火了，他拔出手枪，枪口点在杨廷杰的脑门上：

“杨会长，麻烦你再跑一遍，告诉他们，如果今天不是带着粮食走，那就只能带着人头走。”

老婆孩子全给宋福来跪下了，杨廷杰的脑袋本能地向后躲，他惊恐地盯着黑洞洞的枪口，用颤巍巍的声音哀求宋福来：

“宋队长，多年来，只要皇军来，或者苗队长他们来，我杨腰从未亏待过，不信你可以问问苗队长。”

“宋队长，杨会长很够意思，弟兄们每次来，从未空着手走过。”苗云章也赶紧为杨廷杰讲情。

“那就利索点，交！”宋福来收起手枪，一副极不耐烦的样子。

大队人马支锅造饭汤足饭饱后，交粮的几户人家才磨磨蹭蹭把大小不等的数个口袋送到警备队指定的交割处。

宋福来惬意地坐在火炉边抽烟，杨廷杰慢条斯理地穿上戏装，有模有样地试戏。苗云章似乎来了兴致，他从炕上跳下来，问道：“杨会长，这是什么意思？”

“明天，我村有个老寿星摆六十大寿，我们受邀去唱堂会。”

“就是你们的杨腰秧歌？”

“是啊。”

“宋大队长，你看过杨腰秧歌吗？太有意思了。”

宋福来见杨廷杰在举手投足间都带着戏，忍不住多瞅了几眼。苗云章见状，急忙殷勤献策：“宋大队长，你要是没看过，今天可真是机会难得，家伙凑手人现成。要么就让杨会长给咱唱一段？”

宋福来低下头透过窗户看看天色，苗云章接着敲边鼓：“咱不是才吃过午饭嘛，还早着呢。杨会长，来来来来，就你家院子里，给宋大队长来一段。”

“就我一个，这戏怎么唱？”杨廷杰故作为难。

“就唱段独角戏嘛。来来来，唱哪段，你随意。”看来，苗云章是个戏迷。

杨廷杰想了半天，“那就来段《小秃哭坟》吧。”

只见杨廷杰往自己脸上稍微上了些粉，戴上猪尿泡剪成的秃子帽，穿上补丁斑斑、破烂不堪的黑布衫，腰间系条白孝纱，双手提着孝纱两端，口中念着鼓点，踉踉跄跄、跌跌撞撞、神情狼狈地从自己家里踅进院子里——他入戏了。

院子四边、楼道上一下子挤满了看戏的伪军。

在这边唱戏的同时，杨官成把情报送到了河口铺，胡家瑢又火速赶到龙王头找到胡家斌：

“再迟了，粮食恐怕就运走了。”

游击队迅速包围了杨腰。

此时，杨廷杰的《小秃哭坟》仍在继续：

“……

“妻呀妻，命归西，晚上睡觉梦见了你。抱住枕头当是你，千揉万摇唤不醒你。

“三天不吃阳间饭，四天就上了望乡台。望乡台上两盏灯，一盏黄来一盏蓝。

“黄灯到了阳子城，蓝灯到了阴子城，满天星星没月亮，心里干想见不着你。

“想你想你真想你，我不想你谁想你？说起来想你真想你，三天吃不下两颗米。

“说起来想你真想你，脱下新衣换旧衣。说起来想你真想你，赶车赶在圪洞里。

“……”

杨廷杰如泣如诉、哀伤欲绝的演唱，伪军嘘唏一片。正在这时，外面传来“噼里啪啦”的枪声。一个伪军扯着哭腔，失魂落魄地跑进来。

“队长——我们被包围啦——”

宋福来一下站起来，拔出手枪，一把抓住报告者：“怎么回事？”

“队长，游击队抢走了粮食，把，把，把我们包围了。”

“快，把粮食给我夺回来！”宋福来甩着手枪，督率乱糟糟的伪军冲出大院，冲向村口。

然而，刚到圪梁顶，前面的队伍就被一阵枪声给打了回来。苗云章不无担忧地提醒宋福来：“大队长，咱们还是逃命要紧，要不然，真要被游击队给包起来，就没命了。”

“废话！丢了粮食皇军照样要你我的命！给我追！”宋福来狠狠推了苗云章一把。

伪军战战兢兢地再次冲到村口，又是一排密集的枪声，在枪声中还夹杂着手榴弹的爆炸声。硝烟中，十几个伪军倒在地上，其余的伪军见状，没命地向杨腰沟逃跑。由于苗云章也在逃跑的队伍中，所以任凭宋福来怎么威吓，也没能稳住阵脚，自己也不得不跟着大队人马向杨腰沟溃退。胡家斌见状，跳起来，大喊一声，“追！”

逃跑中，苗云章放慢脚步，跟在宋福来后面，“关照”着副大队长的安全。逃窜队伍一直跑到美泉附近，确信后面没有游击队的追赶，才停下来。

宋福来把帽子摘下来抓在手里，无可奈何地向苗云章商量：

“这么回去该怎么交代？”

“大队长，咱就说粮食让八路军大部队给劫去了。只要咱们口径一致，坂本太君能把咱怎么样？”

“唉，只得这样了。回城。”宋福来无精打采垂头丧气地给苗云章下达命令。

第四十章　男人的承诺

民国三十三年的新年注定是个阎王爷大肆招兵买马的新年。人类在将近两年的干旱面前穷尽了所有的谋生手段，还是不断有人死去，被人吹得神乎其神的观音土也没能帮人渡过难关，不少人就是因为大量吞食观音土而一命呜呼。卖儿卖女的，卖房卖地的，卖妻典妻的，举家外出逃荒要饭的，等等，一切能求得生存的办法，已被走投无路的人们轮番尝试，然而，死亡已如决堤的黄河，涌动着无情的恶浪，吞噬了整个世界。

为了最大范围地救助灾民，游击队的伙食一降再降，一日三餐降为一日二餐，每餐由稀粥也降为糊糊。只有受命率领几个人回磕山打野味的猴老六过几天派人送几只山鸡野兔什么的，大伙才能就着有肉味的汤，喝个尽饱。

正月初四上午，刘孔成的房子里，补全盘腿在火炉边打盹，加仁把他推醒："该干活了，没听文龙说全队就数咱两个笨，人家其他人早已出师，咱两个至今连一个都没做成。"

补全拿白眼翻了翻他，没吭声，继续打盹。

“整整一晚上还睡不醒？都快晌午了。该干活了。”

“晚上能睡着？昨晚我的肠都快饿断了，梦里追着罐头跑了一宿。”补全抬腿从炕上跳下来。

“你又梦见罐头了？真让人眼馋。”加仁的眼里满是艳羡的闪光。

“架得着眼馋？你今晚梦见一回不就得了？不过像你这样，最好还是别梦见，我怕你一旦梦见了罐头活活撑死你。”

“只许你一个人梦？怎么没把你撑死？干活！”仿佛补全夺去了自己盘子里的烤鸭，加仁的脸上凸显愠色。

二人把藏在门外小土龛里的三个包裹取出来,小心翼翼地打开。补全抓了一把浅黄色的粉末问：“是‘一硫二硝三木炭’，还是‘一硝二硫三木炭’？”

“是……是什么来着？可能是……可能肯定是‘一硫二硝三木炭’吧？”加仁也糊涂了。

“到底是怎么的了？你说清楚。”

“肯定可能是‘一硫二硝三木炭’。咱试试不能？”

二人按席文龙传授的知识，包了一个鸡蛋大小的炸药包。点燃扔出去——不响。

重新包一个扔出去——还不响。

“算了，咱别再包了，咱把咱制的这些药放到板凳上，先看看能引燃吗？如果能引燃，再包也不迟，省得咱拆了包包了拆的。”

加仁出主意道。

条凳上，三堆火药。

加仁把一根带火星的小木棍捅到第一堆火药里，没动静；再捅，没动静。

“怎么回事？你说，咱也是按那个配方制的，怎么就点都点不着？”补全把第一堆火药摊开，似乎要在火药堆里寻找阻止火药燃烧的魔鬼。

加仁把小木棍伸向了第二堆，“呼”的一声，一团浓烟腾空而起。

“啊——”两人同时喊出来，一个举起双手欣喜万分，一个脑袋上仰，张口无言。

“可算点着了，我们成功了！”个子较矮的加仁用手扇着刺鼻的青烟，摸住补全的袖管，“屋里呛的，走出外面。”拉了几下没拉动，烟雾也淡了些，加仁见补全在揉眼，“你怎么了？”

“还好意思问？你把我的眼烘瞎了！”补全一边揉眼一边冲着加仁咆哮。

“瞎了？我看看。”

加仁要扳开补全的手，不提防补全一下把他推出老远：“我的眼瞎了，你能看见瞎不瞎？”

加仁的头重重撞在了门框上，他没顾上自己的头，急忙爬起来再次扳开补全的手。

补全的脸像是被人先蒙上了一层蛤蟆皮，又在蛤蟆皮上抹上了一层锅底灰。左边的眉骨上已经没有任何称得上毛状的东西，右边的眉骨上似乎尚有几根眉毛的残留物，只是已经被烤得半焦了。前半个脑瓜仿佛半个被大火燎过的山头，半焦半黑，半糊半黄。

“你睁开眼看看吗？”加仁仰着头双手捧着补全的脸，怯生生地央求道。

其实补全始终在眨眼，只不过没把眼睁开。在加仁的鼓励下，他睁开了双眼：“感觉火烧火燎的，还好，还能看见。”

“没瞎吧？”加仁的语气轻松了许多。

“没有，眼里一直感觉有沙圪瘆。”

“那你不要揉，火燃了就是这样。歇歇就好了。”

加仁把补全扶到炕头，“你歇吧，我去把药收起来。”

“不制炸药包了？”补全的头靠在墙上，眼睛不停地眨巴，眼泪从眼角不住地流下来。

“点了两堆药，一堆不着，一堆差点燃瞎了你的眼。这样的火药制成炸药包，能响了倒没事，响不了还要坏咱的事呢。咱再问问文龙老弟吧，顶多他再呱唧咱一顿。”

“问吧，他不呱唧了。”正说着，席文龙乐呵呵地蹦进来。

“文龙老弟，来得正好……”补全没让加仁开口，把他们试验的情况全都告诉了文龙。

席文龙一听就火了，他跑出门外，拉进了在刘家老坟地发愣的胡家斌：

“队长你听听，这两人拿上炸药胡试，结果差点儿把补全大哥的眼睛给燃瞎了。”

胡家斌拽住加仁的衣领看了看，又扒拉开他后脑勺的头发认真看了看，惊叫道：

“哎？加仁哥，你这是怎么回事？”

补全强睁开眼睛，连忙从炕上跳下来：“老弟，刚才把你的圪脑碰破了。哥对不起，对不起。”补全闭着泪眼，不停口地向加仁赔情道歉。

“不是炸药把你掀翻了吧？”席文龙立刻向加仁投以狐疑的目光。

“嘁，你也太小看哥了，炸药能把哥掀翻了？”加仁满不在乎地白了文龙一眼。

“二位大哥，咱都是穷人家出身，打小没见过洋枪洋炮，甚至连炸药也没见过。我有一个把兄弟，在队伍上结识的，关系非常好。一年秋天，一连下了几天雨，我们的衣裤全湿透了。好容易坚持到营地，大家都把衣裤脱下来架在火上烤。这位兄弟也不例外，也在火上烤衣服。突然，一枚装在衣服口袋里的子弹掉进了火里，他没在意。就在他翻动衣服的那一瞬间，‘嘭’的一声，从火炉里飞出的子弹击中了他的脑袋。他一声不吭地倒在了地上，再也没睁开眼睛。

“炸药具有无法预见的威力，一再跟你们强调在包制炸药包时，一定要远离火源。你们不但不听，还要亲自点火试验。

“你们刚才说的我已经明白了，你们放的第一堆没点燃，那是因为你们配制的原料没有充分搅拌，原料不均匀。

"好了，今天对你们、对大家都是一个惨痛的教训。走，吃饭，我真是饿了。"

刚走到门边，门外一个抱小孩的妇女堵在门口。

"大嫂，你找谁？"席文龙笑容可掬地问。

妇人虎着脸，也不答话。胡家斌急忙跑出来，先给妇人一个甜甜的笑，然后回头跟他们三个说："你们先去吃饭，我随后就到。补全哥，你先洗洗脸再走，看吓谁一跳。"

"胡队长，我这张脸不计划洗了，我看能不能吓走小日本。"补全托着加仁的肩膀，眨巴着通红的双眼，丢给胡家斌一个鬼脸。

是潘小巧母子。

胡家斌从小巧怀里接过孩子，转身进了屋里。小家伙怯生生地瞪着眼下离自己最近的陌生人，那额头、那眉毛、那眼睛、那鼻梁……简直活脱脱一个胡家斌的小型复制品。潘小巧近乎本能地瞅瞅身后，发疯般地冲进屋里，扑到胡家斌怀里，仿佛一个号啕大哭的哑巴，极力压抑着自己的哭声然而又在任凭自己的哀伤肆意奔流……

胡家斌紧紧揽着她的后背，既像在鼓励，又像在劝慰……

抽啜了半天，女人仰起脸，眼泪仍像两汪清泉顺着眼角不断地垂落。这显然是索吻的信号。

令人窒息的热吻过后，女人幽幽地说，她也要参加游击队。

"你疯了？"

"他们都不待见我娃，"又是一阵撕心裂肺的抽泣，"过年发压岁钱时，其他孙娃孙闺女都有，就是没有我娃的，呜——"儿子受到的委屈一旦通过母亲的哭泣表达出来，其表达效果通常是惊天动地的，此时的潘小巧伤心得几乎无力支撑自己的身体，胡家斌赶紧揽住她的腰把她放到炕上。

“为什么？”

“他们都说娃长得像你，娃是你的……我不和他们过了，我要参加游击队，你走到哪儿我们娘俩就跟到哪儿……”

好说歹说，好劝歹劝，好哄歹哄，没用，潘小巧执意要带着儿子参加游击队。

吻了再吻，吻了还吻，吻了又吻，没用，潘小巧死活要带着儿子参加游击队。

“我们要打仗。”

“我不。”

“打起仗来，子弹不认人。”

“我不。”

“说跑起来，三十里二十里不停。”

“我不。”

“我已和缑大哥说好了，当赶走了小日本，我就带上你，到他们那里去。”

“真的？”潘小巧的眼里突然放射出幸福的光芒。

“真的。”

令人窒息的热吻……

第四十一章　喋血河口铺

和敌人周旋了两天两夜，队员们几乎全都累趴下了。

正月初五晚上，二百多个日伪军从柳沟坡下来，经过义城村东的山坳，直接冲上了前岭圪堆，尽管哨兵及时开枪射击，然而，敌人的意图似乎非常明显：占领前岭圪堆。

游击队和紧急前来支援的县大队把敌人围在前岭圪堆，但是，由于人数、装备以及地理位置等因素的限制，一时无法吃掉这些敌人。

“那就只能和小日本磨了。”战术研究会上，胡家珷提出了自己的主张，“梁师傅好讲‘诸葛亮挥泪斩马谡’，咱就给他来个司马懿困马谡，看谁磨得过谁？”

方案确定后，所有参战人员迅速利用相对有利的地形，尽量靠近敌人，不断对敌人进行袭扰。于是，以前岭圪堆为圆心的方圆二公里的范围内不间断地响起枪声。敌人组织大规模冲锋，几乎遇不到任何阻挡；发动小股力量向山下冲锋，又不能离阵地太远，怕被包围。然而，游击队犹如一块黏性极强的膏药，牢牢地黏在敌人周围，“砰砰砰”“噔噔噔”的枪声不绝于耳。

两夜两天后的傍晚，敌人再次发起冲锋，从龙王头方向突出包围圈，顺花沟、义城、茹家庄一线仓皇逃往阳城。

赶走了敌人，除了几个哨兵外，大部分队员都胡乱找个地方睡下了。由于所有商铺全都关门，空荡荡的河口铺里，只有梁师傅一个没回家过年——孤身一人的他，走到哪里，哪里便是他的家。半夜里，梁师傅似乎听到窗外有“噗嗒噗嗒”的脚步声，他爬起来，透过窗户向外一看：一大片明晃晃的刺刀正跨过干涸的芦苇河，向五龙沟方扑去。

“游击队危险！赶快报警！”

梁师傅披上棉衣，轻轻地打开屋门，在柴草堆里抱来一大团柴草，放到火炉上，划根火柴，点燃柴草，拉动风箱，随着一股青烟，火苗顿时“呼呼”地蹿起来，越蹿越高，很快引燃了火炉上面用茅草搭盖的打铁的工棚。熊熊烈焰霎时穿透工棚，冲上半空。

河神庙上荆秧圪梁的哨兵发现火情后，神经质地大喊一声“有情况！”然后立即朝天开了一枪。顷刻间，周围山头上的哨兵全都开枪回应。

正向五龙沟摸去的敌人很快停下了脚步，他们掉头包围了铁匠铺，并占领了河神庙后的荆秧圪梁。

“毕毕剥剥”的声音中，大量的火星以及燃烧过后的灰烬从工棚上掉落下来。面对一排围上的寒光闪闪的刺刀，梁师傅从容地拍打着自己身上的火灰，旁若无人地系好衣扣，带着轻蔑的目光和嘲弄的微笑左右看了看一步步紧逼过来的敌人。在离梁师傅四五米远的地方，敌人停下了脚步，一个腰间挎着军刀的日军军官和一个头戴礼帽的便衣拨开人墙，走到梁师傅面前，礼帽叉着腰问道：

“老家伙，你这是为谁通风报信？”

“我点火是为了驱鬼。这世道，鬼魅太多。寇队长，你不觉得这样？”

听到老人点自己的名字，礼帽的脖子不由自主地往回一缩。他从枪套里拔出手枪，望空举了举，像是给自个儿壮胆，然后向前跨了一步，拿枪口对着梁万田：

“噢，既然认得我，看来你还不是一般的角儿。”寇家宝回头歪了歪脑袋，“把他给我绑起来。”

几个伪军迅速把梁师傅五花大绑起来。梁师傅毫无惧色地“哼”了一声：

“寇家宝，全阳城人都认得你，全中国人都认得你，天下所有抵抗侵略的人也都认得你。认得你能算什么机密？任何一个认得畜生的人，都认得你。”

“老家伙，本来计划把你押回洪部，现在看来，你把我的耐心抖落没了。火上再添些柴，把他放到火炉上，烧了他。”寇家宝转身来到火炉前，用极其淫邪的目光盯着梁万田。

几个伪军把梁师傅抬放到尚有火星的火炉上，一个伪军拉动了风箱，梁师傅很快被包裹在猩红的烈焰之中……

河神庙上的荆秧圪梁传来枪声。

岛田挥刀向上一指，“攻击——”河口铺里的日伪军迅速冲出大院，向荆秧西圪梁扑去。

趁着夜色的掩护，游击队且战且退，把敌人引向傍晚时分刚刚逃跑的敌人曾经占领的前岭圪堆。敌人追到一段地势较陡的山坡下，接二连三地踩响了地雷，再加上游击队从高处扔下来的手榴弹和小型炸药包，敌人队伍中的爆炸声此起彼伏。游击队员就着爆炸的火光，瞄准敌人猛烈射击。

很快，在山坡下馈赠了二十几具尸体后，敌人放弃了追击，而是返回占据了河神庙上的荆秧圪梁，利用机枪向四下里疯狂扫射。

“队长，你看，”席文龙指指敌人阵地上正在吐着火舌的机枪，“正好在咱地道的正上面。”

“很好，老弟，你带工兵班，绕下河口铺，想办法干掉他，弄他一挺机枪。”

“是！”席文龙就地打了个滚，正待出发，胡家斌又把他喊了回来，“老弟，你比机枪重要。完成完不成任务，你都给哥安全回来。”

“是！工兵班，跟我来！”五个黑影跟在一个黑影后面，弓着腰跑下了后洼沟。

不久，敌人也用零星的射击来回应游击队四下里的零星射击。双方陷入对峙状态。

老铁爬到胡家斌身边：“队长，这小鬼子是不是在打咱的车轮战？”

“估计不是，这可能是敌人采用的第二套方案。根据栗部长分析，小日本想打通义城、张沟到嘉峰一带的交通线，蚕食我阳北抗日根据地。如果让敌人在这一点站稳脚跟，我们阳北根据地将不复存在。不管谁打谁的车轮战，我们跟他玩的是捉迷藏战，有危险咱就藏起来，没危险咱就干他一枪。告诉同志们，打起精神来，今天晚上争取把这股小日本赶过芦苇河。否则，今晚他占领荆秧圪梁，明天占领前岭圪堆，后天占领张山，小日本的阴谋就得逞了。”

“是！”

枪声又密集起来。突然，荆秧圪梁上冒起一团巨大的火光，紧接着剧烈的爆炸声震耳欲聋。趴在荆秧圪梁上的敌人有的被巨大的火球掀到半空，有的被强烈的气浪推下圪梁。荆秧圪梁上的两挺机枪顿成哑巴。

回过神来的敌人重新占据了荆秧圪梁，而且对河神庙进行了火力压制。仗着较强的火力掩护，几个鬼子威逼着十几个伪军，一步步包围了河神庙。

当敌人接近河神庙时，正殿内突然响起一排枪声，走在最前面的伪军应声倒地。“进攻——”鬼子号叫着，继续指挥伪军围上去。

河神庙的正殿一下子变得悄无声息。几个伪军战战兢兢地摸了进去，没有动静；一个鬼子打开手电筒也跟着伪军跨进去，仍然没有动静，手电光在墙头照照，没有动静，在殿内墙角照照，没有动静。当手电光照向地火的盖板时，地火内又一个巨大的火球腾空而起——地火内的炸药包爆炸了。正殿内轰然坍塌，正殿内的所有人，包括藏身在地火通道内的席文龙他们无一幸免，全都被埋葬在碎砖瓦砾之中。

及时赶来的县大队马上投入战斗。敌人渐渐抵挡不住，在数挺机枪的交叉掩护下，向蒿峪方向撤退。

天蒙蒙亮，战斗结束了。

开阔的河口铺大院的院心处，摆放着六具尸体。

年轻的席文龙和他的四名工兵战士，静静地躺在他们誓死用鲜血保卫的国土上。他的胸前，放着一挺乌青发亮的机枪。

梁师傅的尸体只剩下两截，腹腔一段已经被烧化了，剩余的尸骸也已被烧烤得焦黑不堪，有如几根未烧尽的树干。

面对英雄们的尸体，庄严肃穆的河口铺大院里仿佛传来惊雷般的切齿声……

第四十二章　三剿天仙妙道

听说席文龙牺牲了，缑老六专程从礓山跑过来，趴在他的坟前刨啊刨，似乎要亲眼看看那个聪明、机灵而年轻的生命：

“小老弟，你出来，让哥进去，你们都还很年轻啊！

“小老弟，你出来，让哥进去，你们都比哥强！

“小老弟，你出来，让哥进去……”

缑老六疯癫般的呓语让英雄们的坟茔周围顿时变成呜咽的海洋……

缑老六用双手捧起一掬一掬的土，加在六座新坟的坟头，然后后退几步，向再也无法站起来的六位英雄行了个军礼：

“梁大哥，小老弟们，缑老六不会放过他们的！”

祭奠结束，胡家珷又把缑老六带到张家大院的南屋。

炕头上，一个正扶着墙壁学走路的小伙子撑起胖嘟嘟的小脸，瞪着清澈明亮的虎眼，好奇地盯着闯进来的两个陌生人。缑老六把一个包裹递给主妇，径直走到炕沿，不无欣赏地摸摸细嫩的脸蛋，回头看看站在他们身旁的潘小巧，调侃道："你们这也太胆大了，差不多就行，这人造的，这也太像了。"说完，瞅瞅胡家斌，似乎在强调自己的论点。

潘小巧抡起自己手中的包裹砸到缑老六背上，后者夸张地抱头鼠窜，边躲边求饶："饶命饶命饶命，有手不打上门客，况且，我是来给你们送东西的。"

"土匪，再这样胡吣，我可真不让你再进我家的门了。"

"土匪谨记，土匪谨记。请少奶奶查验礼物。"

"什么东西，这是？"

"打开就知道了。"

"妈呀，这份礼物真是太珍贵了。"包裹里是只熏全羊。潘小巧清瘦的脸上瞬间泛起幸福的红晕，她忘乎所以地送给胡家斌一个情浓意切的媚眼，又羞涩地送给缑老六一个万福："谢谢土匪大哥。"

缑老六摊开双手，给胡家斌扮个鬼脸："土匪这顶帽子，看来是卸不掉了。"

"还想怎么着？给你换成顶戴花翎？"

"好了好了好了，少奶奶这张嘴，土匪领教了。"

不一会儿，午饭上桌了：玉米疙瘩汤放羊肉。

缑老六跺着脚在屋里转了好几圈才平静下来："羊肉就是专门让你吃的，你说你给我吃这算什么？你们家或许还有几颗粮食，可你们家有菜吃吗？你奶着孩子，需要这些东西，你说这顿饭让哥怎吃得下？"

“土匪，坐下快吃吧。疙瘩汤里放羊肉，你以为是给你土匪做的？”潘小巧剜了缑老六一眼，不无骄傲地冲胡家珷莞尔一笑。

“哦，哦，哦，看我这圪脑。谢谢少奶奶款待。”

午饭后，胡家珷把缑老六送到村口：“大哥，今晚可能有任务，小弟就不远送了。”

缑老六一听反而不走了：“让哥出了这口恶气再走。”

正月十二下午，胡国昌派人密报，“王村”。为了验证情报的准确性，胡家珷让张旭东集合队伍，准备行动，自己带着缑老六下到蒿峪。

胡国昌一见到胡家珷，直接表白：“三爷，这回是真的，我拿脑袋担保，这回是真的，这回是真的。”

“胡会长，找到你门上，是想听听详细情况。”

“王村大户王秉乾近来皈依了天仙妙道，特意把王家的祠堂作为姬道长他们讲功作法的道场。道长他们几个就住在王家祠堂内，其余道众住在村边的车马店。由于年成不好，车马店早关门歇业了，现在车马店内住的全是道众。车马店很好找，从南边一进村第一个大院就是，一排窑，窑前一排五间平房，靠院墙是一排牲口棚。王家祠堂比车马店还好找。王家大院的东北角是座四层高的三间大的小楼，这座小楼全村最高，远远就能看见。小楼的一层就是王家祠堂。三爷，在下知道的就是这些了，绝对是真的，绝对是真的，绝对是真的。”

“胡会长，我们也知道你的难处，既要听小日本的，又要听中央军的，可是，我得奉劝会长几句，耳朵不管听谁的，心里得有个底线。”

“谢三爷指教谢三爷指教谢三爷指教，胡某一定坚守中国人的底线。”

子夜时分，游击队包围了王村车马店。睡梦中的匪徒没有任何抵抗乖乖束手就擒。游击队员把敌人集中到车马店大院中，胡家斌把队尾一个鬼鬼祟祟往后看的小喽啰拉出队伍，拉回到窑洞里，借着微弱的月光，用手枪指着他的脑门问：“这里边谁是头？”

“侯司令。”

“哪个是侯司令？走，把你们的侯司令找来，我有话说。”

小喽啰战战兢兢地走到队列里，找到侯玉屏，“长官要找你说话”。

侯玉屏气急败坏，劈脸就给了小喽啰一记耳光：“这是让你来认人的，笨蛋！老子和共产党有什么话好说？”

“侯司令，既然身份已经暴露了，发火有用吗？走，带我们去找姬道长。”胡家斌把枪口对着侯玉屏。

侯玉屏一副死猪不怕开水烫的模样，仰着脸，挺着胸，对胡家斌的命令不屑一顾。

缑老六在老铁肩上点了点，后者会意，对身后的补全和加仁说：“伺候伺候侯司令。”

补全变戏法似的从口袋里掏出几段细绳，一段把侯玉屏的手绑到身后，一段勒到他的腰上，然后，解开他的衣襟，把一把早已准备好的两三寸长的花椒枝塞进他的衣襟里，再帮他系好衣扣。侯玉屏的腰瞬间如放进热水里的粉条，软软地弯了下去。缑老六拍拍他的脑袋："侯司令，听话，叫开王家大院的门，告诉我们你们的姬道长和蔡道长在哪个屋里，我们就把暂且放在你怀里的东西取出来。"

"站住，什么人？"院外的哨兵远远喊道。

"是我。"侯玉屏有气无力地应答道。

来到近前，哨兵正要和侯司令打招呼，没等到他开口，补全一个箭步跨上去，一手榴弹就把他砸倒在地。

"嘭嘭嘭！"敲门之后，门内有人问，"谁呀？这半夜三更的？"

"是我，侯司令。大烟土抽完了。"

"咔吧吱扭——"大门刚刚裂开一道缝，门后的两个哨兵就被两双有力的手掐住了脖子。

缑老六接过哨兵手中的马灯，一行人跟着侯玉屏直接上到祠堂小楼的二楼。

押着侯玉屏的补全一脚踹开房门，没等他收腿，加仁、时生等几个人就扑了进去。

姬德锁、蔡天成被几双大手牢牢地摁在床上。

站在楼道上的缑老六举着马灯给屋里的人照明："把他们绑起来。"

胡家斌在二人的枕头下摸出了两支盒子炮，高兴地来到马灯下让缑老六过眼瘾："缑大哥，你看。"

缑老六接过一支，握着枪把翻来覆去地看，那种高兴劲儿溢于言表。

站在院子里担任警戒的老铁朝楼上喊，“怎么回事，这大半天绑不住个人？”

补全左手牵着捆绑侯玉屏的绳子，右手握着一枚手榴弹，手榴弹的后盖已拧开，拉环已套在右手小指上。听到老铁的喊声，补全揪着侯玉屏的衣领，把他拽到屋里，看到加仁和时生还在笨拙地给蔡天成穿衣服，而蔡天成的手极不听话地左摇右摆，补全赶上去，照准蔡天成的大腿狠狠跺了一脚，蔡天成撒泼似的大喊大叫起来，门口的缑老六赶紧举着马灯照进来。侯玉屏见状，猛地挣脱了补全的拉拽，拼命撞开门口的缑老六，向尚在床上的蔡天成大喊，“蔡大哥快跑！”他一边喊一边向楼下冲，守在楼梯口的老铁立刻举枪对着楼梯，慌不择路的侯玉屏不偏不倚，胸口准准对着刺刀扑了下来。没提防的老铁连枪带人被扑倒在地，他一翻身站了起来，然而，挑在刺刀上的侯玉屏已经一动不动了。

缑老六倒地，马灯被甩了老远，屋里的光线突然暗了下来，蔡天成扭动身子，妄图挣脱。补全火了，他把手里的手榴弹交给加仁，“拿着”，然后骑到蔡天成身上，照着他的脑袋就是几拳……“轰”的一声，手榴弹爆炸了。楼道上的缑老六和胡家斌被巨大的冲击波掀到楼下，紧接着，二楼塌陷，屋内的几个人没一个能从废墟中走出来……

西岭天仙妙道被彻底剿灭。

第四十三章　狼口夺食

王村行动，胡家斌被气浪掀到了墙上，又顺着楼梯滚下来；只是头上碰了个口子，无甚大碍；而缑老六就没这么幸运，他直接就被掀下去，把腿给摔折了。

司军医给缑老六处理包扎后，缑老六不得不被送回老家养伤。张旭东又被军事部长栗顺兴抽调去组建侦察组。芦河游击队只得进行人事调整：马国瑞任第一分队队长，老铁任第二分队队长，焦小罗任第三分队队长。

头上缠着绷带，头皮发痒，抓不能抓挠不能挠的，睡觉又不能随便翻身——胡家斌几次要上白岩寺找司军医论理：什么球军医，害得人活不活死不死的，哪胜得当时齐脖子根割了？不过每次都被老铁他们制止了：

“和缑大哥换换，你愿意吗？”

将近正午，初春的阳光透过窗户照在炕头，一连几天没睡好的胡家斌躺在火炉边突然发出悠扬的鼾声。通讯员刘安长蹑手蹑脚地退出屋子，轻轻地把屋门拢上。然而，他刚转身，杨虎虎一路高叫着跑过来，“队长——大鱼——”

刘安长赶紧把杨虎虎堵到门口，但是，他身后的门“哗啦”一声开了。

“队长，大鱼！”杨虎虎尚在喘着粗气。

“走！”

确实是一条大鱼，一条大得让人吃一口这辈子再不提吃鱼的大鱼。

老王沟、张山到韩山一线，一百多伪军在前面开路，二百多伪军押着三百多扛着大大小小布袋的民夫，后面是八十来个日军。胡家斌和三个分队队长趴在石榴凹东坡顶，盯着下面山坳里长长的队伍。

“这狗日仗着人多,根本没把咱们放到眼里。”马国瑞恨恨地说。

“弄这么多人，说明他狗日怕咱。”老铁分析道。

“队长，就这么放他们过去？”焦小罗有些着急。

“放人过去没甚，咱不能眼睁睁放粮食过去。”老铁扭头看看胡家斌。

“对，不能放粮食过去。”焦小罗对老铁的意见表示支持。

“同志们，”胡家斌很快做出战斗部署，“老铁说得对，不能放粮食过去。咱们今天就和小日本要一把狼口夺食，要么咱把这么多粮食抢回来，要么被狼吃掉。跑步前进，在潘街到桃坪一带埋伏。一口吃下这么多人，咱还没有这么大胃口。一二分队从民夫和小日本的结合部发动进攻，在最短的时间内把敌人的队伍拦腰斩断。咱有机枪了，这次就试试机枪的火力，集中火力，消灭小日本，消灭不了就把他赶跑。三分队从民夫和伪军的结合部发动攻击，一部分安抚群众，让群众就地卧倒；一部分追击伪军，把他们赶跑就行。

“明白了吗”

“明白了。”

“行动！”

下午未时许，前面的伪军畏畏缩缩、慢慢腾腾、拖拖沓沓才进入桃坪沟。焦小罗再次告诫队员，“不能伤了百姓，冲上去立刻要求百姓卧倒，伤了百姓的，按汉奸论处。”

黄沙圪嘴下，日军渐渐进入了机枪的有效射击范围。胡家斌指着日军队伍前面扛着机枪的两个鬼子，对机枪手尹小庆说，到时候先干掉那两挺机枪。

“打！”胡家斌大喊一声并第一个冲下山坡，伴随着机枪“咯咯咯”的吼叫声，游击队员似猛虎般顺着山坡冲下来。日军没被游击队的突然进攻吓倒，而是卧倒在地向山坡上开枪射击。冲锋中，尹小庆一个前扑倒了下去，赵德海冲过去抓起机枪继续扫射。日军没有溃败，而是一边还击一边有组织地向东边的山坡上撤退。

“马国瑞，机枪！”已抓起一挺机枪的胡家斌提示身边的马国瑞。

不断有人受伤倒地。

这时，又一股人马从山坡的侧面围过来。

原来，负责安抚群众的焦小罗分队见伪军已经溃退，便迅速组织力量，从斜刺里向鬼子围上来。

鬼子见状，丢下十几具尸体，转身向后逃窜。

溃逃的日军翻过大夫街山梁，慌不择路，向东狂奔。游击队一面射击一面紧紧追赶。这时，其中一个小日本滚到山沟里不见了。马国瑞给杨虎虎一个手势，杨虎虎跑到山沟前面往回堵，马国瑞顺着山沟往外追。在一个土坎下，一个朝天的臀部犹如一台失控的振动器，正在超负荷颤抖。杨虎虎走上去，一脚踹翻了这台惊恐的机器。

“饶命，饶命。”

这次战斗，缴获了两挺机枪，夺回了近八千斤粮食，俘虏了六十多个伪军，活捉了一个日军俘虏。然而，尹小庆等七人牺牲，另有二十二名队员受伤。

张沟村张家大院门外，立刻变成了欢乐的海洋。

马国瑞、老铁和焦小罗三人肩上各扛一挺机枪，后面跟着各自分队的游击队员，最后是杨虎虎用绳索牵着的日本俘虏。

附近各村的群众听说游击队打了一场大胜仗，俘虏了一个日本兵，纷纷赶来祝贺。

阳北县委书记陆达、阳北县代理县长樊岗、军事部长栗顺兴以及一区区分委书记胡家琪也闻讯赶来祝贺。

潘小巧抱着孩子，神采飞扬地站在胡家斌身旁，胡家斌掏出手枪，取出弹夹，送到他儿子手里，权且作为最豪华的玩具。张老财撇撇嘴，半转过身，和胡家琪他们寒暄。

这时，陆达站在碾盘上，给大伙做了个安静的手势，全场顿时安静下来：

“各位父老乡亲，同志们：

“今天，我们芦河游击队，取得了一场成立以来最大的胜利。在此，我代表阳北县委、阳北县抗日政府，向胡家珷和他所领导的芦河游击队表示热烈的祝贺！赢得这样的胜利，离不开当地群众的大力支持，离不开开明绅士的鼎力相助，在此，我谨代表阳北县委、阳北县抗日政府，向以张锡祚老先生为代表的开明绅士、向张沟以及周边各村父老乡亲，表示衷心的感谢！

“我们要夺取抗战的胜利,就必须争取更多更大的这样的胜利。尽管我们有牺牲，但为了打败日本帝国主义，赶走日本法西斯侵略者，这样的牺牲是难免的，是值得的，是光荣的！

“当前，我们面前的敌人仍很强大，我们遭遇的天灾也非常严重，这就更需要我们团结起来，戮力同心，共同战胜日寇和天灾。尽管未来的道路还很漫长,尽管未来的道路上还有难以计数的牺牲,但是，我们认了。不打败日本侵略者，决不罢休！

“同志们，大家有信心没有？”

“有——”

“下面请樊岗代县长给大家讲话。”陆达从碾盘上跳下来，给樊岗做了个邀请手势。

“不不不，谢谢。张家媳妇的才德，我早有耳闻，今天，一定要让张家媳妇给我们大家讲几句。大家欢迎。”樊岗撺掇胡家琪请人。

胡家琪在黄书媚老太太身后请出白秀英："白先生，就别拿架子了。"

头上黑丝发套，上身紫红斜襟棉袄，下身深蓝棉裤，脚穿大紫绣花鞋，着装得体的白秀英带着红晕在众人的搀扶下登上碾盘。

全场瞬间只剩下众人的心跳声。

"把俘虏带过来。"白秀英指指杨虎虎用绳子牵着的日本人，众人的目光也随着她手指的方向转向面如土灰的鬼子兵，杨虎虎把俘虏牵到碾盘跟前，"我不知道你能不能听懂中国话。"

"白先生，他能听懂，他说他是翻译官。"杨虎虎不无得意地拽拽手中的绳子。

"既然听得懂,那就听听一个中国妇女对你们日本强盗的控诉。

"你，日本狗强盗！你们杀人放火、奸淫掳掠、残忍暴虐、无恶不作，你们大和民族的脉血里究竟还有没有人类的基因？你们还是人吗？任何一个人都有生存的权利，任何一个民族都有繁衍生息的权利，任何一个国家都有发展壮大的权利，你们，日本狗强盗，为什么要把自己的生存、繁衍和发展寄托在中华民族的血肉之躯和累累白骨上？为什么？为什么？为什么？——"

愤怒的眼泪从白秀英的腮帮上扑簌簌地滚下来，在场所有的人无不为她的激越之情所感染。

"男人们，中国的男人们，面对日本狗强盗，不要轻言放下武器，跟小鬼子拼到底！这辈子拼不过，那就拼到儿子辈，儿子辈拼不过，那就拼到孙子辈！我们不仅要把日本侵略者赶回老家，而且还要打到东洋去，把日本狗强盗杀疼，杀醒，杀绝，杀得他鬼哭狼嚎，杀得他跪地求饶，杀得他割地赔款，杀得他俯首称臣，让日本狗强盗为今天的疯狂和残暴付出死亡的代价！

“老少爷们，今天取得的胜利，我们还不满意。我们翘首企盼着你们彻底消灭日本狗强盗、为中国军人争回颜面、为中华民族挽回尊严的最后的胜利！”

“打倒日本帝国主义！”胡家琪激情澎湃带头喊起了口号。

“毛主席万岁！”

“共产党万岁！”

樊岗紧紧握着白秀英的手：“怪不得张沟村的年轻人在战场上一个个骁勇善战，原来是因为张沟有你；怪不得芦苇河一带的年轻人在战场上奋勇争先，原来是因为芦苇河有你！白先生，感谢你。”

热闹、热烈而又难舍的道别人群中，杨虎虎牵着俘虏挤到胡家斌跟前：

“队长，他说他是朝鲜人。他要参加游击队。”

“什么？朝鲜人？”

“他说他叫林顺，是朝鲜人。”

第四十四章　婚宴上的男儿泪

因为要走一两天，张承富专门到寇家找寇家宝打声招呼。

寇家宝指着身旁一个侍卫向他介绍：“新近安排了个侍卫，是个哑巴。”

张承富才着意瞅了瞅：瓜子脸，柳叶眉，四肢修长，体态苗条，大盖帽，黑军装，倒也耐看，只是两只手搭在一起放在身前。

张承富“哧”的一声笑了。寇家宝一脸的不好意思：

“你的眼太刁，就怕瞒不过你，果然被你一眼就看穿了。”

侍卫紧张得急忙架起双臂检查自己的身体，没发现破绽，又把两手搭在一起，放在身前。寇家宝无奈地现场指导：“瞧你的手，男人有那样的吗？挺胸抬头，双手中指与裤缝对齐。”

侍卫立刻纠正了错误站姿，满含羞涩地看着前面。

“晚了，张经理已经看出来了。来，认识一下吧。前几天在西门口遇见一个卖闺女的，我见闺女长得也水灵，就动了恻隐，悄悄给她挑了一套合身的制服，让她回家剃成平头，第二天就带回来了。

给她家金票，给多少能度过这荒年？给她家粮食，给多少能把全家人的肚子填饱？后来索性就纳过来了，她们家其余的四张嘴，我全包了。

“白桑人，叫段红梅，才十九岁。没我闺女大，总有作孽的感觉，所以就没声张。今天给你交了底，也不应该叫声张，仅仅表明哥信得过你。

“这就是跟你经常提到的咱藕香斋的张经理。还不见过张经理？”

段红梅微弯秀腿，做个万福：“张经理好，请多多关照。”

“好了好了好了，一个男性哑巴侍卫，你的表现还需加强训练。大哥，再过一半天，警备队第一中队的中队长崔永法办喜事，我得去凑个热闹。所以专门来跟你说一声。”

“这样的年成操办婚事？”

“黄历上的黄道吉日是去年九月，可是去年天旱成那样，谁家办得起婚事？虽然今年旱情未减，可这毕竟是人生大事，不能再往后推了，所以双方一致同意四月初九办。反正是年成好就大办，年成不好就小办。都是穷人家，谁还不知道谁家的底子有多厚？能将就着送过大场就行了。”

“既然你亲自去，封礼时咱就得丰厚点了。”

“谢大哥指点。”

“好了，你看情况办吧。”

四月初八下午，张承富雇了两个脚夫，挑着大包小包来到上李，结婚办事需要用的酒具、茶具等器具和需要耗费的烟、酒、糖、瓜果等物品，他统统带全了，器具是藕香斋的，用完再送回，物品也是藕香斋的，不用白不用。他甚至还带了两条缎被面——崔永法这样的家境断然没有的高档礼品。

张承富周到的安排和帮助让崔永法极为感动，他攥着前者的手，久久不舍放开……

大旱仍在持续，每一张脸上都被可怕的天灾刻下龟裂纹样的印记。崔家的婚事似一根从天而降的稻草，所有的亲戚无一缺席的全来贺喜，全村老少一个不剩的都来贺喜，就连附近村庄的熟人也都携妻挈子赶来贺喜。幸亏张承富前段时间给他周济的小米，否则，即便是稀粥，他家也熬不了几锅。

婚礼当天，夜幕降临，厨师们刷净锅碗，拆除灶台——崔家婚宴宣告结束。所有前来贺喜的宾客大都祝福告辞，狭小幽暗的院落里一下子安静了许多。二老和妹妹在中窑里收拾盘盘盏盏，新婚夫妇和张承富他们几个从城里赶来的朋友在边窑里诌天侃地，相谈甚欢。突然，门外传来嚷嚷声，“李凤岐驾到，崔永法迎驾——”听到喊声，崔永法第一个跑出来，拉住客人的手，“凤岐老弟，你怎么来了？”张承富、苗云章几个也都跑出来，向来人表示欢迎。新娘子忙举起门帘招呼客人，“让人进屋嘛”，“对对对，进屋说，进屋说。”崔永法拽着客人的手就往屋里拉。“哎哟哟哟，慢点慢点。”李凤岐不禁失声叫起来。

众人回到屋里，大伙都赶忙问李凤岐的伤怎么样了。李凤岐对众人的关切不屑一顾，他径自走到新娘子跟前，双手平举，流里流气地命令新娘："把我的扣子解开。"

"你……"新娘子羞得转过脸去。

"永法哥，让嫂子为老弟解解衣裳上的扣都不行？又不是让她给老弟解裤带，怕甚？"李凤岐一副涎皮赖脸的模样。

张承富赶紧走过去劝解："凤岐老弟，今天是你永法哥的大喜日子，你是不是专门来乱场的？"

李凤岐嘻嘻一笑，用饧眼瞅瞅众兄弟："永法哥，让嫂子给老弟解解衣裳扣子能叫乱场？你感觉我李凤岐像低三下四的人？让嫂子解扣子！"

"青兰，给凤岐老弟解吧。"崔永法向新婚妻子投以祈求的目光。

王青兰扭着脸，用余光扫着衣襟，难为情地为这个刚进门就让人解扣子的粗鲁汉子解开了衣扣。李凤岐得寸进尺，他进一步要求王青兰帮他脱掉衣服。崔永法的脸红得发紫，他又朝新娘点点头。王青兰拽住李凤岐的袖管，帮他脱去了上衣。

"啊——"所有人都倒吸一口凉气：

李凤岐的后背碗口大一块血斑，仿佛一位技艺高超的屠夫在他的后背揭去了皮肉，展示他背上的骨骼。

王青兰双手捂在自己的嘴上，然后跑过来躲在崔永法身后。

"唉，小鬼子也太狠毒了。"董振其长叹一声，狠狠跺了一脚。

崔永法的妹妹送进来一盘菜肴，张承富反客为主，忙招呼大伙坐下。

弟兄几个按主宾伯仲之序落座后，王青兰忙从床上抓起衣服，给李凤岐披上。

李凤岐端起一杯，从众兄弟眼前让过："凤岐这条命，是弟兄们争回来的，我先敬弟兄们一杯。"

李凤岐何出此言？

原来，今年春，李凤岐小队随石元小队到尚礼村抢粮。刚进村就发现一个少妇慌里慌张往外跑。一见少妇，石元兽性大发，他跑过去，二话不说把少妇扑倒在地，一边号叫着一边强暴。少妇无助、羞愧、悲愤的目光唤醒了一个中国男人的血性，一个警备队员端着枪冲过去，一枪把石元挑死在一旁。一个日军见状，一枪捅死了这名警备队员，其他警备队员马上持枪上前。双方瞬间形成对峙。就在这时，机枪响了。李凤岐急忙制止，然而，什么都晚了。三十多名警备队员随着凶残的枪声，相继倒在血泊之中。

日军把李凤岐五花大绑，带回了洪部并吊在梁上，只待明天到警备队当众斩首以儆效尤。晚上，两个日军军官拿吊在梁上的李凤岐寻开心，纵犬跃起在李凤岐后背生生撕咬下一片皮肉。

李凤岐命悬一线。

当天晚上，崔永法急忙找张承富想办法。张总经理能找谁？他只得硬着头皮带着崔永法求到寇家宝名下。

听完事情经过，寇家宝嘴角向下撇撇，不慌不忙地拉开几桌上一个小木匣，从中取出一尊三寸来高的小银佛，在手里把玩了几圈，瞅张承富一眼。张承富凑近看了看，没敢接。寇家宝伸直了胳膊递到他眼前，他才接过来审视了一番。寇家宝叹息道：“去年冬天，在一个大户人家搜来了这尊佛，造型挺别致，估计也有上百年了，可惜了。”张承富向他送去不解的目光，他苦笑道：“马上就成坂本的了。咱把丑话撂前头，不一定成。成了别谢我，谢佛；不成别怨我，怨佛。走。”

不知坂本赏寇家宝的脸，还是赏佛的脸，李凤岐被放了出来。

得知崔永法的婚事后，李凤岐拼着命赶来了，尽管背上的咬伤远未好。

李凤岐皱着眉头龇牙咧嘴艰难地饮下酒，其他人都劝他别喝了，“养伤期间，最好还是别喝酒。”李凤岐咬咬牙，泪珠在眼眶里转呀转：“弟兄们不知道，这背上的伤好养，心里的伤，何时能养好啊！三十多个兄弟，一梭子打出去，人，就没了。他们是咱的兄弟，他们也是人啊……”李凤岐没能再说下去。

王青兰嘤嘤的呜咽和几个男人压抑的啜泣在理应充满欢声笑语的洞房内汇聚成一曲怒涛在火山深处滚滚激荡的交响乐……

不知过了多久，张元申悲叹道：“咱他妈人不人鬼不鬼，死了还不知道能不能进祖坟？”

董振其不无绝望地感慨“咱他妈离宗背祖，怎么可能进祖坟？”

“唉，”阎小仓垂头丧气，“一步走错，步步错。咱这辈子算他妈彻底交代了。”

“弟兄们，”张承富给众人重新斟满酒，把酒杯递到每一个人手里：“来，振作一下，听我说几句。今天是咱永法老弟和青兰大妹的大喜日子，咱弟兄几个是前来捧场的，不是来说丧摊话的。列祖列宗看的，不是以前，而是将来。三岁小娃吃屎，祖宗不怪罪，只要吃屎小娃日后能成为顶天立地的男子汉；韩信曾忍辱钻人裤裆，祖宗没怪罪，韩信后来不是叱咤风云的大将军吗？以往的事，咱别再提，我们没有必要为我们曾经走过的路后悔。只要咱们以后记得咱是中国人，咱的所作所为对得起一个中国人的良知，上苍看得见，祖宗觉得到，咱们也就死而无悔，死而无憾了。

“来，为二位新人的大喜干杯。

“为我们的良心，干杯。

“为我们记得自己是一个中国人，干杯。”

第四十五章　活捉汽车

马国瑞他们终于回来了。胡家斌高兴得拍着马国瑞的肩膀调侃道："下次遇到这样的任务，再不让你们去了。这一去就是半个月，听人说三天就能急死一个人，我为你们整整急死了五回，看我脸上，第五回的死皮还没脱呢。"

地委李哲人书记来阳北指导工作，要返回阳南。为了李书记的安全，栗顺兴部长决定由芦河游击队负责这次护送行动。经慎重考虑，胡家斌把护送任务交给了马国瑞分队。让老铁他们吃惊的是，自从马国瑞他们上路后，胡家斌一个劲儿地喊后悔："我该去，坐在家里等消息，这太折磨人了。"饭，吃不下；觉，更睡不着。时常一个人站在前岭的最高处望着芦苇河南岸发愣，有时半夜三更如梦游患者一样光着膀子跑出来在漆黑的夜幕里痴痴地望着根本看不见的芦苇河谷。漫长的半个月，鬼知道胡家斌是怎么熬过来的。看着胡家斌憔悴的面庞，马国瑞喝了一口水，没来得及坐就打开话匣：

"队长，我们也怕你心急，日夜不停地赶路。我们没想到，老天爷，这路太远了。岭后、墁上、相底、东冶、独泉、枪杆、柳树圪垠、东圪梁、西圪堆、后驴头、骆驼脖、猪嘴铺、坪上、后沟、翻过十八罗汉山、才到了下寺坪。老天爷，都快把我们走成属猴的了。返回来到相底时，正碰见寇家宝的人马抢东西，听说村里有座玉观音，是村庙里的镇庙神器，因怕被日本人掠夺走，老村长就悄悄藏起来了，后来不知怎么走漏了风声，让寇家宝知道了。他带人包围了相底村，把老村长全家十七口人吊在树上，并扬言要从最小的开始开膛。老村长没法子，只好把玉观音交了出来。

“回到八甲口，天就快黑了。从山上远远看见一队汽车开着车灯往清水磨方向去，我们决定干他个突然袭击，没想到，一交火，小鬼子汽车上的机枪压得我们抬不起头来，我们也跟相底村的老村长一样，眼巴巴看着小鬼子的车队跑了。”

“哎呀，”一旁的林顺插嘴道，“你们为什么不打轮胎？”

“打轮胎干什么？”马国瑞一脸迷茫。

“汽车能跑，是因为下面有轮胎。把轮胎打爆了，汽车就不能跑了。”林顺着急着做出开枪打轮胎的姿势。

“马国瑞呀马国瑞，你们都把我搅糊涂了。前几天城里来的情报说，小日本有一批战争物资准备运走，要我们密切关注。结果你们迟迟没回来，搅得我把要紧事都忘了。你们抓紧时间休息。老铁，咱们走。”

“哎？队长，这叫什么事？让我们休息，你们去执行任务？那你干脆把我们杀了算。”马国瑞跟着跑出来，拉住胡家斌的胳膊。

"不行，你们必须休息。"胡家斌毫不松口。

"队长，你们去执行任务，我们哪睡得着？这样吧，执行任务回来，我们美美睡一觉。怎么样？啊，同意啦——"

"队长，队长，"林顺也紧紧跟出来，"队长，咱们去打汽车吗？"

"是啊，炸他个稀巴烂，不能让小日本把物资就这么运走。"

"队长，咱能不能活捉他几辆？"

"活捉汽车？"

"是啊是啊是啊。"林顺信心十足地点点头。

胡家斌把伏击地点选在官道岭。这里离县城、岭后和河头据点都相对较远，便于撤退。

官道岭山势陡峭，大路就修在山肩上，路后峭壁，路边悬崖，异常险峻。

拂晓，队伍刚进入阵地，就听见从石家庄方面传来汽车的马达声。林顺抑制不住自己的兴奋，打了几滚滚到胡家斌身边："队长，只可惜我们只能活捉一辆。"

"注意隐蔽，一辆就已经很不错了。"

汽车转过弯，他们发现只有两辆。

"两辆？"林顺失望得小声喊出来。

"队长，怎么办？"马国瑞悄悄问。

"等等看，如果真就是两辆，那就干他两辆。干一辆少一辆。"胡家斌也有些泄气。

鬼子的汽车眼看就要开出埋伏区了，后面仍然不见动静。

“打！”随着胡家斌一声令下，最前面的汽车车头很快被打爆，汽车犹如没头的苍蝇一头撞向路后的石壁并侧翻在路中央，车上的铁砖一部分在路中央散落了一堆，一部分滚下路边的山谷。还有几个鬼子从车上跳下来，躲在第二辆汽车后面负隅顽抗。

林顺从掩体后面爬起来，冒着弹雨冲到路上，借着倒在路上的第一辆汽车向敌人射击。马国瑞急得嗷嗷大叫：“你小子不要命了？机枪，给我掩护。”马国瑞嘴里叫着，人已经冲到了路上。第一分队的队员见队长冲下去了，也都跟着冲了下去。躲在第二辆车后的鬼子很快被消灭。马国瑞立刻命令队员打扫战场。

林顺高兴得拉开第二辆汽车车门，拽下死在驾驶室内的鬼子。发动，加油，汽车轰鸣起来。十几个队员推着第一辆汽车的残骸，要给他腾路。他挥挥手，让大家靠边。只见林顺加大油门，驾驶汽车撞向倒在路上的汽车。“咣！”第一辆汽车被撞得底朝天。“咣！”底朝天的汽车被撞到路边，在众人的拍手叫好中，滚下山崖。林顺把车倒正，招呼大伙“上车”。

“队长，不好！你看！鬼子的巡逻车队。”负责警戒的焦小罗指着接官亭方向的汽车。

“有几辆？”胡家斌一边瞭望一边问。

“看不清。”

“咱们撤。”

正在汽车上兜风的马国瑞小队迅速跳车撤离。林顺没有下车。

"林顺，快撤！"马国瑞朝林顺大声喊道。

"等等，把车给他放下山沟再撤！"林顺猛地把车倒回来，向左狠打方向。汽车几乎横到了路上。林顺加大油门把车往路边一带，自己随即跳了下来。汽车前轮慢悠悠滚下路沿，汽车仿佛一个一脚踩空的醉汉，一头栽下了五里沟，紧接着冒起一团浓烟爆炸了。

鬼子巡逻车队上的机枪"咯咯咯咯"朝这边扫射。

"快！快跑！"马国瑞他们趴在山坡上，一边向鬼子的车队不断射击，一边呼喊着林顺。

一路撤到尹家沟猪山顶。林顺尚沉浸在无尽的痛惜之中：

"好容易活捉了一辆啊！"

第四十六章　兵燹白岩寺

民国三十三年，农历1944年的八月十五，张承富赶早回到了河口铺，要胡家瑢通知老三，他在家等着。

下午，胡家斌带着刘安长赶到张家大院。

一见面，张承富急切地问："抓到了吗？"

胡家斌无奈地摇摇头："没有。"

"怎么可能？他让我给他准备几份月饼，我就估计他要给丈母娘送，只是时间无法确定。那天他老丈人进城找他，告诉他儿子病了，他便安置我说要上汉上找儿子，我赶紧给你们送信，因为这回时间可以确定。怎么可能没抓到？你们去的是不是太迟了？"张承富急得眼珠都快蹦出来了。

"大哥，我们去的不迟，只是这家伙太狡猾，让他从眼皮底下溜了。"

"溜了？你不是说他化成灰你也认得出来吗？"

"大哥，对不起，这回真是大意了。"

“究竟怎么回事？”

“我们已经把汉上村包围了。我和老铁先进村踩点。刚到村里，一个老头戴一顶烂草帽，穿一身烂衣裳，背着粪篓，扛着粪叉，正好从村里出来。看那样子像是下午外出拾粪，我们就问，‘老哥，卫敬民住哪个院？’老头拿粪叉把给我们指了指，匆匆走了。老头给我的第一印象就很别扭，我当时也不知道哪里别扭，反正总感觉别扭。走了一截，我突然想起老头脚上穿的那双鞋很别扭，一个拾粪老汉，浑身上下破破烂烂就是脚上那双鞋有八成新，而且还是尖口胶底布鞋，一般老百姓谁穿得起胶底布鞋？我们立马返身追，老头就不见了。围在外面的人也没见有拾粪的老汉出去。

“找到卫敬民家，寇家宝果然不在。我们把汉上村里里外外搜了个遍，就只差挖地三尺了，可就是没找到寇家宝。没办法，我们只得把他的丈母娘和老婆作为人质扣了起来。”

“你们扣她们有什么用？”张承富失望、沮丧的表情中又增加了几分惊愕。

“马上就是八月十五，他能让他老丈母和老婆落到外面？”胡家斌露出自以为是的微笑。

“老弟，你还没有真正了解寇家宝。这是一个世上少有的极其阴险、狡诈、狠毒、残忍的刽子手，他绝不可能为了自己的家人，甚至包括他的儿子，去进行无谓的冒险。更何况你们抓扣的这两个人对他来说毫无价值。寇家宝在城里已纳了小妾，卫四芹早已成为他挂名的老婆，四芹妈在他眼里更是一文不值。”

“难道再给他送回去？”

“那也不至于。既然已经抓来了，那就等等看吧。昨天他老丈人到城里找他，也不知说了个什么。”

“他老丈人？就是那个卫敬民？昨天上午这个卫敬民跑到白岩寺探监，和司法科的崔佑科长缠了大半天，结果灰溜溜走了。估计进城就是去汇报探监情况的。”

“老弟，千万小心，不能有任何疏漏。一定要记住，寇家宝是你所有对手里最可怕的。”

告别了张承富，胡家斌又匆忙赶到白岩寺。

香积厨的伙夫叶开文悄悄告诉他，兔肉饺子，一会儿就能吃了。

“兔肉？叶师傅，我现在一听兔肉五脏六腑全瘫痪。为了解决给养问题，缑老六带了几个人到礤山打野味，也不知道人憨只会打兔子，还是兔子憨老往枪口上撞？他们送回来的总是兔子。不论是有盐的、没盐的，也不论是生的、中的，不论是烧着吃、煮着吃，也不论是配饭吃、当饭吃，我们都吃怕了。行了，叶师傅，谢谢你的好意，你赶紧包你的兔肉饺子，我进去见见县长。”

白岩寺西厢楼内，代理县长樊岗正在起草一份文件。他指指凳子，示意胡家斌坐下，他自顾自地埋头疾书。胡家斌没有坐，他推开后墙上的山窗，四下里观望。

“樊县长，县大队呢？”胡家斌发现白岩寺周围并没有为县委县政府提供安全保障的县大队的岗哨，贸然打断了樊岗的正事。

“任队长带着他们去峪则以骏马楼为实体，演练攻打炮楼的方法。”

“那你们这里谁来保护？”胡家斌几乎要跳起来。

“胡队长，别大惊小怪的。我们这里很安全。你放心，寇家宝即便是吃熊心豹胆，也不敢闯到这里来，咱阳北根据地是安全的。昨天上午，寇家宝打发他的老丈人来谈判，我们只有一个条件：必须让寇家宝本人来。结果谈判无果而终，寇家宝估计也没辙了。”

“樊县长，如果寇家宝就是一个人，我早就把他绳之以法了。问题是，他背后倚重的是驻阳日军洪部，我们不能掉以轻心。”

“胡队长，谢谢你的关心。今天是八月十五，我们这里是野兔肉馅的饺子，你就在这里和我们一块儿过中秋吧。”樊岗说着，把胡家斌推出了门。

来到白兔听经殿，大门内外四名七七二团的战士站岗执勤。进到囚禁室，卫四芹正在和母亲坐在炕沿相拥而泣。公安员梁补启伏在一条板凳上写着什么。见到胡家斌，卫四芹立刻对胡家斌怒目质问：

“抓我们娘俩干什么？有本事去抓寇家宝。抓两个女人，算什么本事？”

胡家斌的脸上顿时像是被五彩炮弹打中般红一块、紫一块、白一块、灰一块，他尽量避开卫四芹那刀一样的目光，俯下身，看看梁补启在写什么。后者解释道：“给她起草一份劝降书，让她照着抄写一份，叫她父亲给寇家宝带去。”

“休想！我不写！”卫四芹犹如一头发怒的非洲雌狮。

胡家珷看了看文绉绉的半截信，揉成一团："没用，别写。"

傍晚，胡家珷带着刘安长往回赶。长时间的干旱几乎杀绝了天地间所有的生命现象，中秋之夜万籁和鸣的秋之交响曲此时消失得无影无踪，没有一丝云彩陪衬的月亮显得异常冷寂和孤单，山梁上旱死的枯木透过东边初升的月亮宛然一张张令人发怵的胸腔透视片。穿过花园条村，胡家珷颓然躺倒在山坡上。

"队长，你没事吧？"刘安长急切地问。

"没事。有些饿了。"胡家珷无力地回答。

"刚才让你吃饭，你还装好汉呢。把一顿好饭也给报销了。"

"安长，我是不是太愚蠢？"

"队长，你不是饿糊涂了吧？芦苇河一道，谁不知道队长是个鬼精？"

"今天下午叫卫四芹一骂，我突然感觉自己跟傻瓜一样，心里堵得哪有食欲？没抓着寇家宝却把他老丈母和老婆抓来当人质，你说这叫什么事？如果寇家宝比驴还蠢，一切都非常简单；如果寇家宝不理这回事，这两个人质怎么处理？给人家送回去，还是不明不白地枪毙？"

"啪！"胡家珷在自己脸上抽了一记耳光。

"队长，你也不要过于自责。那两个女人，没一个好东西，一个陪汉奸睡觉，一个生了个陪汉奸睡觉的女人。就凭这条罪，把她们枪毙了一点儿也不冤。"

"算了，不说了。走，去小巧家讨口饭吃。"

胡家斌站起来，回头看看月色笼罩下的白岩寺，长长地叹了口气，闷声不响地向山下走去。

十五的月亮十六圆。八月十六这天晚上，白岩寺负责值班的战士像往常一样，按时关闭了所有的大门。樊岗在把寺内布置的岗哨统统巡查一遍后，也登上西厢楼，在灯下继续起草他的文件。入夜后，全寺只有两处亮灯，一处是樊岗的宿舍，一处便是掩翠庵中烧制木炭的作坊。作坊里，四个烧制木炭的工人夜以继日地劳作，他们烧制的木炭源源不断地送往了兵工厂。

夜深了，连樊岗宿舍的灯光也熄灭了。整座寺庙安静得宛然一方神话世界。

就在这时，一彪军马从崦山方面神不知鬼不觉地逼近了白岩寺，并似有预谋地兵分四路堵住了白岩寺所有的大门：一队封堵知客寮的前后门，一队封堵白岩寺的前后门，一队封堵白兔听经殿的大门，一队封堵掩翠庵的大门。

枪声从白兔听经殿方面骤然响起。值守在白兔听经殿大门口七七二团的四个哨兵发现情况，他们还尚未开枪，就被外面密集的子弹打倒在地，当即牺牲。负责守卫白兔听经殿的司法科长崔佑和公安员梁补启拉开屋门一个侧滚冲出来，朝大门口奋勇还击。然而，由于寡不敌众，二人先后受伤倒地。袭击者似乎对寺内的情况了如指掌，他们把白兔听经殿作为突袭的重点，其他院落的先期目的只是围堵，而对白兔听经殿采取了志在必夺的进攻态势。在岗哨和崔梁二人丧失抵抗力之后，袭击者冲进白兔听经殿，劫走了卫四芹及其母亲，绑走了受伤的崔梁二人，掠夺了院内密室里保藏的所有银元和贵重文物。

白兔听经殿的战斗甫一结束，其他院落的进攻便大肆展开。

掩翠庵中的四个工人听到外面枪声大作，急忙各自躲到能够藏身的地方，然而，投进庵内的不是子弹，而是手榴弹，在手榴弹的爆炸声中，四人无一幸免。

袭击者撞开香积厨的前门，一阵乱枪，把厨师叶开文及能忍等四位和尚射杀。

睡在西厢楼的樊岗听到枪声，立刻从枕头下摸出手枪，跳下床，跑下楼，组织寺内所有人员进行突围。然而，所有出口均被机枪封堵。他们不得不隐蔽还击，但，收效甚微。还击中，白兔听经殿方面的枪声戛然而止。"敌人得手了。"樊岗一边不断改变射击角度，一边自言自语。就在这时，"轰隆"一声，白岩寺的大门被炸开。工作队长薛肖峰见状，急忙命令樊岗等人从西厢楼跳窗逃生。樊岗和民政科员王爱民从西厢楼的窗户纵身跳了出去，王爱民侥幸落在一个烂叶堆里，而樊岗则恰恰落在一段斜坡上，崴伤了右脚。王爱民二话不说，背起樊岗就跑，一直跑到孔家沟后的灌木丛里躲起来，二人得以幸免于难。薛肖峰和司法科法警阎德胜为了掩护樊岗等人拼死抵抗，激战中，阎德胜中弹牺牲，薛肖峰受伤被俘。收发员李捷从外面传来枪声的那一刻起，就赶忙焚烧各种文件。当他处理完所有重要文件时，白岩寺大门正好被炸开，他已被敌人堵在白岩寺的正殿之内。他情急之中借助窗户爬上正殿的大梁，躲在正殿三抱粗的大梁上。

战斗结束，白岩寺重新恢复了宁静。临走，敌人放火点燃了白岩寺的所有建筑。很快，知客寮、香积厨、白兔听经殿、掩翠庵和白岩寺的正殿及东西厢楼等历经数百年的古建被冲天大火所吞噬。躲在正殿大梁上的李捷先是从梁上跳下来，藏在石供桌下面，由于正殿大梁过于粗硕，直到第二天大火被扑灭时，正殿大梁仍未损及五分之一。粗硕的大梁让李捷躲过一劫。

当游击队和县大队闻讯赶来救援时，白岩寺只剩下一片烟雾弥漫的废墟……

第四十七章　死亡审讯

崔佑苏醒过来。他已被五个铁环固定在一张刑床上：脖子、两个手腕和两只脚踝处各有一个铁环铐着。胸部的伤似乎也被处理过，现在缠着绷带。

“队长，他醒了。”旁边一个便衣见他醒来，仰着头向楼上喊。

不一会儿，楼梯上传来“嗵，嗵，嗵”踩着楼梯悠闲而傲慢的下楼声。

崔佑皱着眉头，紧紧盯着楼梯口。当和下楼人的目光相遇时，他脸上的青筋似突然通上电一样暴突起来，虚弱的身体带动着四肢痉挛般的扭动着，头上的汗珠仿佛一粒粒透亮的白豆顺着脸庞往下滚。待下楼人走到床前，他咬牙切齿地大声痛骂起来：

“寇家宝，你这个绝灭人性、丧尽天良的汉奸，我崔佑就是下到阴曹地府变成厉鬼，也要在阎罗殿上完成对你的审判。中国人民是不会放过你的，等待你的永远是最无情的惩罚。”

“崔科长，你的死期屈指可数。临走之前，也就别亏待了自己的肚子。希望你这几天吃饱喝足，精精神神地上路。”

寇家宝说完，迈着下楼时的步幅和频率，踩着悠闲而傲慢的脚步声上楼而去。

此后的二十多天里，寇家堂屋的一楼俨然成为崔佑的保健堂。他极奢侈地要吃要喝，毫不顾忌个人的形象和尊严，仿佛要通过自己的嘴，把寇家宝极其主子吃入末路。稍有不随意的是，他始终戴着镣铐，戴着镣铐吃，戴着镣铐睡，戴着镣铐上茅房。

将近一个月后的一天上午，几个便衣下楼来，卸掉了崔佑的镣铐，把他重新铐到刑床上，然后倏然退去。几个便衣刚走，楼梯上就传来“嘭嘭嘭”踩着楼梯悠闲而傲慢的下楼声。

精神饱满的崔佑原本红润的脸霎时涨得酱红，他扭动身躯，把整张刑床撕扯得“咯咯”作响，见寇家宝来到床前，他艰难地向上抬头，仿佛要用自己的脖子挣脱厚重的铁环。铁环压迫得他无法正常呼吸，于是，他停止了脖子的抗争，但嘴巴发动了猛烈攻势：

“寇家宝，阳城建城四千年，还没人受过凌迟，你将是阳城受到凌迟处死的第一人。哈哈哈哈，寇家宝，赶紧把你的满身横肉洗洗，免得哪天接受凌迟时，让人看你的笑话。”

寇家宝丝毫没被崔佑的诅咒所激怒。他优雅地坐在刑床边，跷起二郎腿，微笑地望着脸都被气成紫色的崔佑：

“欢迎光临寒舍，我的司法科长。为了挽回你的生命，首先是小野医生做了巨大的努力。在你昏迷的六天里，尽管经过四次手术，但小野医生还是没有把握地说，能不能活过来，全靠你的造化了。

后来，为了能让你吃饱喝足配合康复，我谎称你将不久于人世，你果然配合得不错。现在看来，你的身体调养得很好，咱俩能摊牌了。”

“汉奸，滚你妈的蛋！别尽耍花招，要杀要剐给老子痛快点。”

“崔科长，你有伤在身，肝火大动很不利于伤口的愈合。我不会让你死的，你和梁补启、薛肖峰他们不一样，你必须活着。为了防止你这两位战友被送进日军洪部受辱，我在征得二人的默许后，派人暗中划断了他们的动脉。”

“汉奸，别以为你用这一招能打动我。即使现在放我出去，我第一个要铲除的汉奸仍是你。你别忘了，你的手上，沾满了抗日战士和无辜群众的鲜血。”

“崔科长，你误会了。本人不是贪生怕死之辈，自从投靠了日本人，活着的意义对我来说，早已消失了。我就是抱着必死的决心来求得你我见面的。只要能见到你，我死而无憾了。”

“寇家宝，一个即将受到人民审判的汉奸，往自己脸上贴金，还有什么意义？说你无耻，恐怕都对不起‘无耻’二字。哼！”

“好吧。既然你认为自己有耻，那咱今天就从你引以为荣的‘耻’说起吧。

“崔佑，老实交代，你是如何与日本人取得联系里通外国的？”

这个貌似莫名其妙的问题问得崔佑一时语塞，他愣了半天才回过神来：

“放你妈狗屁，老子行得正走得直，什么时候里通外国了？”

“民国三十年四月，为了给日本人透信，你把一个装有笔记本的帆布挎包有意落在八里湾，笔记本上有你的署名和工作笔记。你这个行为，暴露了当时阳北县委主要领导的工作安排，直接导致了程廷章、李登瀛和李景波三人被杀。”

“你胡说些什么？你这个狗日的汉奸。那只帆布包是我不知何时丢失的。”

“对，确实是你丢失的。为什么恰好落到了日本人手里？”

“放你妈狗屁？我怎么能认得日本人？我为什么要给日本人透信？”

“问得好，崔科长。为了这句话，我苦苦等待了七年。针对你，我组织了八次围捕，亲手杀死了三十九个中国人，从一个走投无路的汉奸变成了一个名副其实、货真价实、恶贯满盈、罪恶累累、人神共愤、连自己都无法宽恕自己的汉奸。本来你们扣押我老婆和我老丈母娘，我根本不上心，可是听老丈人说你在白岩寺，我就非去不可了。为了保证万无一失，我好容易说通了岛田大佐并亲率一个中队的皇军和两个中队的警备队，绕开阳北，取道沁河，神不知鬼不觉地从郑庄方面摸过来。苍天有眼，崔科长，让你受惊了。

“说得好啊。你是一个中国人，怎么能认得万里重洋之外的日本人？可是，当你把枪口对准寇毓琪的时候，你怎么就不问问，他何以认得日本人？他为什么要给日本人透信？”

“寇毓琪死有余辜。他拿着镜子给日本飞机打暗号。”

“崔科长，寇毓琪是如何和日本人约定暗号的？日本飞机轰炸阳城之前，日本人来阳城找过他，还是他去日本找过日本人？给日本飞机打暗号，也算。结果日本飞机把寇家的博济药店也给夷为平地。如果寇毓琪是日本特务，一个日本特务用镜子引导日本飞机炸毁了特务总部。崔科长，这样愚蠢的特务假如投靠到你们那里，你们要收留吗？”

“当时有群众反映他拿着镜子乱晃。别想为汉奸特务翻案，没门！你们寇家就是祖传的汉奸，一窝汉奸！”

“崔科长，亏得你还是司法科长，给寇毓琪定性为特务，有物证，还是有人证？就凭几个人的胡乱猜测就对寇毓琪执行枪决，并对他儿子也进行无休无止的追杀。崔科长，你们手里可曾有过证据？”

“当时群众反映基本可信。我们证据确凿。像你们父子这样的汉奸，枉杀一千，错杀一万也不为过。”

“让你看样东西。”寇家宝敲敲楼杆，段红梅探出脑袋。寇家宝朝她挥挥手，让她下来，“到下面把宝贝拿出来。”

段红梅推开柜门，走了进去，能听见柜子里面还有暗室。不一会儿，段红梅从柜子里走出来，随手关上柜门，把一个用黄缎包得严严实实的包裹小心翼翼地交给寇家宝。后者给她一个眼色，她马上转身上楼。

寇家宝一层层地打开包裹，从里面取出一块金光灿灿的古铜镜。他端起铜镜，举到崔佑面前：

“崔科长，我曾立下毒誓，除我之外，谁见到这面铜镜谁死。为了把事情说清楚，我今天特意让你见见。请放心，我不会伤害你。

“这是一面战国铜镜。要想把铜镜的身世说清楚，还需要从三百年前说起。

“崇祯十四年正月二十，洛阳被李自成攻陷。起义军进到城内先是杀后是抢，城内尸横遍野，血流成河。这其中就有一股农民军，他们把抢夺来的赃物打成包裹，乘着夜色脱离了队伍逃出了洛阳城。在这群开小差的队伍里，有一个姓寇的农民，他跑回自己的老家陕西，带上家眷，一路变卖古董，一路迁徙。一百年之后，这个寇氏家族的一支又迁徙到阳城，并在阳城城内定居下来。为了兴家，寇氏祖宗又变卖了不少古董。当然，这其中不乏好吃懒做者，他们靠变卖古董过活，直到我曾祖父接手，这种得过且过坐吃山空的生活方式才彻底改变。但是，寇家手中的古董只剩下了这面价值连城的战国铜镜。

“这面铜镜，用料考究，图案精美，铸造和磨制工艺精湛，堪称当世极品，曾祖视之如命。受曾祖的影响，祖父和家父都慎重保藏，生怕有何纰漏。不料民国二十七年正月，日本飞机轰炸阳城县城，炸塌了博济药店，而这面铜镜当时恰好就藏在药店的阁楼上。为了铜镜的安全，家父抱着它东躲西藏。第二天，惊魂未定的家父就被你枪毙于博济药店的废墟之上。

“崔科长，我是汉奸，这些话信不信由你。尽管我作孽深重，很难逃脱惩罚，也不知道有没有明天，但，有一点你放心，这面铜镜绝对不会落入日本人的手里。

“你自由了。”

寇家宝说完，认真细致地把铜镜包起来，敲敲楼杆。段红梅迈着碎步跑下来，把铜镜放进柜子里神秘的地方，然后挽着寇家宝的胳膊，丢下正在刑床上闭目凝思的崔佑，上楼去了。四个便衣捧着崔佑的外衣走下楼来，给他卸开铁环，帮他穿好衣服，送他离开寇家大院。

崔佑基本是退着离开寇府的，他紧盯着送自己出门的身佩手枪的便衣。来到街口，四个便衣停下了脚步，崔佑转过身，快步赶往东城门。

来到城门口，一队日军巡逻兵正从城外开进来。崔佑在巡逻队正要从自己面前经过时，一个饿虎扑食扑向走在队尾的日军军官，双手去抢夺日军军官腰间的手枪。就在他即将得手时，前面的两个日军士兵转过身来，持枪便刺，锋利的刺刀捅向他伤口尚未完全愈合的胸膛……

第四十八章　顺手牵羊

从夏天开始，游击队便和各据点的敌人在电话线上较上了劲：

敌人白天架设，游击队晚上割断，而且是连电线杆带瓷瓶统统破坏。

这样的游戏做得多了，马国瑞有些不耐烦："干脆往电线杆下面埋上地雷，小鬼子再来架线时，杀他个血肉横飞。"

"不能啊。"胡家斌当下否定了这个提议，"架线的都是中国人，小日本仅仅在一旁监督。如果电线杆下埋地雷，挨炸的都是自家人。"

"对呀。"

"是啊是啊是啊。"

"队长说得在理。"

大伙七嘴八舌表示赞同。

"眼下的问题是，小日本不仅加紧了各据点之间游动哨的巡查，而且还加紧了夜间的巡查，"胡家斌挠挠头皮，"这以后再行动就有与小日本的游动哨发生遭遇的可能。”

“那就跟小日本干！”老铁拿枪托捣捣地面，“打得小日本不敢出来才行。”

“对，老铁这个办法不错。先干他的游动哨。”焦小罗把右手做成刀状，说着做了个挥刀斩蛇的动作。

“这样不危险？”胡家斌提出质疑，“万一被小日本拖住，咱们很有可能被几个据点里的敌人包了饺子。”

“那怎么办？”愁云在好几双眼睛里飘来飘去。

“办法还是有的。我们不能再以小分队为单元四处出击了，从今往后改为大队集体行动。要干就把一道线上几个据点的线都掐掉，万一遇到敌人的小股游动哨，咱就集中力量消灭他。大伙看怎么样？”

老铁猫着腰钻到大家中间，仰起脸在周围的一张张脸上观察动静：“大家有办法快说。今天我当回家，谁要出个比队长更高的主意，他就当队长。”

马国瑞一把揪住老铁的衣领：“铁哥，看来你早已有野心了。那你快说说，更好的主意是什么？”

众人都盯着老铁的眼。等了半天，没动静，老铁从马国瑞手里挣脱出来，带着明显自嘲的口吻：“只有咱胡队长能想到这样的主意。大家说，让我老铁当队长，行不行？”

大伙愣的你看我我看你，最后才看老铁。他已经笑得瘫下去了……

马国瑞回过神来："噢——闹了半天，你小子要我们了。大家捣他几下。"

几个人扑上去按住老铁拉直他的四肢，像工地捣夯一样，让他的屁股着地连捣了几下。

"好了，"胡家珷在地上画了几个圆圈，"这是几个据点的大致分布，这里是仙翁山据点，这里是牛头山据点，这里是刘村据点，这里是狐邑坡据点。这四个据点大致排布在一条线上，今晚咱从最远处的仙翁山开始，一杆一线一瓶都不给敌人留下，如遇敌人，咱就地解决，然后迅速撤退。怎么样？"

"能行。"异口同声地回应。

"好，各自准备，今晚行动。"

"是！"

这一天，民国三十三年农历十一月十七，傍晚的天色黑得像块色泽浓重的墨玉，队伍似一列游走于墨池中的青鱼，只能听见"沙沙沙"的脚步声，五步之外根本看不见人影。一直开到仙翁山，队伍按事先预定的方案散开，有的跑到炮楼附近负责监视据点内的敌人，有的拉开距离担任警戒，有的举起钩镰割电线，有的爬到电线杆上拴绳子，拴好绳子后，十几个人用力一拉，电线杆子犹如插在香灰里的独支香，要么软软倒地，要么半截被拉折，有的踩住电线杆子上头的横担卸瓷瓶。警戒线不断顺着架设线路往回移，电线杆子也随着一根根被拉倒毁坏。

那轮几乎还很圆的月亮挂到中天，已经大半夜了，队伍前移至刘村附近。当来到离炮楼还有三百来米时，负责殿后的压低嗓门“高喊”：“有情况。”胡家珷随即命令大家“卧倒”。

一队伪军巡逻队看那样子像是要返回炮楼。胡家珷带领十几个人站在敌人的必经之路上，林顺站在最前面，把胡家珷护在身后。一束手电光漫无目的地照过来，发现小路中央站着一排人，为首者本能地向后连退几步：“什么人？”嘴里叫喊着，手中的手电筒抖着颤抖的光柱向道路正中的人的脸上晃过来。

“八格！”正宗的日本话，林顺逆着手电光走上去，一把夺过手电筒，把光柱扫射在弯腰端枪随时准备开枪的伪军的脸上。

“気をつけ！”林顺又用日本话高喊了一声，队列中个别伪军听懂了口令，急忙两脚后跟并拢，挺胸抬头，手中的枪树立于大腿右侧。其余没听懂的赶紧跟着完成立正动作。

“我们是特工队的。你们的开路！”林顺改用中国话给伪军下命令，说着打开手电筒，给伪军照路。这队伪军在手电光的照耀下走了四五十米，突然，为首的又跑回来，蹭到林顺跟前：

“长官，我的手电筒。你……”

他的话没说完，嘴巴就被身后一个人死死捂住了。林顺拿匕首逼住他的脖子：“敢乱动，人头落地。”

两个人把要手电筒的挟持到一个小山沟里，马国瑞放开了捂在他口上的手。胡家珷拍拍他的脸，告诉他别怕，他们只是想打听点事。

“你叫什么？”

“我叫于小起，长官。”

"进警备队几年了？"

"去年进的，长官。"

"为什么要替小日本卖命？"

"实在是饿得没路走了，长官。"

"炮楼里有多少人？"

"连我总共三十三个。长官。"

"有几个小日本？"

"一个也没有。长官。"

"带班的是谁？"

"我们的小队长叫卫天林。长官。"

"走，带我去见见你们的小队长，到了吊桥边，就说我是特工队的胡队长。敢耍滑头，小心狗命。"胡家斌用手枪枪口在于小起的额头上拧了拧。

"遵命，长官。"

"队长，不行，太危险。要去我去，你不能去。"马国瑞拦住胡家斌的去路。

"是，队长，你不能去。据点里面是什么情况，咱一点儿也不知道。万一……你不能去。"林顺也表示坚决反对。

"同志们，今晚是个难得的时机。如果今晚能拿下这个炮楼，这一片就全拿下了。尽管存在风险，但是，我们为什么要怕风险？"他推了于小起一把，"走。"又交代马国瑞，在他进炮楼之前，先切断这座炮楼的电话线。

于小起用手电筒照了照吊桥对面："快点，特工队的胡队长找咱们队长说点事。"

吊桥对面一边放吊桥一边骂骂咧咧："你小子看仔细些，光听说芦河游击队有个胡队长，怎么就没听说特工队也有个胡队长？"

"是特工队的，里面还有一个日本人呢。"吊桥旁站岗的也帮腔道。

跨过吊桥，于小起把胡家珷直接带到二楼，他给卫天林介绍道："队长，这位就是特工队的胡队长。"

马灯下，四个人围着一张小方桌正在打扑克，嘴唇上叼支烟的卫天林裹着大衣坐在墙角，手中捏着一把扑克牌。四个打扑克的身后站着五六个观众。楼梯下的一堵墙上整齐地挂着一排枪。一只手枪连枪带套挂在最前面。卫天林眯着眼睛瞅了胡家珷一眼："特工队？"

胡家珷乘卫天林不备，一个箭步跨过去一把揪起卫天林，背靠墙壁，左臂箍住他的脖子，右手握着手枪，指着二楼的其他人：

"不许动，举起手来！我是胡家珷，谁动打死谁。"

二楼的伪军一听胡家珷这三个字，膝盖一软，全都跪倒在地。浑身战栗，求饶不止：

"胡三爷饶命，胡三爷饶命！"

胡家珷用手枪戳在卫天林的脸上，"让三楼的全部下来，一楼的全部上来集合，快！"

"三楼的，下楼集合；楼下的，上楼集合。"卫天林的脸上早已发出湿淋淋的亮光。

“放下武器，任何人不得带武器。”胡家斌喊着并朝天花板“砰”地开了一枪。

焦急地守候在炮楼外的游击队员听到枪声，顿时朝炮楼不断射击起来。几个趴在射击口的伪军本能地用双手抱住自己的脑袋。胡家斌踢踢跪在自己跟前的于小起：“你上上面，告诉游击队停止进攻。这里正在商量。”

“游击队的弟兄们，不要开枪。你们的胡队长正和我们的卫队长商量呢。”于小起跑上三楼，手作喇叭状，四面喊话。

“放下吊桥，否则一会儿杀进炮楼格杀勿论。”老铁在外面喊道。

不一会儿，一楼的武器装备全部运出了炮楼。胡家斌放开卫天林：“走，带领你的人马到炮楼外整队。”

卫天林向后退了一步，突然转身要从墙上的枪套里拔枪。“噬”的一声，卫天林的脑袋上出现一个焦黑的窟窿，木然地向后倒下。其他伪军见状，讨饶声一片：

“胡三爷饶命，胡三爷饶命，胡三老爷饶命。”

在几个持枪的游击队员的看押下，伪军在跑楼前的空地排成三排横队。胡家斌站在炮楼的门洞口，对伪军进行现场教育：

“弟兄们，大家都是中国人。是小日本侵占了我们的国家，屠杀我们的百姓，侮辱我们的妇女，掠夺我们的资源。我们应该一同抵御小日本的侵略才对。可是，我们竟然把各自的枪口对着对方。大伙儿想一想，我们这样做，除了有利于小日本，对谁有好处？都是中国男人，小日本占领了我们的家乡，我们脸上有光气？小日本强暴我们的女人，我们的脸上有光气？小日本屠杀我们的同胞，我们的脸上有光气？

“小日本利用这些炮楼，随意射杀当地群众，给百姓的活动安全带来极大的威胁。不想留下来和小日本干的，就自个儿回吧；想留下来和我们一道同小日本干的，现在就和我们一起，把炮楼里能搬走的东西全部搬走，然后炸掉这座炮楼！”

三十二名伪军全都留下来，他们和游击队员一起搬运完了枪弹和食物，最后用三包炸药炸毁了刘村炮楼。

刘村据点被拔除后，仙翁山和牛头上据点的敌人惶惶不可终日，很快便丢弃了炮楼，逃回县城去了。

第四十九章　披着羊皮的羊

民国三十四年春，久违的春雨唤醒了地下的小草，唤醒了枝头的嫩叶，唤醒了杨花柳絮，唤醒了充满生机的世界。然而，这仅仅是个播种的季节，饥饿，仍如影随形地逼在每一个人身旁。

前岭圪堆上，胡家斌正和几个队员挖野菜。

焦小罗把几棵圪碌葱直接送进了嘴里，边咀嚼边做广告：“有些野菜就能直接吃。”

“先洗洗再吃吧，一把野菜半把圪渣。”马国瑞死死盯着示范性广告动作。

“生吃野菜，肯定泻肚，”焦小罗把嘴里最后一团咽下肚，津津有味地咽了几口口水，“洗净吃了也要泻。洗不洗不一样？”

“泻肚那是换肠，吃几天就不泻了。”马国瑞眼睛里闪现出专家的光芒。

“听说野菜吃得多了浑身上下要长毛？”焦小罗又吃了一团。

“胡扯，吃几口野菜就能把毛吃出来，那谁还敢吃？”马国瑞反驳道。

“怎么是胡扯？牛驴骡马就是因为常年吃草，所有浑身才长毛。”焦小罗振振有词。

在场的人似乎都被焦小罗的论证说服了，都在观察焦小罗的面部变化，仿佛都在等待一个毛人的诞生。

胡家斌掬了一大撮放到篮里，参与讨论：“听梁师傅在世时说过，吃了生肉会长毛。”

“生肉？”马国瑞瞪大了眼睛，“蛇天生吃老鼠，怎不长毛？”

刘安长扮着鬼脸与马国瑞争辩：“马队长，你是成心钻牛角啊。毛要是成片成片地长，不就成了鳞片？”

马国瑞站起来，正要反驳，就看见山坡下跑来一个人。他兴奋地喊道：“队长你看，虎虎回来了。”

胡家斌迎着杨虎虎从山坡上往下跑，跑到杨虎虎跟前，他紧紧握住杨虎虎的手：

“虎虎，怎么样？”

“队长，联系上了。他们每天往据点里挑六担水。”

“任何人都能去送水？”

“也不是，至少得有个熟人吧。”

“熟人与炮楼里的人都熟？”

“都熟，天天送水，三天就熟了。”

“好，谢谢，你快去歇歇吧。”

开春以来，县城外围的敌人据点大多都被拔除，县城周边的据点仍被敌人重兵把守，而河头据点扼守沁河渡口，是敌人把守的重中之重。芦河游击队决定拔掉这个据点。

各种行动方案纷纷汇总到队部。在所有的行动方案中，没有一种主张强攻的。因为河头据点雄踞沁河东岸河头圪梁的制高点，虽然周围没有挖掘的沟渠，但由于选择的地理位置非常特殊，居高临下，易守难攻。

能派人混进去来他一个中心开花，当然好。但是，谁能混进去呢？目前能进去的只有一种人——每天给炮楼送水的两位送水工。尽管送水工已经和里面的日伪军混得很熟了，但是，每次挑水进去都要经受岗哨的严密监视。无法让送水工直接采取行动，然而送水工至少是个突破口。

建立和发展与里面值守人员的关系，当然好，怎奈远水难解近渴。

有了！

一天，胡家珷嚼着野菜一拍大腿站起来，向大伙讲了讲自己的计划：

咱们给他们送两只披着羊皮的羊。

为了让计划早日实施，各方面分头准备。

老铁组去礚山找猴老六，让他找两只身强力壮的羊，再找两张足够大的熟羊皮。

马国瑞组找绳子编织两件固定炸药的马甲，到时，马甲将穿在羊身上。

焦小罗组专门练习精准地投掷手榴弹，到时争取手榴弹能从射击孔里投进炮楼。

一切准备就绪。新的问题又出现了：谁负责拉导火索呢？拉导火索这个人该如何脱身？如果解决不了拉导火索的问题，这个计划全都泡汤。

老铁思谋了两天，犹犹豫豫地向胡家斌建议：

“你看这样行不行？咱让两只羊替咱拉。”

“替咱拉？”

“是的。让羊替咱拉。导火索和拴养的缰绳并到一起，也不易被发现。只是导火索必须要比缰绳长一些。在路上走时，缰绳把两只羊连在一起，缰绳将起到保险作用。这两只羊无论怎么乱跑，它都超不出缰绳的长度。当把羊送进炮楼里后，送羊人解开缰绳，马上离开。这时候，只要这两只羊的距离稍微远一点，它们就各自拉响了导火索。我们只等炸药爆炸就行。”

“好好好，老铁哥，这主意太好了。”

二月初二，负责往河头炮楼里挑水的河头村人王启祥把炮楼的水缸挑满后，找到炮楼里伪军的头孙海堂：

“我外甥那里有两只羊，这年月谁都买不起，想卖给皇军，又怕……”孙海堂满脸堆笑欲言又止。

“怕什么？怕不给钱？”

“嘻嘻嘻嘻，瞧孙大队长说的。怕左怕右，还能怕钱？只是想先问个价，最好能先给个订金。免得大老远的送来，又被杀价，或者……”孙海堂的膝盖差不多快挨住地面了。

“烂买只羊，真他妈啰唆，不就是先付订金吗？我去给你问问野田少佐。”

孙海堂哈着腰跟在孙海堂后面来到二楼，见到野田，说明了原委。

“八格牙路！”野田少佐肝火大动，他操着日语大声训斥卑躬屈膝的孙海堂。

“哈伊！”孙海堂给野田行个军礼，拉着王启祥下了楼，并一直拉到炮楼外。

王启祥可怜巴巴而迷茫地看着孙海堂。

“老王，我看你一定穷疯了。活了大半辈子，见过跟阎王要钱的人吗？走吧，先送羊，后说钱，而且必须送。”

王启祥哪敢犯犟，挑起水桶嘴里念念叨叨匆忙离去。

二月初三夜，一弯银钩般的月亮挂在西边的天际。沉静的沁河在月色的笼罩下宛然大地开裂出一道宽阔的口子，透过口子，人们看到宁静洁白的天堂。远处芦苇河哗哗的水声简直就是神奇的画家运用高科技手段在天堂画作中喷洒了一层芳香剂，越听越香，越听越沁人心脾。微风吹过，阵阵花香率领着新绿香、泥土香以及万物争春所激荡出的各种清香擦着地面徐徐飘来，更令人陶醉、令人神怡、令人憧憬明天的世界。

胡家斌带领游击队悄悄进入了各自伏击区。

月亮快要落山了，璀璨的星光在深蓝的天空构建起一幅浩瀚无涯的 LED 阵。王启祥提着马灯走在前面，杨虎虎牵着两只体型肥硕的羊紧随其后。

“是我是我，王启祥。我带我外甥送羊来了。”炮楼前，王启祥举起马灯照照自己的脸，让第一道岗哨看看，那是经过岗哨的身份验证方式。

“怎么现在才来？”岗哨恶声恶气。

“这不是路远吗？中午起身，紧赶慢赶就走到了现在。”

“进去吧。”

“谢谢裴老总。”

过了第二道岗哨，二人直接进入了炮楼。

然而，野田少佐听到送羊人送来了羊，为了大日本皇军的名誉，特意下楼给他送钱来了。杨虎虎把羊拉到汽油桶旁，等待着买卖交易的结束。

王启祥接过钱，假装要吐痰，弯着腰离开了炮楼，一出门，他一“失足”跌下台阶，并顺着山坡滚落下沁河河谷。杨虎虎开始解拴在羊角上的绳索，就在这时，野田弯下腰去触摸看上去非常肥胖的羊。杨虎虎未来得及解开绳索，直接猛拉导火索。野田大吃一惊，转身就跑。他身旁的军官掏出手枪，朝杨虎虎连开数枪……

“轰——轰轰——轰轰轰——”河头据点随着一声声巨响霎时飞上了天。

大火一直烧到天亮。废墟中，找不到杨虎虎的尸骨。

“不！无论如何也要找到——”胡家斌咆哮着。

然而，还是没找到。年轻的杨虎虎很可能已在熊熊的烈焰中化作一股青烟，汇入中华民族的五彩云霞之中……

河头据点被拔除后，阳城县城失去了和晋城、沁水等处的联系，立马成为孤城。

阳城解放的序幕，就此拉开。

第五十章　阵前起义

四月七日下午，张承富来到寇家的二楼，毕恭毕敬地摘下礼帽，给坐在方椅上的寇家宝鞠躬致意。

“算了算了，咱兄弟二人共事多年，再来这套就见外了。你坐吧。”寇家宝指指一旁的空椅，显然，这是为他准备的。

“大哥，什么事？请吩咐。”张承富没有坐，只是把礼帽戴到了头上。

“坐下说吧。”寇家宝递给他一个眼神。

张承富只得坐下，段红梅随即敬上热茶。

“两天前，日本人从潞州调来五百多保安队，似有增加防卫的意思。今天突然要求全县的警备队军官让家属做好准备，不日将撤往晋城。日本人，显然计划撤离阳城。”

“要跑？”张承富惊得瞪大了眼睛。

“已成孤城了，守是守不住的。不跑，难道就这么等死？”

“大哥，你……”

“一支弃城而逃的军队，还有希望？三天两后晌的光景了。”

“那你……”

“今天找你来——再不安排就——你是明白人。我身上背的血债太多，日本人离开阳城之日，就是我寇家宝脑袋搬家之时，寇家名下的家业也朝不保夕。我把咱平时积攒下来的钱换成了金条，”寇家宝瞟了一眼放在桌上的小包袱，“估计够用半辈子的。汉上卫四芹一家老小、官道郑红……也算上吧，一家老小，白桑她们家，”他瞅了身边的段红梅，“一家老小，你都给照看住……”

“大哥，你……”张承富打断了寇家宝的话，寇家宝摆摆手，没让他往下说。

“善有善报恶有恶报，死生有命富贵在天，一着不慎满盘皆输。唉，不说了。想不到我寇家宝这辈子，就这么交代了。行了，带上东西，记住托你的事。走吧。”

“大哥……”

“走吧。”

傍晚，三五成群的日本军人相继涌上藕香斋二楼。吹吹拉拉，敲敲打打的音乐声中，夹杂着男人狂荡的笑声和女人淫荡的尖叫声。

张承富拉开吧台后的小抽屉，从里面取出一个用土纸订缀的记账簿，上面一行行签写着崔永法等中国人的名字。他随手撕下一张，再撕成绺，就着油灯一绺一绺点着。一块块纸灰随着上升的气流在半空畅意飞舞……

“大哥，大哥，你怎么把记的账给烧了？弟兄们还没给你结账呢。”不知何时，崔永法已站在吧台外。

“现在这本账，只能叫土纸了。”

“那你烧纸干什么？”

张承富指指上面，“快了，烧张纸送送。”

“大哥，鬼子要求警备队军官的家属先行撤至晋城，并且追得很紧。”

“什么时候？”张承富警觉起来。

“部分收拾好的明天就要动身。”

“快，通知弟兄们。”

“是！”

不一会儿，李凤岐、苗云章、董振其、张元申、阎小仓、赵金祥等中队队长、排长、班长悉数来到藕香斋。

“弟兄们，让家属先行撤离是鬼子的毒招。他们想让家属作人质，把咱们拴到他们即将灭亡的战车上。住在城里的家属现在很危险，从现在开始，大伙先采取拖延战术，寻找各种各样的理由，尽量把家属撤离的时间往后拖。我尽快与城外取得联系，力争尽早把家属转移出去，无论如何，不能随鬼子上晋城。”

九日中午，靳满仓兴奋地告诉张承富，“通了”。

七日夜里，靳满仓在纸上画了个草图，告诉张承富，厨房院里的下水道往左拐七尺，就是城内的总下水道。就是厨房院里的下水道太窄，人爬不过去。如果打通这七尺下水道，人就能通过这里进入总下水道，逃出城外。

张承富立即让靳满仓和几个伙计不停地挖，同时派人告诉胡家斌随时在南门坡底的下水道出口接应。

看完刚完工而显得粗糙的工程，张承富快步赶往警备队。刚进门还未开口，一个队员就冲进来，“队长，打起来了。”

崔永法赶紧跟着队员一路小跑跑到出事现场：

七八十个警备队员端着步枪围成一个大圆圈，里面二十来个督察队端着步枪枪口朝外，围成一个小圆圈。双方剑拔弩张，一触即发。营房门口，站着几个哭哭啼啼的妇人。

“怎么回事？”崔永法问端着步枪目不斜视紧紧盯着对手的李凤岐。

“督察队闯进营房抢人。狗仗人势。”

“李凤岐，你小子嘴巴放干净点。”被小圆圈围在正中的宋福来用手枪指着李凤岐。

“宋队副，在我的营房内，这样做，合适吗？”

“是你的人先端的枪。”宋福来色厉内荏，尽管在吼，但吼声了无底气。

“是他们先抢的人！”董振其手端步枪，目不斜视。

“宋队副，能说说来意吗？”崔永法拨开人墙，走进去，压下几支督察队的枪，直接走到宋福来面前。

“让你的人收起枪。”宋福来对外围一圈黑洞洞的枪口很是忌惮。

崔永法挥挥手，双方都放下了枪。

“太君有令，所有在城内的家眷今天必须带走，统统撤往晋城。”

“宋队副，你家太太在晋城赁好房子了吗？”

“嗯。”宋福来点点头。

“我们这些军官的家属上到晋城住哪里？”

“让他们先住到军营里。”

“宋队副，让几个弱女子住到军营里，谁负责保护她们？既然军营里安全，你为何不把自己的太太安置到军营？都是自己人，闹翻了谁都不好看。你看这样行不行？我今晚去和岛田太君商量商量，明天我派一个小队亲自护送太太们上晋城。”

当晚，几个人再次聚首藕香斋。

“干脆咱就在城里和小鬼子拼了。”阎小仓愤愤地提议。

“不行，弟兄们，城里现有上千鬼子兵，一旦动手，我们只能是白白送命。”张承富满含深情地看着身边这群血气方刚的汉子，“把日本鬼子赶出阳城还不算，我们要把他们赶回东洋。未来还有许多的仗在等待着你们。”

一番部署后，崔永法他们带着任务各自散去。

半夜里，李凤岐小队护送家眷通过下水道逃出县城，与外面接应的游击队汇合后，一起赶往张沟。

第二天一早，崔永法、苗云章率领两个中队的警备队列队开拔，班长李铜虎率全班挟四挺机枪断后。队伍经过大队部门口时，宋福来满脸狐疑地问，“干什么去？”

“抓差。”崔永法头也不回地向前走去。

来到东城门口，日军岗哨问：

“什么的干活？”

“奉太君之命，抓八路的干活。”崔永法从哨兵身边走过。

宋福来跑进兵营，发现营房内无一个家眷，慌忙带领督察队紧急追赶。

保定桥边，宋福来追上了大部队。保定桥桥两边的石头栏杆上各架着两挺机枪，乌黑的枪口犹如四条巨蟒正张大了嘴巴……

崔永法站在保定桥桥东，对着督察队员喊话：

“弟兄们，都是中国人，各自的出路自己选择。保定桥就是界线，过了保定桥往东走，跟上大部队，你们就是八路军；不过保定桥返回往城里走，你们就是日本走狗，民族的罪人。何去何从，你们看着办。”

督察队的二十多人几乎没怎么犹豫就跟上了大部队。宋福来眼睁睁看着大部队一路向东，渐渐远去……

黄泉沟接应起义队伍的胡家斌紧紧握住崔永法的手：

“崔队长，欢迎你们归队！”

中午，胡家斌率游击队把起义队伍接至张沟，随家眷先期返回张沟的张承富偕妻子白秀英和张沟村的父老乡亲热情接待这群迟到的亲人。潘小巧也在迎接队伍的人群里，她一看到目标便旁若无人地奔过去。胡家斌用指头弹弹她怀抱里小家伙的脸蛋，盯着眼前那双泪汪汪的大眼，一时手足无措。

羞愧的泪、激动的泪、伤感的泪、热情的泪……张家大门外一时变成泪的海洋。

崔永法把胡家斌从潘小巧身边夺过来，他一手拉着胡家斌，一手推着张承富夫妇，一同登上碾盘。

“弟兄们，这位就是大名鼎鼎、曾经让我们闻风丧胆的芦河游击队队长胡家斌队长，大家已经认识了，这位就是与我们患难与共、为我们出谋划策、给我们指点迷津的张承富张经理。不得不承认，这两位都是芦苇河优秀的男人。你们知道他们为什么优秀吗？那是因为他们背后有一位伟大的女人。现在，让我们以最热烈的掌声，欢迎白先生给我们讲话！”

白秀英今天特意穿了一身新衣裳，张承富凌晨回到家就提醒她，肯定有人要邀请她讲话，因为她的名声已经在警备队里广为流传。她用微笑的目光环视四周，那双炯炯有神而略带威严的迷人的眼睛通过热力四射的目光向在场的每一位传递着所向披靡勇往直前的能量：

“弟兄们，对咱们自己人来说，你们迟到了；但是，对日本法西斯来说，你们来得正是时候！正是因为你们的到来，敲响了盘踞阳城多年的日寇的丧钟！

“弟兄们，从今天起，你们就是中国军人中的一员，你们就是中国男人中的一员，你们就是日本强盗掘墓大军中的一员。挺起胸膛，你们的头上顶着中国男人的责任，你们的肩上担着中国军人的尊严，你们的脚下踩着的是祖宗给咱们留下的土地，你们的背后全靠你们保护的是自家的母亲、自家的妻子、自家的姊妹和自家的女儿。端起手中的枪，让日本强盗在你们面前发抖吧！”

警备队员排着长队，带着虔诚的敬意，一个个向白秀英握手告别。他们要开赴苏家岭，接受县委领导的接见。

晚上，阳北县委、县政府在苏家岭举行了隆重的欢迎大会，县委书记兼县人民武装委员会和独立营政委陆达发表了欢迎讲话。会后，起义队伍整编为阳北独立营第二连、第三连，由崔永法和苗云章分别任连长。

十二日，休整后的起义队伍奔赴清林沟，参加解放阳城的战斗。

第五十一章　玉石俱焚

县城周边大大小小的据点全部拔除后，城内之敌已成瓮中之鳖。

四月十日起，阳南、阳北前线指挥部命令各武装部队按照统一部署在指定地点封锁围堵，以观敌情，伺机对县城之敌发动强有力进攻。

芦河游击队和兄弟部队奉命在清林沟、阳高泉及东坡头一带阻截敌人，防止敌人从东城门突围逃窜。胡家斌率领游击队就埋伏在清林沟沟口。缑老六带着几个给部队提供给养的队员及时地返回部队，参加战斗。缑老六变戏法似的从自己后背的背包里掏出一大包紫红色的东西，让人逐一分给大伙儿。

“什么东西？”老铁嗅了嗅，咬了一口，没咬动。

“这是兔排。”缑老六卖了个关子。

“兔排？”胡家斌也没听说过，他扭脸看看缑老六，一脸疑云。

“兔子的排骨。咬不动慢慢嚼，不能给我吐了。这可是好东西。”缑老六含了一根，给大伙做示范，“最好的吃法是连骨头咬碎咽下。”

"哎呀，闹了半天是兔子的排骨啊，那能有什么吃头？不就干棍一根？"老铁撇撇嘴，"说实话，这次要是打进城里，我可先要弄一瓶日本罐头吃吃，老子真是饿坏了，两年没吃饱过，肚里空的都能做鸟窝了。"

"注意盯着，仔细小鬼子带着罐头跑了，你扑个一鼻子灰。"缑老六透过草丛往下看。

十二日下午，落日的余晖把大地映得一片血红。东坡头就像一个硕大的蘸血馒头，红得令人发怵。

这时，一个老妇人牵着一头毛驴从清林沟沟口外向沟口里走来，老妇人头上包一块过于宽大的丝巾，几乎要把整张脸都包起来，佝偻着腰身，弯曲着双腿，一副七老八十的模样。毛驴上驮着一个姑娘，头上白纱巾，天蓝衫，紫红灯芯绒裤，脚上大红绣花鞋。

等毛驴走到近处，胡家斌不由得笑起来。他边笑边往山沟下赶。阵地上的游击队员也要跟着他往下走，他挥挥手制止了。他在毛驴的必经之处停下来，笑嘻嘻地等着毛驴走到眼前。牵毛驴的老妪停下了脚步，透过丝巾的缝隙，看着胡家斌。

"寇队长，久违了，别来无恙啊。"胡家斌用手枪指着老妇人，眼睛瞟着眼前的两个人，"在汉上围捕那次，让你得手了。当时我就感觉你脚上这双尖口鞋怪怪的。今天我又看到了这双鞋，所以断定，牵毛驴的一定是我们的寇队长。把丝巾摘下来吧，别把自己装扮得男不男女不女的。"

寇家宝的手慢慢伸向衣服里面，胡家斌仍笑着劝阻他："别掏枪，寇队长，阳城县城周围的山上到处都埋伏着我们的人，你们肯定是跑不出去的。”胡家瑊说着走上前去，掏出寇家宝佩戴在胳肢窝下的手枪，又摸出他裤腰后面别着的手枪。

寇家宝长叹一声，极不情愿又不得不摘下包在头上的丝巾：“胡队长，栽到你手里，也值了。”

“不不不，寇队长，即便是过了我这一关，后面还有三道关呢。每道关都要对过往的行人严加盘查。因为我们已经对城内的一切了如指掌了，哪些人已经被抓起来了，哪些人还没有被抓拿归案。在几个大人物里，你首屈一指。我们哪能让你漏过去呢？”

“你们计划怎么处置我？枪毙？活埋？活剐？下油锅？”寇家宝面无惧色，一手牵着驴缰，一手抚着驴脖子，与胡家瑊调侃起来。

“后面几道程序不知道，但必须经过审判。走吧，牵上你的驴。上面有人接待你。”

寇家宝抚着驴头没迈步，回头以极快的速度递给驴背上的女人一个眼色。女人从怀里掏出手枪，朝胡家瑊连开两枪。胡家瑊在中枪的同时连开数枪，把女人打下驴来。埋伏在高处的游击队员痛心地呼喊着自己队长的名字从高坡上冲下来，一阵狂扫乱射，把段红梅连人带驴以及寇家宝打成肉泥，背在段红梅背后的铜镜也在弹雨中迸裂成无数块金色的碎片。

东进的临时战地医院，缑老六一个劲儿地叫司军医快点快点……

十三日凌晨，总攻开始。县城周围枪声大作，杀声四起。县城之敌在东城门上的重机枪的掩护下，突出东城门，夺路而逃。一队日伪军向阳高泉方向逃窜，然一过保定桥就遭到埋伏在这里的芦河游击队的迎头痛击。除一小队日军在机枪开路的情况下冲出包围，顺黄泉沟爬上石家庄，沿官道岭向东奔逃外，其余的敌人窜下南河，逃往后则腰，欲向沁河渡口方向逃窜。此时的沁河渡口的渡船早已撤掉，逃窜至此的敌人又遭到等候在这里的阳北独立营的猛烈痛击。敌人丢下大批尸体，顺下河奔突，且一部分泅渡过河，继续向东逃窜。我追击部队一直追到周村一带。

与此同时，攻城部队攻克西城、天门头两座碉堡后，紧接着炸开城西、城南两座城门，如潮水般冲入城内，追歼搜捕残敌，并先后占领了日军“洪部”、伪县政府、伪公安局、伪警察所等日伪机关。从四面八方赶来的群众兴高采烈入城欢庆。

阳城宣告解放。

马国瑞、缑老六他们没有加入欢庆的人群，他们在战斗结束之后马不停蹄地赶到东进。

紧接着，胡家琪也带着几个人赶到了东进。

刘安长在急救室外蜷缩成一团，默默地淌着眼泪。

下午，急救室的门，缓缓打开。司军医的脸上已表明了急救的结果……

一副担架上静静地躺着芦苇河畔曾经的英雄，四个泣不成声的队员扛着担架，迈着沉重的脚步返回张沟。

担架和人们的表情冲掉了所有等着迎接英雄的张沟人脸上原本

舒心的笑容。

抱着孩子的潘小巧没有看担架，而是一遍遍在站着的人群里寻找那张熟悉而顽皮的笑脸。直到缑老六走上前来挡住她的视线，她才愕然地抬起头来，盯着缑老六的眼睛，极不情愿地摇着头。“他……”缑老六指指担架，“你跟孩子先回吧，我一会儿告诉你。”

“土匪——天哪——”潘小巧一手紧紧抱着孩子，一手死死揪住缑老六的衣襟，颤动的身子仿佛一台失控的马达。白秀英见状，急忙挤过来，接过她怀里的孩子。

“土匪——把他还给我——”五大三粗的缑老六在潘小巧的手中仿佛麻雀衔在嘴里的羽毛。

两天后，一口大红的棺材停放在张家大门外的空地上。

听到英雄牺牲的噩耗后，周围各村的民众自发地赶来参加胡家斌的葬礼。

潘小巧伏在棺木上，用一个女人所能采用的一切手段，企图唤醒棺材里叱咤风云的芦河英雄。白秀英一手搭在潘小巧的背上，一手不断地擦着眼泪。张锡祚抱着她的儿子，站在她不远处的地方，陪着她落泪。所有在场的人无不痛哭失声……

第五十二章　尾　声

抗战胜利后，芦河游击队积极投身于如火如荼的全国解放战争中……

定稿于2013年腊月